미드나잇 커맨더

a man in the middle

SYLVIA AVERY

SYLVIA AVERY

First published 2013
ISBN 978-89-970693-09

차 례

작가의 노트

내가 그를 만난 건 1987년 여름이었다. 당시 휴가로 친구를 만나러 LA에 갔던 나는 공항 근처의 힐튼 호텔에 묵고 있었다.

거리에 어둠이 깔릴 무렵 호텔로 돌아왔을 때 호텔 직원이 정전으로 엘리베이터 가동이 중단되어 계단을 이용해야 하니 잠시 기다려 달라고 알려줬다.

나는 로비 의자에 잠시 앉아 기다렸다. 프론트 데스크 옆 레스토랑에는 많은 노인들이 앉아서 기다리고 있었다. 자세히 보니 모두 맹인들이었다. 그들 곁에는 사랑스러운 라브라도 리트리버 맹인견들이 각각 한 마리 씩 앉아 있었다. 아마도 호텔에서 맹인들 모임이 있었던 모양이었다.

얼마 뒤 손전등을 든 직원의 안내로 맹인들은 계단을 향했고, 나도 그 대열에 합류했다.

내가 머물던 방이 몇 층인지는 정확히 기억나지 않지만 높은 층이었던 것 같다. 처음에는 많은 사람들과 함께였지만 한 사람, 두 사람 그들이 묵고 있는 층으로 가버렸고, 얼마 안 가서 나는 혼자서 계단을 오르고 있었기 때문이다.

힘들어서 계단에 앉아 좀 쉬었다 가려는 데 저만치 앞서가던 맹인 할아버지가 날 돌아보고 빙긋 웃으며 말했다. "조금만 더 오르면 쉴 수 있는 곳이 나올 거야."

그를 따라 몇 계단 더 오르자 넓은 공간이 펼쳐졌다. 공사 중인 레스토랑이나 바 같았다. 확 트인 넓은 유리 문 너머로 정전으로 어둠에 잠긴 아름다운 LA 전경이 한 눈에 들어왔다. 우리는 그곳에서 잠시 쉬었다.

노인은 자신이 멀리서 왔다고 말했다. 자신의 몸은 거의 적응했지만, 눈만은 적응하지 못한 탓에 눈동자를 보호하려면 항상 감고 있어야 한다며, 이것이 자신이 맹인이 된 이유라고 말했다.

나는 그가 시골에서 왔고, 대도시의 매연이 그의 눈을 상하게 한 거라고 생각했다.

그는 또, 자신은 눈을 감고 있지만 여전히 볼 수 있다며, 그 증거로 내 핸드백에 뭐가 들어있는지, 지갑에 든 1불짜리 지폐가 몇 장인지, 심지어 내 여권 비닐 커버 안쪽에 강아지 사진까지 정확히 알아맞췄다.

나는 감탄했지만 뭔가 눈속임일 거라 생각하고 대수롭지 않게 넘겼다.

그는 자신이 살았던 곳 이야기도 들려줬다. 나는 그의 이야기를 전부 이해할 수 없었다. 그도 그럴 것이 당시 난 PC를 본 적도 없었고, 인터넷도, 게임도 모르던 시절이었다. 스마트폰, 태블릿은 말할 것도 없다. 하지만 나는 예의상 그의 이야기를 끝까지 다 들었다.

이야기를 마친 후 우리는 다시 계단을 올랐고, 나는 무사히 내 방으로 돌아올 수 있었다. 그리고 다음 날 나는 비행기를 타고 집으로 돌아왔다. 그리고 많은 세월이 흘렀다.

그동안 현대 기술은 우리 삶의 방식을 바꿔 놓았다.

1990년 나는 난생 처음 PC를 접했다.

1991년 나는 Lotus123, DBaseIV를 통해 데이터베이스를 알게 되었다.

1995년 컴팩 컴퓨터를 구매한 나는 생애 최초로 인터넷에 접속했다.

1998년 야후 검색을 알게 되었고, 인터넷 카페에서 온라인 게임을 하는 아이들을 봤다.

1999년 네트워크 보안에 입문했다. 이듬해 DDoS 공격이 세상을 떠들썩하게 했다.

2001년 내가 일하던 사무실에 무선 공유기가 새로 들어왔다. 사장될 위기에 있다는 블루투스에 관해서도 들었다.

그러고 나서 돌연 스마트폰 시대가 열렸다.

새로운 기술들을 접하면서 그 때 그의 이야기에서 내가 이해하지 못했던 부분들이 하나 둘 씩 이해되기 시작했다.

그러다가 2010년 봄, 아이패드1이 첫 출시되었다. Theodore Gray의 아이패드 앱 The Elements for iPad를 나의 아이패드1에서 보면서 나는 그의 이야기를 글로 기록해 둬야겠다는 생각을 처음으로 해 봤다. 그리고 3년이 흘렀다.

 이름을 알지 못하는 노인이시여, 그 때 당신의 이름을 묻지 않아, 당신을 이렇게 밖에 호칭할 수 밖에 없는 저를 용서하시기 바랍니다.

 어느덧 저도 늙어가고 있습니다. 그 날 당신과 나누었던 이야기도 저의 기억에서 점점 멀어져 가고 있습니다. 실례가 되지 않는다면, 제가 더 늙어서 모두 잊어버리기 전에, 당신이 그날 저에게 들려주셨던 이야기를 글로 남기고 싶습니다.

 제 생각이 맞는다면, 당신은 어느 별에서 오신 분임에 틀림없을 겁니다. 눈을 감고도 볼 수 있는 분이시여, 당신의 별로 무사히 귀환하셨기를 마음 속 깊이 기원합니다.

2012 가을
Sylvia Avery.

그리고 일곱째 날 프로그래머는 백업을 했다.
백업은 프로그래머가 보기에 좋았다

1장. 아들의 친구

"따르릉, 따르릉," 전화벨이 울렸다.

소파에 앉아 졸던 라커펠트씨는 전화기를 향해 손을 뻗치다가 바닥에 굴러 떨어졌다. 무릎 위에서 낮잠 자던 고양이 미네르바가 '하악'하고 화를 내며 도망쳤다

"레스예요, 사장님! 주무시고 계셨나 봐요?"

"응, 아니야. 일어나려 던 참이었어. 왜?" 라커펠트씨는 잠에서 덜 깬 낮은 톤의 목소리로 대답했다. "왜, 무슨 일 있어?"

"음..." 잠시 침묵이 흘렀다. 왜 전화했는지 생각해내려고 애쓰는 레스의 모습을 상상하면서 라커펠트씨는 잠자코 기다렸다. 레스가 말했다. "아, 맞아요! 이안이가 와 있어요. 사장님하고 통화하고 싶어해요."

"누구?"

"이안이요, 미노 친구요."

"뭐라고? 미노 친구?" 라커펠트씨는 자리에서 벌떡 일어났다. 미노라는 이름을 들어 본지 거의 1년이 되어간다는 생각이 머리를 스쳤다.

미처 생각을 가다듬을 겨를도 없이 수화기 너머로 낯익은 목소리가 들려왔다. "아저씨, 안녕하셨어요?" 아주 오랜만에 들어보는 목소리였다.

"그래! 오랜만이구나. 잘 있었니?" 라커펠트씨가 말했다.

"네... 카페에 왔더니 아저씨가 아파서 못 나오신다고 해서요.많이 아프세요?"

"그냥 가벼운 감기야. 괜찮아." 라커펠트씨가 미소를 지으며

대답했다. 거의 2년 만에 미노 친구와 이야기를 하면서 라커펠트씨는 그의 아들 미노를 생각했다.

"다행이네요! 아저씨께 꼭 드릴 말씀이 있는데 만나 주실 수 있으세요? 제가 그리로 갈까요?"

"아니다, 내가 그리로 갈게. 잠시만 기다리렴. 그런데 무슨 일인데?" 라커펠트씨가 물었다. 그는 양말을 찾고 있었다.

"음... 미노에 관한 거예요. 마... 만나서 말씀드릴게요." 이안이는 우물거리면서 라커펠트씨가 뭐라고 말하기도 전에 전화를 끊었다.

라커펠트씨는 잠시 우두커니 벽을 응시했다. 잠시 정신을 차릴 시간이 필요했다. 그는 머리를 저으며 양말을 신었다. 그러고 나서 사진 액자들이 놓인 탁자로 걸어갔다. 아들 미노가 사진 속에서 웃고 있었다. 그는 아들의 얼굴에서 눈을 뗄 수가 없었다.

'2년이나 지났는데, 미노의 친구가 나한테 할 말이 있다고? 할 말이란 뭘까? 좋은 걸까? 나쁜 걸까? 할 말이 있었다면 왜 이전에 말하지 않은 걸까? 말을 더듬거리던데... 나쁜 소식인가? 좋은 소식이라면 전화 상으로 얘기해 줬지 뜸을 들일 리가 없겠지. 맞아, 나쁜 소식일거야.' 라커펠트씨는 중얼거렸다. '무슨 단서라도 발견한 건지도 몰라. 미노야, 어디서 뭘 하고 있니? 제발 돌아와 다오!' 라커펠트씨의 눈시울이 뜨거워지고 있었다.

라커펠트씨는 천천히 코트를 입고 모자를 썼다. "잠시 나갔다 올게. 집 잘 보고 있어라, 미네르바," 그는 벽에 기대어 천천히 방을 나섰다. 어지러웠기 때문이다. 감기약 때문인지, 자다 일어나서 그런지, 아니면 갑작스러운 전화 때문인지도 몰랐다.

반가우면서도 두렵고, 두려우면서도 궁금하고, 슬프면서도 애틋한 마음으로 그는 찬바람 부는 거리로 나섰다.

샌드-뱅크 카페는 걸어서 가기엔 약간 멀고, 차로 가기는 좀 가까운 곳에 있었다. 라커펠트씨는 카페로 출근할 땐 항상 그의 자동차를 이용했지만 바람도 쏘일 겸 걷기로 했다. 찬 바람이 뼛속까지 파고 들었다. 하늘은 금방 눈이라도 내릴 듯 잔뜩 찌푸려 있었다. 라커펠트씨는 거의 뛰다시피 카페를 향했다.

카페에 도착한 라커펠트씨는 안도의 한숨을 내쉬며 카페 문을 열었다. 강한 커피향과 고소한 와플 냄새가 풍겨왔다. 카운터 앞자리에서 누군가 벌떡 일어나서 꾸벅 인사했다. 이안이였다.

"녀석, 몇 년 사이에 아주 많이 컸구나!" 라커펠트씨는 아픈 마음을 애써 감추며 미소를 지어 보였다.

이안이는 멋쩍게 웃으며 머리를 긁적였다.

라커펠트씨는 구석의 파란 테이블로 데려갔다. 라커펠트씨는 생각했다. '오늘 따라 카페가 왜 이렇게 어두침침하지? 전구를 갈아야 할 때가 되었는지도 모르겠군.'자리에 앉자마자 레스가 케이크와 밀크티를 가져왔다. "고마워, 레스." 라커펠트씨가 말했다. 레스는 환한 웃음을 지었다.

"얘야, 포크를 거꾸로 들었어." 라커펠트씨가 지적했다.

이안이는 잔뜩 긴장된 표정으로 얼른 포크를 바로 쥐다가 이번에는 테이블에 놓인 빵바구니를 떨어뜨렸다.

"에고," 이안이가 허리를 굽혀 황급히 빵바구니를 집어 들면서 중얼거렸다. "다행이다! 빵이 바닥에 떨어지지 않았네." 그리고는 티를 한 모금 마셨다.

"어디 아프니? 들어가서 좀 누워 있을래?" 라커펠트씨가 물었다. 이안이는 이전에 집에 놀러 온 적이 몇 번 있었는데, 라커펠트씨는 이안이가 이렇게 허둥대는 모습을 본 적이 있었다.

"아녜요! 괜찮아요." 이안이가 앉은 자세로 허리를 똑바로 펴면서 말했다.

"정말?"

"네, 괜찮다니까요."

잠시 침묵이 흘렀다. 이안이는 포크를 계속 만지작거렸고, 라커펠트씨는 그런 이안이를 그저 바라보기만 했다. 도대체 무슨 말을 하려고 저러는 건지 라커펠트씨는 무척 궁금했다.

"'템페스트라고 들어 보셨어요?" 이안이가 침묵을 깨고 말했다.

"템페스트? 셰익스피어 희곡? 아니면 도청 장치1?"

"아니요. 게임이요. 템페스트 게임이요."

"게임이라... 아, 맞다. 뉴스에서 방송하는 걸 들은 적이 있어. 꽤나 유명한 게임인 것 같던데 맞니?".

"네."

"그런데 왜?"

"미노가 템페스트를 했어요." 이안이가 대답했다.

"뭐라고?" 라커펠트씨가 물었다.

이안이는 목이 타는지 침을 삼키면서 말했다. "미노가

---

1 템페스트(TEMPEST :Transient ElectroMagnetic PulsE STandard)는 미 국방부에서 컴퓨터 장비에서 방사되는 라디오 주파수에 관한 특정 분야에 부여한 코드명이다.

템페스트 게임을 했어요."

"'네 말은... 미노가 게임을 했다는 거니? 테, 템페스트"

이안이가 대답 대신에 고개를 끄덕였다.

"그럴 리가? 미노가 게임을 했다니, 말도 안돼. 네가 뭔가 잘못 알고 있는 거야," 라커펠트씨가 단호하게 말했다.

"그렇게 말씀하시는 게 당연해요. 미노는 아저씨한테 들킬까 봐 아주 조심했거든요. 집에선 거의 접속하지 않았고 주로 인터넷 카페를 이용했어요."

라커펠트씨는 할 말을 잃었다. 창밖에 눈이 내리고 있었다. 이안이가 말을 계속했다.

"저도 웬만하면 아저씨께 말씀을 안 드리려고 했는데... 상황이 안 좋아졌어요. 그래서 도움을 청하러 왔어요."

"상황이 안 좋다니, 그게 무슨 말이야?" 라커펠트씨가 물었다. 그는 이해할 수가 없었다. 그는 생각했다. '더 나빠질 게 뭐가 있을까? 내 아들이 거의 2년 동안 실종된 상태인데. 갑자기 아들 친구가 나타나서 아들이 게임을 했다면서 상황이 나빠졌다고 말하다니?'

"며칠 뒤면 미노의 ²오클로가 경매로 넘어가요. 그걸 막을 사람은 아저씨뿐이예요." 이안이가 말했다.

"경매? 오클로? 그게 다 뭔데?" 라커펠트씨는 기분이 나빠지기 시작했다.

"아저씨, 이 게임에 관해서 정말 하나도 모르세요?" 이안이가 물었다. 이안이는 지금 라커펠트씨가 얼마나 기분이 상해 있는지 알지 못했다.

"이안아, 아저씨는 게임에 관해서 전혀 모른단다. 나쁘다는 건 알지. 게임은 말이지..."

이안이가 라커펠트씨의 말을 가로막고 이렇게 말했다. "제가 간단히 설명 드릴게요. 템페스트는 행성 이름이예요. 그 행성에 오클로라는 종족이 살아요."

"오클로라.. 어디서 많이 들어 봤는데..." 라커펠트씨가 말했다.

"자주 들어 보셨을 거예요. 워낙 유명하니까요. 오클로들의 신은 사용자예요."

"아! 생각났다! 광고 카피. '당신도 신이 될 수 있습니다' 바로

---

² 1972년 프랑스 물리학자 프랜시스 페린이 아프리카 가봉 공화국에서 발견한 천연 원자로 이름이기도 하다.

그 게임이었구나!" 라커펠트씨가 손가락을 이안이에게 향하며 말했다. 그는 어느덧 대화에 참여하고 있었다.

"맞아요!" 이안이가 환희에 찬 목소리로 말했다. 이안이는 누군가 끌어안기라도 하듯이 두 팔을 벌리며 낭랑한 목소리로 말했다. "당신도 신이 될 수 있습니다, 오클로들의 신이."

"아저씨도 어릴 적 게임을 한 적이 있었단다. 강아지를 키우는 게임이었어." 라커펠트씨는 거의 30년 전 일을 회상하며 말했다.

"웹 아이보 말씀하시는 거죠? 템페스트는 그런 것들 하고는 차원이 달라요."

"당연하겠지. 세월도 흘렀고, 기술도 많이 발전했으니." 라커펠트씨가 말했다.

"그게 아니라... 오클로는 우리 인간하고 똑같아요. 태어나고, 어른이 되고, 늙고, 죽어요. 지능도 인간 못지 않아요. 훨씬 똑똑한 녀석들도 있어요."이안이는 신이 나서 게임에 대해 설명하기 시작했다. 방금 전까지 밀크티를 쏟으며 긴장하던 모습은 온데간데 없었다. 이안이의 환한 표정을 보면서 라커펠트씨는 이안이가 게임을 무척 좋아한다는 걸 알 수 있었다.

"오클로를 소유하려면 돈을 내고 사거나, 다른 마스터한테 양도 받아야 해요. 오클로를 소유한 사용자를 마스터라고 불러요. 마스터가 있는 오클로는 슬래이브, 마스터가 없는 오클로는 푸어소울이예요."

이안이가 템페스트에 관해 설명을 하고 있을 때 레스가 와서 티를 리필해줬다. 라커펠트씨는 레스에게 고맙다고 말하고, 이안이에게 이야기를 계속하라고 말했다.

"아주 쉬워요. 만일 아저씨가 오클로를 한 명 구입했다면 아저씨는 그 오클로의 마스터가 되는 거예요. 아저씨가 구입한 오클로는 푸어소울에서 슬래이브로 되는 거고요. 아시겠어요?"

"그래, 계속해 보렴." 라커펠트씨가 말했다.

"아저씨는 한동안 로그인을 하지 않았어요. 그러면 아저씨의 오클로는 로그인 안 한지 2년 째 되는 날 푸어소울로 등급이 변경되면서 경매에 붙여지게 돼요. 만일 누군가가 아저씨의 오클로를 구매하면 그 오클로는 그 사람 소유가 되고 다시 슬래이브로 등급이 올라가요. 아무도 구매하지 않는다면 푸어소울인 상태로 남아 있고요."

"그래서?" 라커펠트씨는 이안이의 말의 요점이 뭔지 아직도 이해가 가지 않았다.

이안이는 주변을 둘러보고 나서 귓속말로 소곤거렸다. "아저씨, 미노가 마지막으로 로그인한지 2년이 되었어요. 내일이 바로 그 날이에요." 이안이는 다시 카페를 샅샅이 둘러봤다. 아무도 엿듣지 못하도록 하려고 그러는 것 같았다.

라커펠트씨는 이안이를 똑바로 쳐다봤다. 방금 전까지 이안이의 말에 집중하던 그의 모습은 온데간데 없었다. 그가 말했다. "그러니까 네 말은, 미노가 게임을 했는데, 미노가 행방불명이 되어서 로그인을 못했고, 그래서 미노 아이템이 작동을 못했고. 경매로 넘어가게 되었다. 그래서 그 얘기를 하려고, 아니, 그걸 막아 달라는 얘기를 하려고 날 보자고 한 거니?"

"네..." 이안이가 개미 만한 목소리로 대답했다.

"게임 룰은 잘 이해했어. 다시 미노 이야기로 돌아가서," 라커펠트씨가 말했다. "2년 전 경찰에 실종 신고 했을 때 경찰은 미노가 가입한 모든 서비스 내역을 알려 줬단다. 사이트, 서비스, 심지어 소셜 네트워크와 이메일 계정도 말이지. 미성년자인 경우 실종 신고를 하면 가입한 서비스에 로그인하는 즉시 위치 추적이 가능하다고 경찰이 말했어. 하지만 서비스 목록에 게임은 없었어. 템페스트도 물론 없었고." 라커펠트씨가 자신만만한 목소리로 말했다.

"당연해요. 아저씨 명의로 가입했거든요." 이안이가 라커펠트씨의 눈치를 살피면서 말했다. 라커펠트씨는 벌린 입이 다물어지지 않았다. 이안이가 말을 계속했다. "템페스트는 미성년자가 가입하려면 부모 동의가 필요해요. 그래서 미노는 아저씨 동의를 얻는 대신 아저씨 명의로 가입한 거예요. 그게 훨씬 빠르고... 쉬울 거라고 미노가 저한테 말했어요."

라커펠트씨는 너무 뜻밖이라 잠시 할 말을 잊었다. 그는 이안이가 방금 한 말을 믿을 수 없었다. 그래서 다시 확인해야 했다. "그러니까 네 말은... 미노가 내 이름으로 회원 가입했다는 거니?"

"네..." 이안이는 포크를 만지작거리면서 말했다.

"넌 그걸 옆에서 보면서 내버려 뒀고?" 라커펠트씨가 나무라듯이 물었다.

"죄송해요," 이안이가 우물우물 말했다. 턱이 가슴에 닿을 때까지 머리를 숙였다. "잘못했다는 거 알아요. 하지만... 그럴만한 이유가 있었어요..."

라커펠트씨는 잠자코 이안이의 갈색 곱슬머리를 응시하면서 기다렸다. 이안이는 포크를 바닥에 떨어뜨렸다. 포크를 테이블에 올려 놓고 바지로 포크를 닦고서 말을 계속했다. "미노는 '그것'을 아주 사랑했고... 그래서 열심히 키웠어요. 미노가 가고 난 후로 제가 '그것'을 돌봤어요. 하지만 저는 마스터도 아니고, 돈도 없고... 정말 힘들었어요. 하지만 2년 동안 저로서는 최선을 다했어요." 이안이의 목소리가 떨리고 있었다.

"미노가 회원 가입한 이유를 물었는데? 내 허락도 없이 내 이름으로 말이야." 라커펠트씨는 실망감과 화를 표출하지 않으려 노력하면서 말했다.

"왜냐면 허락해 주지 않으실 게 뻔하니까요. 중요한 건, 내일이 미노가 마지막으로 로그인한지 2년째 되는 날이라는 거예요. 자정까지 로그인 안 하면 미노의 오클로는 경매에 붙여져요." 이안이의 목소리가 점점 커졌다. "미노의 오클로가 다른 사람에게 넘어갈 거예요!" 이안이가 소리쳤다. 다른 테이블에 앉은 사람들이 쳐다봤다. 이안이가 그렇게 크고 또랑또랑하게 말하는 걸 들어 본 적은 처음이었다.

그는 이안이가 진정할 때까지 기다렸다가 말했다. "중요하다고 했니? 중요한지 중요하지 않은지는 내가 판단해. 그리고, 다른 사람한테 넘어가면 왜 안되는데? 그걸 돌보느라 네가 많이 힘들었다며? 다른 사람한테 가면 너도 편해지고 '그것' 입장에서도 돌봐줄 새 주인이 생기니 좋은 거 아니니?"

이안이가 고개를 저었다. "다른 사람 손에 넘어가면 죽을 수도 있어요. 아니, 분명히 죽음을 당할 거예요."

"죽다니? 죽일 걸 뭣 땜에 돈 주고 사는데?"

"재 사용이 가능하거든요." 이안이가 대답했다.

"재 사용? 그게 뭔지는 몰라도... 알고 싶지도 않지만... 이건 단지 게임일 따름이야. 죽이든 살리든 구매한 사람 마음이지. 그게 어때서?"

갑자기 이안이가 고개를 들고 라커펠트씨를 똑바로 쳐다봤다. 그제야 라커펠트씨는 이안이가 이야기하는 내내 자신과 시선을 마주치지 않았다는 걸 깨달았다. 이안이의 맑고 푸른 눈을 처음으로 선명하게 본다는 사실이 신기했다.

"아저씨! 미노는 3년 넘게 '그것'을 자기 몸보다도 아끼고, 사랑했고, 돌봤어요. 미노가 그렇게 좋아했던 '그것'이 어떻게 생겼는지 보고 싶지 않으세요? 행복한지, 불행한지, 어떻게 사는지... 전혀 궁금하지도 않으시단 말씀이세요? 생판 모르는 사람 손에 넘어가서 죽임을 당할지, 이용 당할지, 학대 당할지,

개조 될지 모르는데, 아저씬 그게 아무렇지도 않다는 말씀이세요? 미노를 생각해서라도... 어떻게 그러실 수 있으세요?"

긴 침묵이 흘렀다. 이따금 라커펠트씨의 헛기침 소리와 이안이의 가느다란 흐느낌이 이어질 뿐이었다.

라커펠트씨는 당황했다. 이안이에게 무슨 말을 해야 좋을지 난감했다. 존재하지도 않는 것이 죽을 거라고 우는 순진한 아이, 아들 미노를 위해서 우는 아이, 그의 앞에 앉아 훌쩍이는 아이를 어떻게 달래야 할까? 안아줘야 하는 걸까?

라커펠트씨가 기침을 하고 나서 말했다. "내 말이 지나쳤다면 사과하마. 하지만 오해는 하지 말아줬으면 좋겠구나. 미노는 내 아들이야. 미노가 소중히 여겼다면 나 역시 그것을 소중히 여겨야 하겠지. 예를 들어, 그게 애완동물이나 화초, 물건이라면 말이지. 그런데 너는 지금 온라인 게임을 얘기하고 있는 거잖아. 실체가 없는."

"실체가 없다고요? 아저씨, 그건 아저씨가 템페스트 게임을 해 본 적이 없기 때문에 그렇게 말씀하시는 거예요. 정말이지, 아저씨가 게임을 해 보신다면, 아니다, 다른 사람이 게임하는 걸 옆에서 보기라도 하셨다면, 오클로들이 왜 특별한지 알게 되실 거예요. 애완동물이나 화분보다 더 소중한 이유를 알게 되실 거예요." 이안이가 창문을 내다보며 말했다. 그 모습이 마치 오클로들이 어둠 속에서 걸어 나오는 걸 기대라도 하는 듯이 보였다.

"천만에! 난 그렇게 생각하지 않아. 가상 세계에 빠져든다는 건 그만큼 현실을 등한시한다는 거잖니. 그렇지 않았다면 미노는 나한테 얘기하고 허락을 구했겠지. 떳떳하지 못하니 숨긴 거잖아."

"그건..." 이안이가 다시 허리를 꼿꼿이 펴면서 격앙된 어조로 소리쳤다. "아저씨가 이렇게 앞뒤로 꽉 막힌 분이라는 걸 미노가 알고 있었기 때문이예요. 못하게 하실 게 뻔한데 어떻게 말하겠어요? 보세요! 아저씨는 지금도 여전히 이해 못하시잖아요!"

이안이가 말을 계속하려는 데 라커펠트씨가 한숨을 쉬면서 말을 가로막았다. "그래, 네 말이 맞는다고 치자. 미노는 아직 어리니까 게임을 좋아할 수도 있겠지. 하지만 부모 입장은 달라. 예를 들어, 환자가 간절히 원한다고 해서 의사가 몸에 해로운 담배를 허락해서는 안 되는 거잖아? 적절한 비유인지는 모르겠지만."

이안이는 아무 말도 하지 않았다. 어쨌건 처절하리 만치 실망스러운듯한 이안이의 모습은 라커펠트씨로 하여금 미안한 마음을 갖게 하기에 충분했다. 라커펠트씨는 생각했다. 설사 그것이 담배처럼 해롭다 한들, 그것이 이제 와서 무슨 의미가 있겠는가. 아들은 지금 없는데. 이럴 줄 알았더라도 게임을 하지 못하게 했을까? 여기까지 생각이 미치자 그는 마음이 아파왔다.

그는 천천히 한숨을 내쉬고 나서 말했다. "자, 말하렴. 내가 뭘 어떻게 해야 하는지. 구입할 돈을 주면 되는 거니?"

이안이는 방금 라커펠트씨가 한 말이 믿기지 않는 듯 반짝이는 눈으로 라커펠트씨를 바라보며 말했다. "저는 자격이 안돼서 구입할 수 없어요. 저한테 승계해 주시면 제가 잘 돌볼게요."

"승계?" 라커펠트씨가 물었다.

""네. 아저씨는 일 땜에 바쁘시고 어떻게 하는지도 모르시잖아요. 제가 맡을게요." 이안이의 목소리는 희망에 가득찼다.

"물론 네가 잘 돌볼 거라고 생각해. 하지만 너는 아직 학생이잖아. 게다가 미성년자는 부모 허가를 받아야 한다며? 너희 부모님은 알고 계시니?"

"승계는 부모 동의 없어도 가능해요. 그리고 저희 부모님은 미노를 많이 좋아하셨기 때문에 허락하실 거예요. 그동안 걱정하느라 공부도 제대로 못했어요. 승계해 주시면 안심하고 공부에만 전념할게요." 이안이의 얼굴에는 미소가 아직도 가득했다.

"핑계도 좋구나." 라커펠트씨가 옅은 미소를 지으며 말했다. 그는 생각했다. '만일 미노가 여기에 있다면... 내가 속 좁은 아버지가 아니었다면, 미노는 이안이처럼 좋아했겠지.'

라커펠트씨가 최종 결정을 내리는 데는 시간이 좀 걸렸다.

"승계는 어떻게 하는 건데? 게임사에 전화하면 되는 거니?" 라커펠트씨가 물었다.

"신분증 갖고 본사로 가면 그 자리에서 해줘요. 본인 확인하면서 타인에게 승계 할 건지 물을 때 아이디를 알려주면 돼요." 이안이는 아직도 믿기지 않는다는 표정이었지만 이미 호주머니에서 펜을 꺼내고 있었다.

"아침 10시 이후에 가서 해요. 본인 확인은 그 때부터 가능하거든요." 이안이가 메모지를 건네 주면서 말했다. "그리고, 아주 중요한 건데, '그것'의 이름을 절대 누구한테도 말하면

9

안돼요. 게임사 직원한테도. 아무한테도!" 이안이는 라커펠트씨의 얼굴을 보고 그가 묻기도 전에 대답했다. ""소유한 오클로 이름을 공개하는 건 금지되어 있기 때문이예요." 게임을 전혀 모르는 라커펠트씨로서는 이안이가 마치 프로 게이머처럼 보였다. 이안이는 티를 한모금 마시고 말을 계속했다. "많은 문제가 있었거든요. 오클로끼리 싸움이 마스터들의 싸움이 되고, 죽고 죽이는 일도 있었어요. 마스터가 누군지 알면 나쁜 짓을 하는 방법이 인터넷 상에 널렸어요. 그래서 그런 규정이 생겼어요. 그 결과에 대해 게임사는 책임을 지지 않아요."

라커펠트씨는 이안이에게 몸을 굽혀 귓속말을 했다. "알았어! 네가 하라는 대로 할게.'

"게임이나 승계 얘기는 아무한테도 하지 마세요! 그래야 제가 안전하게 승계받을 수 있어요." 이안이가 말했다.

"걱정 마. 말 할 사람도 없어. 게다가 내 주변엔 게임을 하는 사람이 아무도 없어. 말 해 봤자 무슨 소린지 알아 듣지도 못할 거야."

이안이는 케익을 먹고 입을 닦았다. 그러고 나서 라커펠트씨에게 인사를 하고서 사라졌다. 이안이의 얼굴은 환하게 빛났고, 발걸음은 깃털처럼 가벼웠다. 라커펠트씨는 이안이가 이렇게 행복해 하는 모습을 본 적이 없었다. 그동안 이안이는 라커펠트씨 앞에서 항상 겸손하고 긴장하는 모습만 보여줬다.

이안이가 가고 나서 라커펠트씨는 의자에 등을 기대고 앉아 벽을 응시했다.

'미노가 나 몰래 게임을 했다니... 그것도 3년씩이나! 오, 미노야, 왜 진작 얘기하지 않았니? 얘기했다면 아빠가... 정말 미안하다, 미노야. 네가 다시 돌아와 준다면, 너를 위해서 뭐든 해 줄텐데...' 미노는 어릴 적부터 아빠에게 뭐든 다 털어놓고, 비밀이 없는 아이였다. 그런 미노가 아빠 몰래 게임을 했다니 믿기지 않았다.

얼마나 시간이 지났을까. 라커펠트씨는 마치 머리를 차가운 얼음물에 헹구듯 정신이 맑아지는 걸 느꼈다. 그리고 어떤 감정이 물 밀듯 밀려 들었다. 실로 아주 오랜만에 느껴보는 기분이었다. 아들을 위해 뭔가 할 게 있다는 생각, 그리고 어쩌면 뭔가 단서를 찾을수 있을지도 모른다는 희망 때문이었다.

그가 이안이에게 차마 하지 못한 말이 있었다. 그것은 그가 이안이의 말을 100% 신뢰하지 않았다는 것이다. '내 눈으로 증거를 보기 전엔 믿을 수 없어. 내일 게임사에 가 보면 알겠지.'

6시가 되면서 카페에 손님들이 하나 둘 찾아들기 시작했다. 라커펠트씨는 남은 티를 다 마시고 카페를 나섰다. 어둠이 내리는 거리에 눈 발이 하나 둘 흩날리고 있었다.

2장. 템페스트

"미네르바, 제발 5분만 더 자자..." 라커펠트씨가 미네르바를 밀치면서 말했다. 라커펠트씨는 평소 아침 8시에 일어나지만, 어쩌다 미네르바가 이른 시간에 침대 위에 올라와 라커펠트씨 얼굴에 꾹꾹이를 하는 날이 있다. 이런 날에는 하는 수 없이 일찍 일어나 아침 식사를 주는 수 밖에 없다.

라커펠트씨는 결국 하품을 하면서 눈을 뜨고 시계를 쳐다봤다. 시계 바늘이 아침 7시를 가리키고 있었다. "알았어, 미네르바. 내가 졌다. 밥 먹으러 가자," 그는 침대에서 내려와 부엌으로 갔다. 미네르바는 어느새 부엌에서 아침 식사를 기다리고 있었다.

아침 뉴스가 이미 시작되고 있었다. 라커펠트씨는 빵과 모닝 커피를 준비했다. 라커펠트씨와 미네르바가 아침 식사에 몰두해 있는 동안 TV는 일기예보를 전했다. "방금 들어온 속보입니다. 오늘 새벽 온라인 게임 템페스트 서버에 해커가 침입해서 서비스가 일시적으로 중단되는 사태가 발생했습니다. 템페스트 관계자에 의하면 이번 사고는 이름이 알려지지 않는 해커의 소행으로, 이 해커가 언제 어떻게 시스템에 침입했는지는 아직 밝혀지지 않았다고 합니다. 템페스트측은 시스템이 침입 당했음을 시인했고, 수사 기관에 의뢰해 조사를 시작할 예정이라고 전했습니다. 템페스트 시스템이 해킹 당한 것은 이번이 처음이 아닙니다. 지난해 7월에도..."

평소라면 채널을 돌렸겠지만 '템페스트'를 듣는 순간 정신이 번쩍 들었다. 오늘 승계 해 주러 가야 한다는 했다는 생각이 났다.

그는 서둘러 아침 식사를 마치고 외출 준비를 했다.

간밤에 내린 눈으로 세상은 온통 하얗게 변해 있었다.

그는 운전하기를 포기하고 택시를 잡아 탔다. 출근 시간대였지만 눈 덕분에 도로는 무척 한산했다. 덕분에 약 10분 만에 도착할 수 있었다.

"여기가 게임사 빌딩이라고요? 템페스트 빌딩이요?" 라커펠트씨는 놀라워하면서 물었다. 택시 기사는 고개를 끄덕였다. 라커펠트씨는 건물 앞에 서서 바라보았다. 그는 이 건물 소유주가 유명한 기업인 줄로만 알았지 게임사 건물인 줄은 전혀 몰랐다. 운전하면서 큰 빌딩을 지날 적마다 어느 회사 빌딩인지 궁금해 하기는 했지만 그게 전부였다.

"이렇게 화려한 빌딩이 왜 필요한지 알아봐야겠군." 라커펠트씨는 '화려한 세계'로 들어갔다.

시계가 8시를 가리켰다. 승계 업무가 오전 10시에 시작된다고 이안이가 말했던 게 생각났다. '이런... 두 시간 동안 뭘 하지?'

"안녕하세요, 뭘 도와드릴까요?" 안내 데스크 직원이 반겼다.

"너무 일찍 와서 그러는데, 커피숍이나 시간 보낼만한 데 없을까요?" 라커펠트씨가 주위를 둘러 보면서 물었다.

"약속 시간보다 일찍 도착하셨나 봐요?" 직원이 웃으며 물었다.

"아니요. 본인 확인하러 왔습니다." 라커펠트씨가 말했다. 좀 창피한 기분이 들었다.

"오, 본인 확인하려 오셨군요! 저기 녹색 데스크로 가서 기다리시면 됩니다." 라커펠트씨는 고개를 돌려 직원이 가리키는 곳을 봤다. 녹색, 보라색, 주황색 데스크가 있었고 데스크들 앞에 사람들이 길게 줄을 늘어서 있었다.

"미안한데, 10시부터 시작한다고 들었는데 벌써 저렇게 줄이 긴 건가요?" 라커펠트씨가 물었다.

"서비스 업무는 오전 7시 30분부터 시작됩니다. 지금이 고객님들이 가장 많은 시간대랍니다. 하지만 줄은 금방 줄어들 테니 염려 마세요." 직원이 말했다.

라커펠트씨는 직원이 뭔가 잘못 알아들었나 싶어서 다시 물어보려고 했지만 직원은 벌써 다른 고객을 안내하는 중이었다. '물어보기도 귀찮다. 녹색 데스크라고 했지. 그냥 가 보자.' 그는 긴 줄에 합류했다.

줄 선 사람들은 연령대가 다양해 보였다. 라커펠트씨는 그의 나이 또래 혹은 더 나이 들어 보이는 사람들이 많다는 걸 발견하고 안심했다. '어린 아이들' 틈에서 기다리는 창피함을 면하게 되어서 다행이라는 생각이 들면서도 그는 한편으로 의아해졌다. '이 사람들은 모두 게임을 하는 사람들일까? 저렇게 나이 많은 사람도? 정말 신기한 일이군.'

"신분증 주세요." 손자를 데리고 온 노인을 구경하던 라커펠트씨에게 직원이 말했다. 벌써 그의 차례였다. 직원이 신분증을 받아 스캐너같은 기계에 올려 놓고 키보드로 무언가를 입력한 뒤 되돌려 주었다. 몇 초 후 스캐너 밑에서 보라색 카드가 튀어나왔다.

"보라색 선을 따라 가세요." 직원이 카드를 주면서 말했다.

'보라색 선이 어디 있다는 거지?' 카드를 들고 두리번거리던 라커펠트씨는 보라색 선이 어디에 있는지 물어볼 직원을 찾고 있었다. 그러다가 검은 대리석 타일 바닥 사이로 무언가가 반짝이는 걸 발견했다. 보라색 선이었다. '신기하군!' 선은 그의 발 밑부터 어디론가 가늘게 끝없이 빌딩 안쪽 깊숙이 뻗어가고 있었다. 라인의 화려한 보라색은 바닥에 깔린 단순하지만 고가의 검정 타일 위로 특수한 효과를 냈다.

선은 로비 코너의 기둥을 돌아 기다란 복도를 지나 커다란 유리문 앞에서 멈췄다. 문은 잠겨 있었다. 라커펠트씨는 잠시 어리둥절하다가 문 고리 옆에 작은 카드 투입기를 발견했다. 모든 게 그에게는 새로웠다. 라커펠트씨는 유리문 안으로 들어갔다. 문이 소리없이 닫혔다.

그곳은 창문이 없는 아주 조그마한 방이었다. 작은 유리 테이블과 철제 의자 하나가 놓여 있었다.

"템페스트를 방문해 주신 것을 환영합니다. 의자에 앉아 주십시오." 어디에선가 녹음된 듯한 음성이 흘러나왔다. 라커펠트씨는 스피커가 어디에 있는지 둘러봤지만 보이지 않았다. 목소리는 라커펠트씨가 앉을 때까지 기다렸다가 말을 계속했다. "신분증을 테이블 위에 올려 주십시오."

감시 카메라가 어딘가에 있는지 둘러보면서 그는 신분증을 테이블에 올려 놓았다. 투명한 유리 테이블이 빛났다. 보라색 라인이 스캐너처럼 테이블을 스치고 지나갔다.

"감사합니다. 신분증을 안전하게 챙겨 주십시오." 목소리가 말했다.

라커펠트씨는 목소리가 시키는 대로 했다.

"다음은 본인 확인을 위한 질문 순서입니다. 이 질문은 고객님의 사생활 보호 및 보안 상 반드시 필요한 절차이오니 성실히 답해주시기 바랍니다. 대답은 키보드와 버튼을 이용해 주십시오." 목소리가 말했다.

불이 꺼지고 테이블에서 빛이 났다. 라커펠트씨는 테이블이 신기하게 느껴졌다. 투명한 유리에 자신의 다리가 보이지 않았기 때문이다. "이 무슨 희한한 일이람,' 그가 중얼거렸다.

"본인 확인 1단계 질문입니다. 귀하의 이름을 입력 후 엔터키를 눌러 주십시오." 말소리와 동시에 모니터에 자막이 떴다. "라...거...," 그는 이름을 천천히 입력하고 엔터키를 눌렀다.

"감사합니다. 다음에서 하나를 선택해 주십시오." 라커펠트씨는 'Personal Check'를 선택했다. 그런 다음에 생년월일과 소셜 시큐리티 번호를 차례로 입력했다.

"감사합니다. 본인 확인 1단계가 끝났습니다. 다음은 2단계입니다. 모니터에 사진들을 보여드리겠습니다. 아는 사진이면 녹색 버튼을 눌러 주십시오." 녹색 버튼이 테이블에서 튀어 나왔다. "모르는 사진이면 붉은 버튼을 눌러 주십시오." 붉은 버튼이 튀어 나왔다. "지금부터 시작하겠습니다."

버튼들 사이로 한 소년의 얼굴 사진이 나타났다. 처음 보는 얼굴이었다. 붉은 버튼을 눌렀다.

다음은 거리 사진이었다. 붉은 버튼을 눌렀다

화면은 강아지, 꽃, 건물 사진으로 계속 바뀌었다. 모두 처음 보는 것들이었다.

그러다가 라커펠트씨의 사진이 나타났다. 어린 시절 사진이었다. 언제 찍었는지는 기억이 안 났지만 어색한 웃음은 틀림없는 자신이었다. 그는 녹색 버튼을 눌렀다. 사진이 계속 나왔다가 사라졌고 라커펠트씨는 버튼을 계속해서 눌렀다. 수많은 사진들 중에는 미노 사진도 있었다.

사진을 계속 넘기면서 라커펠트씨는 한 가지를 깨달았다. 사진 속의 인물이 아는 사람인 경우, 배경은 전혀 생소하다는 것이었다. 예를 들어, 단란한 가족 사진에서 웃고 있는 사람은 할머니였지만, 다른 사람들은 전혀 모르는 얼굴들이었다.

풍경이나 정물 사진은 비교적 사실적이었다. 지금은 없지만 몇 년 전까지만 해도 라커펠트씨 집 거실 탁자 위에 놓여 있던 꽃병, 2층 미노의 방 창문 앞에 가지를 드리우던 라일락 나무. 몇 년 전 집을 나가 돌아오지 않았던 미네르바의 어미 고양이. 미노가 어릴 적 화장실 세면대에 올라갈 수 있도록 라커펠트씨가 손수 만들어 준 나무 계단 의자. 라커펠트씨가 어린 시절 다녔던 초등학교 건물이 그랬다.

어느 버튼을 눌러야 할지 망설이게 만드는 사진들도 있었다. 예를 들어, 초등학교 입학식 날 가슴에 달았던 이름표가 그랬다. 그 날 가슴에 이름표를 부착했던 기억은 났지만 이름표에는 다른 이름이 적혀 있었다. 이 경우 녹색 버튼을 눌러야 할까? 아니면 적색 버튼을 눌러야 할까?'

사진들은 계속 지나갔다. 라커펠트씨는 뭔가 형언할 수 없는 감동을 느꼈다. 마치 스토리나 기승전결이 없는 한 편의 아름다운 무성 영화를 감상하는 듯, 혹은 타임머신을 타고 과거로 온 기분이었다. 까마득하게만 보였던 어린 시절은 그가 손만 뻗치면 닿을 듯 가까운 곳에 있었다.

진한 여운을 남긴 채 본인 확인 절차가 끝났다. 라커펠트씨는 '아이디/패스워드 새로 설정', '승계', '탈퇴' 메뉴 중 '승계'를 선택했다.

"감사합니다. 승계할 사용자의 아이디를 입력해 주십시오."

라커펠트씨는 호주머니에 손을 넣었지만 아무 것도 없었다. 이안이가 적어 준 메모지는 사라지고 없었다.

'오, 내 코드,' 라커펠트씨는 손바닥으로 이마를 쳤다. 그가 어제 입었던 코트는 현관 앞에 걸어 놓았다. 이안이의 전화번호를 모르기 때문에 이안이에게 연락할 길이 없었다. 게다가 휴대폰도 집에 놓고 와서 없다. 라커펠트씨는 '뒤로 가기' 버튼을 누르고 닉네임과 패스워드를 재설정했다.

목소리가 다시 흘러나왔다. "귀하게 피치 못할 사정이 생겨 장기간 로그인하지 않는 경우 3년째 되는 날 귀하의 오클로는 타인에게 판매될 수 있습니다. 이것을 원치 않는 경우 두 가지 옵션 중 하나를 선택하실 수 있습니다."

라커펠트씨는 어느 옵션을 눌러야 할지 몰랐지만, 어제 이안이로부터 들은 게 있었기 때문에 '자동 승계'를 선택했다. 그리고 승계 대상을 '직접 지정'으로 선택했다. 그러자 다시 승계할 사용자 아이디 입력 화면으로 되돌아갔다. 그는 하는 수 없이 '나중에 지정'으로 선택했다.

다음 순서는 약정, 주의사항, 회원의 권한 등의 길고도 지루한 내용이었다. 처음엔 건성건성 읽다가 나중엔 그마저도 귀찮아서 무조건 '예' 버튼을 눌렀다. 몸이 점점 바늘로 콕콕 찌르는 듯 아파왔고, 이마에 식은 땀이 송송 맺히기 시작했다.

"감사합니다. 이상으로 모든 승계 절차가 끝났습니다. 두고 가시는 물건 없나 확인 후 자리에서 일어나 주십시오. 저희 템페스트를 이용해 주셔서 감사합니다. 궁금한 점이나 문제가 있으시면 언제든 저희 온라인 고객 센터나 본사를 내방해 주십시오. 안녕히 가십시오."

'드디어 끝났군.' 라커펠트씨는 문을 나서며 이렇게 생각했다. 목소리와 빈 방에게 작별 인사를 하려고 뒤를 돌아봤지만 투명했던 문은 파란색으로 바뀌어 있었다. 여전히 혼동스러움을 느끼며 그는 출구 안내 표지를 따라갔다. 몸은 점점 더 아파왔다. 쉴 곳이 필요했다.

거의 기다시피 복도 끝으로 걸어가다가 그는 녹색 글씨로 휴게실이라고 쓴 팻말이 걸려있는 문을 발견했다. 그는 죽을 힘을 다 해 문을 열고 안으로 들어갔다. 휴게실에는 아무도 없었다. 긴 소파에 몸을 눕히려 다가 그는 소스라치게 놀랐다. 발 밑에 뭔가 물컹한게 느껴졌기 때문이다. 그가 밟은 건 사람의 손이었다. 테이블 밑에서 누군가가 기어 나왔다.

"어이쿠! 죄송합니다! 거기 계신 줄 모... 몰랐어요! 괜찮으십니까?" 라커펠트씨가 낯선 남자의 손을 바라보면서 물었다.

"괜찮습니다. 잠깐 눈을 붙인다는 게, 눈을 떠 보니 의자 밑이네요." 남자가 손을 털면서 히죽 웃으며 말했다.

라커펠트씨는 안도의 한숨을 내쉬며 소파에 앉았다. 어지러워서 똑바로 앉아있기 힘들었다.

"어디 불편하세요?" 남자가 물었다.

"예... 좀 어지럽네요..." 라커펠트씨가 대답했다..

"침대에 누우시는 게 좋을 것 같군요." 남자가 라커펠트씨를 부축해 휴게실 안쪽으로 데려갔다. 칸막이 뒤에는 1인용 침대들이 있었다. 그는 라커펠트씨를 침대에 눕히고 어디선가 담요를 가져와 덮어줬다. 라커펠트씨는 고맙다는 말을 하려고 했지만 입이 떨어지지 않았다.

얼마나 시간이 지났을까. 뭔가 부글부글 끓는 소리에 라커펠트씨는 잠에서 깨어났다. 침대 옆 테이블 위 커피 메이커에서 나는 소리였다. 그 옆으로 말총머리 남자가 보였다. 검은 가죽 잠바를 입고 있었다.

"커피 좀 드실래요?" 말총머리가 히죽 웃으며 물었다.

라커펠트씨는 침대에서 일어나 테이블 앞에 앉았다. 말총머리가 담요를 개어서 시트 위에 가지런히 포개어 놓고 테이블에 합류했다. 말총머리가 만든 커피는 아주 검고, 쓰고,

달콤했다.

밖은 아주 소란했다. 사람들의 고함소리, 누군가를 찾는 방송, 쿵쾅거리는 발자국 소리가 들려왔다.

"왜 이렇게 시끄럽죠? 무슨 일 있나요?" 라커펠트씨가 말총머리에게 물었다.

"모르겠어요. 조용했는데 갑자기 시끄러워 졌네요." 말총머리가 대답했다.

"뉴스 보니까 템페스트가 해킹당했다고 그러던데, 그래서 그런가 봐요? 오다 보니까 방송국 보도 차량들도 보이던데..." 라커펠트씨가 말했다.

"그래요?" 남자가 눈을 반짝이며 익살스러운 표정으로 물었다.

"그깟 게임 갖고 이 난리들이라니 정말..." 라커펠트씨가 탄식하듯 말했다.

남자의 얼굴이 장난기 가득한 표정으로 변했다. 그가 말했다. "선생님께서는 마치 게임을 전혀 모르는 분처럼 말씀하시네요. 맞나요?"

"당연하죠. 이 나이에 게임이라니, 어디 가당키나 합니까?" 라커펠트씨가 대답했다.

"근데 여기는 왜 오셨죠?" 남자가 물었다.

"부탁 받고 왔어요."

"그러셨군요."

"..."

커피를 다 마시고 두 사람은 휴게실을 나왔다. 로비는 사람들로 꽉 차서 발 디디기조차 힘들었다. 말총머리가 라커펠트씨에게 따라오라고 손짓했다. 두 사람은 인파를 헤쳐 나갔다. 남자는 복도를 돌아 계단을 올라가 다시 꼬불꼬불 복도를 돌아 화물 용 엘리베이터를 타고 어느 층에선가 내려서 복도 모퉁이의 작은 문을 열었다.

그곳은 창고였다. 먼지에 뒤덮인 기계들이 즐비한 선반들 사이에 지하 출입문이 보였다. 해치형 손잡이를 열자 비상 사다리가 보였다. 두 사람은 사다리를 타고 내려갔다. 그리고 다시 복도를 지나 몇 번 돌아 문을 열자 창 전체가 유리로 된 복도가 나타났다. 옆 건물과 연결되는 문이었다. 두 사람은 옆 건물로 건너가 엘리베이터를 타고 1층에 내렸다. 그곳은 주차장이었다.

"덕분에 무사히 빠져 나왔네요. 감사합니다." 라커펠트씨가 말했다.

남자는 히죽 웃었다. 그의 웃음은 아주 해맑아 보였다. 유난히 흰 그의 치아가 햇빛에 반사되어 눈이 부셨다. 그는 가볍게 목례를 하고 사라져갔다.

라커펠트씨는 택시를 잡아 타고 집으로 돌아왔다. 집에 도착한 그는 곧바로 침대로 향해 잠에 곯아 떨어졌다.

* * * * * * * * * * * *

달그락거리는 소리에 라커펠트씨는 잠을 깼다. 벌써 밤인지 주변은 깜깜했다. 거실에 켜놓은 등불이 열린 문틈 사이로 비쳐들고 있었다. 일어나서 거실로 갔다. 맥그레거 부인이 분주하게 저녁상을 차리고 있었다.

"안 그래도 마악 깨우러 가려던 참이었다우. 웬 잠을 그리도 주무시우?" 그녀가 물었다.

"감기가 좀 오래 가네요. 오신 줄도 몰랐어요." 라커펠트씨가 기침을 하면서 말했다.

맥그레거 부인은 가정부였다. 일주일에 두 번 라커펠트씨의 집을 방문해 청소와 요리를 했다. 그녀의 음식 솜씨는 아주 뛰어났다. 같은 식재료라도 그녀의 손만 거치면 특별해졌다.

식탁에는 굴소스 쇠고기 볶음, 콩줄기와 튀긴 국수와 어린 부추로 만든 샐러드, 양배추 토마토 야채수프, 생강 마늘 무우 월남고추 생선 조림, 고슬고슬한 자스민 라이스가 먹음직스럽게 차려져 있었다.

"이만 가볼게요." 맥그레거 부인이 양 손에 세탁 바구니를 들고 현관문을 나서며 말했다. "샌드위치 빵은 나 구워서 스탠망에 식히는 중이니 다 식으면 잊지 말고 브래드 박스에 넣고요."

맥그레거 부인이 가고 나서 라커펠트씨는 식사를 시작했다. TV에서 뉴스가 흘러 나오고 있었다. "세간의 뜨거운 관심을 모았던 존 조이너의 경매가 취소되었습니다. 오늘 아침, 그의 등급이 퓨어-소울로 변환되려는 찰나 돌연 슬래이브로 전환되었기 때문입니다."

'TV만 켰다 하면 게임 얘기군...' 라커펠트씨가 중얼거렸다. '퓨어-소울? 퓨어-소울이 아니었나?'

"네티즌들에 의하면, 오늘 아침 8시에서 9시 사이에 등급이 전환되었다고 합니다."

화면은 한 남자가 인터뷰하는 장면으로 바뀌었다. 그가 들뜬 목소리로 말했다. "8시 20분이었던가, 아니면 30분이었을 거예요. 흰색이던 상태바가 갑자기 파란 색으로 변했더라고요."

"따라서 다음 달 1일로 예정되었던 경매는 자동으로 취소되었습니다. 존 조이너의 오클로가 기나긴 침묵을 깨고 컴백한 것인지, 아니면 다른 누군가에게 승계가 이루어진 것인지는 알 수 없습니다.

"일각에서는 오늘 새벽 발생했던 템페스트 데이터베이스 센터 해킹 사건과 무관하지 않다는 주장도 제기되고 있습니다. 해커가 시스템을 조작해 존 조이너를 불법으로 승계 받았을 거라는 겁니다. 템페스트측은 존 조이너의 등급 변경은 적법한 절차를 통해 합법적으로 이루어졌고, 이번 사고는 승계 시스템과 무관하다고 밝혔습니다."

"이로써 경매를 앞두고 전 세계 사용자들을 흥분 시켰던 입찰 열기는 일시에 사그라졌습니다. 입찰 날짜만 기다리던 대기자들은 허탈함을 감추지 못했습니다."

라커펠트씨는 무슨 말인지 도무지 하나도 알아들을 수가 없었다. 한 남자가 격양된 어조로 등장했다. 무슨 동호 회장이라는 자막이 잠깐 스쳐갔다.

"그동안 안 나타나던 마스터가 하필 오늘 나타났다는 게 말이 된다고 생각합니까? 게다가 푸어소울로 전환되기 불과 한두 시간 전에 시스템이 해킹당했습니다. 우연 치고 너무 절묘하지 않습니까? 해커 짓이 아니라면, 모종의 내부적인 거래가 오갔음에 틀림없습니다. 해킹은 그걸 은폐하려는 연막이고요!"

화면은 템페스트 로비로 바뀌었다.

"이 소식이 알려지자 템페스트 본사는 취재진과 방문객들로 아수라장을 이루었습니다. 같은 시간대 승계를 마치고 나오던 사용자들을 상대로 열띤 취재 경쟁도 벌어졌습니다. 일부 극성 사용자들은 조이너의 마스터가 그 중에 있을지도 모른다는 생각에 출입문을 지나는 사람들의 얼굴을 일일이 촬영하다가 신고를 받고 출동한 경찰이 저지하는 과정에서 가벼운 몸싸움이 벌어지기도 했습니다."

"오늘 아침 8시에서 9시 사이에 몇 명이 승계받으러 왔나요?" 기자가 데스크 직원에게 물었다.

"오전 근무가 아니라서 모르겠습니다." 직원이 대답했다.

"매일 수백명의 고객님들이 저희 템페스트를 찾아

주십니다." 앞머리가 몇 가닥 없는 양복 입은 신사가 말했다. 템페스트 홍보 이사라는 자막이 화면 아래로 큼지막하게 지나갔다. "오늘도 많은 고객님들께서 다녀가셨습니다. 승계 업무는 오전 7시 반부터 시작해서 23시에 끝납니다. 는 시스템에서 자동 수행되기 때문에 직원이 전혀 개입할 수 없습니다. 또한 철통 같은 보안이 적용되기 때문에 본인 이외 어느 누구도 누가 누구를 승계받았는지 절대 알 수 없습니다."

"게임 갖고 이 난리들이라니..." 라커펠트씨는 혀를 끌끌 차며 채널을 돌렸다.

식사를 마치고 그는 미노의 방으로 갔다. 맥그레거 부인이 매 주 청소를 해서 방은 먼지 하나 없이 깨끗했다. 방 안의 모든 것은 미노가 마지막으로 사용하던 그 대로였다.

미노가 실종된 건 2년 전이다. 화창한 5월 둘째 주 일요일 아침. 자전거를 타고 나간 미노는 돌아오지 않았다. 다음날 아침 라커펠트씨는 실종 신고를 했고 대대적인 수색이 시작되었다.

몇 주 뒤 미노의 자전거와 모자가 호수가 에서 발견되었다. 경찰은 주변은 물론 호수 바닥까지 샅샅이 뒤졌지만 단서는 없었다. 그리고 2년이 흘러갔다.

미노는 나이에 비해서 생각이 깊은 아이였다. 내성적이라기보다는 조용한 성격이었다. 그리고 정직했다.

라커펠트씨는 그동안 미노가 거짓말을 하는 걸 본 적이 없었다. 그런 미노가 자기를 속였다는 게 믿기지 않았다. 아니, 인정하기 힘들었다. '이안이 말대로 나는 미노에게 있어서 앞뒤가 꽉 막힌 아빠였을까?' 책상 앞 액자 속에서 환히 웃는 미노의 얼굴에 이안이의 질린 듯한 표정이 천천히 오버랩되었다.

그 때 어디에선가 휴대폰 벨소리가 희미하게 들려왔다. 라커펠트씨는 현관으로 가 봤지만 옷걸이는 텅 비어 있었다. 맥그레거 부인이 세탁소에 맡기려고 가져간 것이 분명하다. '그렇다면 휴대폰을 주머니에서 꺼내 놓았을 텐데...' 주위를 둘러봤지만 휴대폰은 보이지 않았다. 휴대폰으로 전화를 걸려고 집전화 수화기를 들었지만 먹통이었다.

창밖으로 눈발이 세상을 삼키기라도 할 듯 맹렬하게 휘날리고 있었다.

'눈 때문인지도 몰라.' 라커펠트씨는 이렇게 중얼거리면서 서재로 가서 컴퓨터를 켰다.

템페스트에서 회원 가입 축하 이메일이 와 있었다. 메일에서 알려준 대로 그는 프로그램을 다운받아 설치하고 새로 변경한 템페스트 계정으로 로그인했다.

로그인을 하자 템페스트 포털 사이트 창이 열렸다.

메인 사이트는 온통 아수라장이었다. 뉴스, 게시판, 번쩍이는 배너, 어지러운 메뉴, 광고들로 가득 찬 화면. 그는 어디로 가야 할지 두리번 거렸다. 그러다가 '처음 오셨습니까?' 라고 쓴 작은 버튼을 발견하고 클릭했다. 그리고 풀다운 메뉴에서 '게임 시작' 메뉴를 클릭했다.

현란한 화면이 차츰 어두워지기 시작했다. 칠흑 같은 어둠으로 변한 화면에 아주 작은 별들이 모습을 드러냈다. 별들은 일정 간격을 유지하면서 점점 커졌다. 그 중 녹색 별에 초점이 맞춰졌다. 녹색 별은 점점 확대되었다. 바다와 육지가 보였다. 산과 계곡, 들판, 도시, 그리고 집들이 나타났다. 언듯 보기에 3D위성맵과 비슷해 보였지만 너무도 정교하고 사실적인 풍경과 고해상도 화질은 라커펠트씨로 하여금 마치 비행기 조종석에 앉아 착륙 광경을 창문 밖으로 내다보는 듯 한 느낌을 갖게 하기에 충분했다.

빼곡히 들어선 집들 중에 붉은 색 지붕에 초점이 맞춰졌다. 붉은 지붕이 점점 커졌다. 화면이 지붕으로 가득 차자 지붕은 점점 투명해 져서 집안 구조가 훤히 들여다 보였다. 화면은 한 방으로 이동했다. 그리고 멈췄다.

그곳은 어두운 방이었다. 화면 상단 우측의 '밝게' 버튼을 클릭하자 화면이 조금 밝아졌다. 한 번 더 클릭했더니 더 밝아졌다. 몇 번 클릭하자 방 안 전경이 한 눈에 들어왔다.

잘 보임에도 불구하고 어두운 방으로 보인다는 건 상당히 신기한 일이었다. 마치, 밝은 곳에 있다가 어두운 데로 갔을 때 일시적으로 안 보이다가 잠시 뒤 눈이 어둠에 적응해서 잘 보일 때처럼, 방안은 잘 보였지만 밝아서 잘 보이는 게 아니라 어둡지만 잘 보이는 자연스러움이 있었다.

잔뜩 어질러진 테이블 옆으로 작은 침대가 보였다. 침대 위엔 누군가 누워 있었다.

라커펠트씨는 화들짝 놀랐다. 그래픽이 너무 생생하고 사실적이었기 때문에 마치 우연히 남의 방을 엿보는 듯 했기 때문이다.

'미노의 옥..오클로임에 틀림없어!'

얼굴을 보고 싶었지만 이불로 온 몸을 칭칭 감고 베게에 얼굴을 파묻고 있었기 때문에 볼 수 없었다.

라커펠트씨는 스피커를 켰지만 아무 소리도 들리지 않았다.

그는 화면을 잘 살펴봤다. 사운드 설정 메뉴가 어딘가에 있을 것 같아서였다. 사운드 설정 메뉴를 찾는데는 시간이 좀 걸렸다. 그는 화가 났다. 볼륨을 높이자 숨쉬는 소리가 들려왔다. 진짜 숨 쉬는 소리 같았다. 라커펠트씨는 스피커에 귀를 바짝 대었다. 그리고 눈을 감았다. 라커펠트씨는 자신이 미노 곁에 앉아서 미노의 숨소리를 듣는 상상을 하고 있었다. 볼륨을 더 높이자 밖에서 개 짖는 소리, 누군가 외치는 소리가 바람을 타고 들려왔다.

메뉴들은 필요할 때 저절로 나타났다. 라커펠트씨는 화면 확대 메뉴를 클릭했다. 화면은 확대하면 확대할수록 흐려지기는 커녕 오히려 더욱 또렷해졌다. 침대 시트의 섬유 조직이 마치 현미경으로 보듯 세밀하게 보였다.

모든 것들은 놀랄 만큼 사실적이었다. 크기가 작다는 점만 제외하고 가상 세계는 실제 세상처럼 보였다. 사운드도 그래픽 못지 않게 사실적이었다.

'믿을 수 없군.' 라커펠트씨는 생각했다. 방을 나와 집을 둘러봤다. 낡고 허름한 집이었다. 그는 가상 세계에서 일어나는 일들에 흥미를 느끼기 시작하고 있었다.

뒷마당에 커다란 나무 한 그루가 보였다. 담장 너머로 다른 집들이 보였다. 창문에 불이 켜진 집들이 몇 보였다. 그 때 거실에 서 있는 아주 큰 괘종 시계가 아름다운 타종 소리를 내며 새벽 5시를 알렸다.

"이러니 아이들이 혹할 수 밖에..." 라커펠트씨는 한숨을 내쉬며 게임을 종료했다. 화면의 물체들이 점점 작아지면서 녹색 별로 바뀌었고, 녹색 별은 무수한 별들 속으로 이내 자취를 감추었다. 화면은 다시 어두워졌다. 그리고 처음 접속했던 난장판으로 바뀌었다.

홈 화면은 그야말로 조잡함의 극치였다. 뉴스, 장터, 경매, 팁, 트릭, 후기, 리뷰, 이달의 오클로 등등 메뉴가 너무 많아 다 읽기도 힘들 정도였다.

게시판 종류만도 수십 가지가 넘었다. 게시글 제목들을 대충 훑어봤다. '존 조이너의 새로운 마스터', '그 날 존 조이너에게 무슨 일이 있었나?', '해킹은 개뿔, 불법 승계를 위한 관심 분산' 등등... 거의 모든 글이 존 조이너에 관한 것이었다.

무심코 조회수를 본 그는 깜짝 놀랐다. 모두 1만회 이상이었다. 자세히 보고 그는 더 놀랐다. 조회수가 천 단위였던 것이다. 글 목록은 새로 올라온 글들로 인해서 순식간에 뒷

페이지로 넘어갔다. 새 글은 올라오는 즉시 불과 몇 분 만에 조회수가 만 단위를 넘었다.

'이러니 빌딩을 세우지...' 라커펠트씨는 혀를 끌끌 찼다.

간신히 로그아웃 버튼을 찾아 클릭하려는 순간 그 옆에 '로그인 기록'이라고 조그맣게 링크가 보였다. 마우스를 대자 '귀하의 최근 5년간 로그인 기록을 보실 수 있습니다' 라는 드롭다운 메뉴가 떴다.

라커펠트씨의 가슴이 갑자기 뛰기 시작했다. '미노가 언제 로그인했는지 볼 수 있어!' 그러나 기대는 이내 실망으로 바뀌었다.

가장 최근에 접속한 날짜는 오늘. 그 이전 로그인은 2년 전, 미노가 사라진 날이었다. 로그인 시간은 새벽 3시 46분. 접속 아이피는 라커펠트씨의 아이피와 일치했다. 이안이의 말대로 미노가 게임을 몰래 했다는 건 사실인 듯 했다.

로그 기록대로라면 미노는 실종되던 날 새벽 라커펠트씨의 컴퓨터로 게임에 접속했다.

라커펠트씨는 그 이전 기록을 찬찬히 들여다 보았다. 접속 날짜, 시간, 로그아웃 시간, 아이피 번호, 맥 어드레스, 접속 기기 종류, 기종, 접속 프로그램 등의 항목으로 구성되어 있었다.

'잘 찾아보면 단서가 있을지도 몰라.' 라커펠트씨의 가슴이 다시 뛰기 시작했다. '왜 진작 이걸 몰랐을까! 이안이가 진작 알려줬다면! 아니야, 알려준 것만도 고맙지. 녀석은 아직 어려. 그 생각을 미처 못했던 거야!' 라커펠트씨는 그의 길고 거친 손으로 이마를 쳤다.

시계는 어느덧 자정을 가리키고 있었다. 그는 컴퓨터를 끄고 감기약을 먹고 나서 침대에 누웠다. 몸은 만신창이가 된 것처럼 아파왔지만 정신 만은 또렷했다. '단서를 찾아야 해! 반드시 단서가 있을 거야!' 그는 단서를 찾는 여러 방법들을 생각하다가 잠이 들었다.

* * * * * * * * * * *

주말 내내 눈이 내렸다. 41년만의 대대적인 폭설이라고 방송에서는 전했다. 라커펠트씨는 아무 데도 나가지 않고 집에만 있었다. 감기도 감기지만 날씨도 너무 추웠다.

휴대폰은 커튼 밑에서 발견되었다. '오, 미네르바, 또 깃털을

24

갖고 놀았구나.' 라커펠트씨가 미네르바를 바라보면서 말했다. 미네르바는 깃털로 만든 라커펠트씨의 휴대폰 액세서리를 좋아했다. 이번에도 라커펠트씨가 없는 틈을 타서 갖고 놀았던 모양이었다.

이안이로부터는 연락이 없었다. 이안이가 준 메모지는 세탁소에서 가져온 외투 주머니에서 찾긴 했지만 형체도 없이 뭉개져 있었다.

일요일 오후 라커펠트씨는 기운을 좀 차릴 수 있었다. 이틀 동안 맥그레거 부인이 끓여준 뜨거운 카모마일 티와, 거의 20년만에 찾은 병원에서 타 온 약 덕분이었다.

이틀 동안 그는 잠만 잔 것은 아니었다. 접속 로그를 면밀히 분석했고, 아이피들을 확인했고, 접속 기기와 어플리케이션, 맥 어드레스 등등을 면밀히 살펴봤다. 막히는 것들은 검색으로 알아냈다. 컴맹은 아니지만 이 분야에 전혀 문외한인 그로서는 이런 것들이 생각만큼 어렵지 않다는 게 놀라울 따름이었다. 게다가 IT 용어들은 이해가 쉬웠다.

맥그레거 부인이 다녀가고 나서 라커펠트씨는 그동안 알아낸 것들을 정리해 봤다.

미노는 주로 PC방에서 게임에 접속했다. 접속 시간대는 평일은 방과 후, 주말은 일정하지 않다. 출장으로 집을 비웠을 때는 평일은 저녁 시간, 주말은 거의 하루 종일 집에서 게임에 접속했다. PC방에 전화해 봤더니 2년 전 CCTV는 확인이 불가능하다고 한다.

실종되기 일주일 전부터 미노는 게임에 접속하지 않았다. 그러다가 실종 당일 새벽 집에서 마지막으로 접속했다.

템페스트에는 사용자들끼리 메일과 쪽지를 주고받거나 실시간 채팅 기능이 있다. 미노는 이 기능들을 사용한 적이 없다. 메일 박스와 쪽지 보관함도 텅 비어있다.

템페스트에는 오클로 다이어리 메뉴가 있다. 미노는 아무 것도 기록하지 않았다. 뭐든 항상 꼼꼼하게 기록하고, 또 기록하는 미노의 성격 상 의아해지는 부분이다.

사용 설명에 의하면 마스터는 소유한 오클로의 기억을 열람할 수 있다. 그러나 어찌 된 영문인지 접속하려 하면 접근이 금지되었다는 메시지만 뜬다.

미노의 오클로는 며칠째 같은 자세로 잠만 자고 있다. 나는 아직 그것의 얼굴을 보지 못했다. 심지어 그것의 이름조차 (만일 이름이 있다면) 모른다.

라커펠트씨는 교훈도 하나 얻었다. 그건 템페스트가 문제점을 해결해 주리라고 기대해서는 절대 안 된다는 것이다.

헬프 데스크에 전화를 걸어 오클로의 기억을 볼 수 없다고 말하자 직원은 매뉴얼과 튜토리얼을 다시 정독할 것을 권했다. "그게 전부인가요?" 라커펠트씨가 묻자 직원이 대답했다. "네."

튜토리얼을 다 읽었지만 도움이 안돼서 다시 전화했다. 그랬더니 직원은 설정에서 히스토리를 저장하지 않음으로 선택해서 그런다고 말했다.

'히스토리 저장'으로 설정되어 있다고 말하자 직원은 언제부터 그런 현상이 발생했느냐고 물었다. 오랜만에 접속해서 모른다고 대답하자 직원은 장기간 로그인을 하지 않았다면 데이터가 얽혀서 그럴 수 있으니 앞으로는 자주 로그인하라고 말했다. 라커펠트씨가 물었다. "얽힌 데이터는 어떻게 풀죠?" 직원이 대답했다. "업데이트하면 됩니다." 소프트웨어가 최신 버전이라고 말하자 직원은 컴퓨터 사양을 업그레이드 할 것을 권했다. 권장 사양을 충족하는 컴퓨터라고 말하자 직원은 다른 사람을 바꿔 주었다.

자신을 개발자라고 소개한 직원이 말했다. "고객님께서 말씀하신 에러 메시지는 저희 매뉴얼에 존재하지 않습니다." 그는 잠시 말을 멈추더니 다시 계속했다. "두 가지 이유를 생각해 볼 수 있습니다. 하나는, 저희가 미처 발견 못한 버그일 수 있습니다. 버그로 인해 생성되는 오류 메시지는 저희 데이터 센터로 자동으로 전송되는데 고객님의 에러 메시지는 접수된 바 없기 때문에 버그의 버그일 수 있습니다."

"다른 이유는 뭐죠?" 라커펠트씨가 한쪽 눈썹을 치켜 올리면서 물었다.

"애플리케이션이 바이러스나 악성 코드에 감염되었을 수 있습니다."

"그럼 어떻게 해야 하죠?"

"죄송하지만 방법이 없습니다. 왜냐면 보고된 바가 없기 때문입니다."

"제가 지금 보고하고 있지 않습니까?" 라커펠트씨가 목소리를 높였다.

그러자 개발자라는 직원은 다른 직원을 바꿔줬다.

자신을 관리자라고 소개한 직원이 말했다. "고객님께서 분석을 의뢰하시면 해 드릴 수는 있습니다. 시간은 짧게는 6개월, 길게는 2년 이상 걸릴 수 있습니다. 분석 과정에서 데이터가 손상되어 복구가 불가능할 수 있으며, 그 경우 저희는 책임지지 않습니다. 그래도 좋으시다면 신청서 양식을 메일로 전송해 드리겠습니다."

라커펠트씨는 전화를 끊고 입술을 잘근잘근 씹었다.

템페스트 사이트에서 유사 사례도 검색해 봤다. 그러나 게시판은 종류가 너무 많았고, 검색 결과도 너무 많았다. 질문 게시판은 회원 등급이 낮아 질문도 올릴 수 없었다.

'뭐가 이리도 복잡하고 어려운 거야!' 라커펠트씨는 분개했다. 그는 곧 자신이 혼자가 아니라는 걸 알게 되었다. 템페스트 고객 센터는 원래 악명이 높았다.

써드파티를 통해 문제점을 해결하는 방법도 보였다. 그는 추천 링크들을 클릭했지만 링크는 링크에 연이어 끝이 없었다. '신중해야 해.' 그가 중얼거렸다. '이안이 말처럼 이 곳은 무서운 곳일 수 있어.'

* * * * * * * * * * * *

폭설은 그쳤지만 바람은 여전히 차갑고 매서웠다. 라커펠트씨는 눈으로 미끄러운 길을 엉금엉금 기다시피 간신히 카페에 도착했다.

이른 아침부터 카페는 손님들로 북적였다. 사무실에 들어가 외투를 벗은 그는 자리에 앉아 조간신문을 펼쳤다. 41년만의 보기 드문 폭설로 모든 초등학교가 임시 휴업에 들어갔다는 헤드라인이 눈에 덮여 형체를 알아보기 힘든 자동차 사진과 함께 1면을 장식하고 있었다. 그 밑으로 중간 크기 활자의 기사 제목이 눈에 크게 들어왔다.

'존 조이너 혼수상태'

'가지가지 하는군..' 그는 기사를 몇 줄 읽다 말았다. '엔키두의 저주'니, '신비한 코드의 비밀'이니, '이스트 에그', '뻐꾸기 알'3, '허니팟 등 전혀 외계어투성이였기 때문이다. 레스가 커피를 가져왔다.

"나 없던 동안 혹시 이안이 다녀가지 않았어?" 라커펠트씨가 커피를 마시면서 레스에게 물었다.

"아니요, 안 왔어요."레스가 대답했다.

"전화도 없었고?"

"없었어요." 레스는 이렇게 대답하고 사무실을 나갔다.

라커펠트씨는 좀 의아하다는 생각이 들었다. 그는 신문을 접었다.

샌드-뱅크 카페는 늘 손님이 많았다. 메뉴 가지 수는 적었지만 맛이 뛰어났다. 가장 인기 좋은 건 옥수수빵이었다. 햇볕에 말린 황옥수수를 맷돌로 약간 거칠게 갈아 만든 옥수수빵은 옥수수 알갱이들이 고소하게 씹히는 맛이 일품이었다.

다음으로 인기 좋은 건 복숭아 파이였다. 파삭한 노버터 파이소에 입에서 사르륵 녹는 복숭아 크림과 얇은 복숭아 초컬릿 파이 거죽은 환상의 디저트였다.

입소문을 타면서 프렌차이즈 제안도 들어왔다. 라커펠트씨는 일체 응하지 않았다. 하루 사용할 식재료 양은 정해져 있었고, 소진되면 더 이상 팔지 않았다. 빵을 사러 줄 서는 사람이 늘었지만 샌드-뱅크 카페는 처음 개점했을 때와 달라진 것이 전혀 없었다.

사람들은 라커펠트씨를 장인 정신이 투철하다며 칭찬했지만 아들을 잃고 모든 의욕을 상실한 그에게 사업 확장은 또 다른 스트레스를 의미했다. 슬픔에서 살아남기 위해 그가 할 수 있는 건 오직 반복적인 일 뿐이었다. 그는 될 수 있는 한 몸을 혹사했다. 그래야 밤에 잠을 잘 수 있었다.

그 날도 라커펠트씨는 여느 때처럼 바쁘게 일했다. 그러나 그의 일상이 이전과는 다르다는 게 느껴졌다.

어깨에 맨 무거운 밀 포대가 그의 양 손 아래로 가볍게 미끄러졌다. 밀알들이 제분기에 쏟아지는 소리는 마치 무더운 여름 쏟아지는 소나기처럼 들렸다. 유리병 속 사탕들은 보석처럼 영롱하게 보였다. 식사하는 사람들의 와자지껄함 속에 묻혀버린 음악, 밀과 원두 가는 소리, 포크와 나이프 부딪히는 소리도 정겹기만 했다. 그는 자신이 다시 이전의 일상으로 돌아왔음을 느꼈다. 이안이가 다녀가고 나서부터 생긴 변화였다.

게임을 파헤치다 보면 미노를 찾을 수 있을지도 모른다는 실날같은 희망이 부질없다는 것을 깨닫는 날 다시 이전의 암흑으로 되돌아 가게 되더라도, 실로 오랜만에 느껴보는 이 기분을 그는 가능한 오래 만끽하고 싶었다.

그 날도 이안이는 나타나지 않았다. 전화도 없었다.

집에 돌아와 TV 드라마를 보던 그는 소스라 치게 놀랐다. 주인공의 룸메이트가 며칠 동안 침대에 누워 꼼짝도 않길래 자는 줄로만 알고 있었는데 실은 죽어 있었다는 장면에서 미노의 오클로가 생각났기 때문이다.

'접속할 때마다 항상 침대에 누워 있었지. 그것도 같은 자세였어. 베개에 얼굴을 파묻고, 이불로 몸을 돌돌 말고...' 그는 날짜를 헤아려봤다. '오늘로 며칠째지? 나흘? 닷새? 며칠 동안 같은 자세로 자는 건 불가능해!' 라커펠트씨는 벌떡 일어나 서재로 가서 컴퓨터를 켰다.

미노의 오클로는 여전히 같은 자세로 누워 있었다. 숨소리는 규칙적이었지만 가늘었다. 라커펠트씨는 안도의 한숨을 내쉬었다. 방은 커피가 말라붙은 걸 제외하고는 달라진 게 없어 보였다. 며칠 내내 죽은 듯 누워만 있었던 게 틀림없는 것 같았다. '어디가 아픈가? 그대로 방치하면 저러다 죽는 게 아닐까?' 갑자기 불안해졌다. '이럴 때 어떻게 해야 하지? 이안이라면 알고 있을텐데...'

그는 고객 센터로 전화를 걸었다. 직원의 안내대로 수십번 클릭 끝에 미노 오클로의 건강 수첩에 접속할 수 있었다.

건강 수첩 건강 상태위독 남은 수명 38시간, 24초 병명영양 실조, 스트레스, 과로, 충격, 의욕 상실 처방VIP 회원만 가능 (1,598 포인트 차감). 부분 치료 불가 치료에 드는 시간8일, 24분, 32초.

'완치' 버튼을 클릭하자 일반 회원은 이 기능을 사용할 수 없으니 VIP 회원으로 업그레이드 하라는 안내가 보였다. VIP 회원 가입비는 상상을 초월했다.

그의 내면에서 이성의 목소리가 들려왔다. '존재하지도 않는 것에 돈을 지불한다는 건 미친 짓이야.' 그의 내면에서 감성의 목소리가 들려왔다. '아들이 사랑했던 것이기 때문에 돈을 지불해야 해.'

그러는 동안에 남은 수명은 초 단위로 계속 줄어들고, 치료에 필요한 포인트는 계속 올라가고 있었다. 라커펠트씨는 카드 결재를 했다.

몇 분이 지나자 남은 수명은 58년, 건강 상태는 치료 중으로 변경되었다. 의사 소견서에 다음과 같이 적혀 있었다. '완치될 때까지 걸리는 시간은 8일 11분 01초입니다. 그 때까지 충분한 에너지와 영양을 공급해 주시고, 스트레스를 받지 않도록 각별히 유의해 주십시오. 이 치료는 기존의 질병들에만 적용되며, 이후 발생하는 질병에 대해서는 적용되지 않습니다.'

라커펠트씨는 에너지와 영양을 공급하는 메뉴를 찾아 봤지만 보이지 않았다.

'모르는 게 너무 많아...' 그는 중얼거렸다.

미노의 오클로는 여전히 같은 자세로 미동도 하지 않은 채 잠자고 있었다. 라커펠트씨는 속삭이듯 말했다. "이제 자렴! 아침이면 모든 게 달라져 있을 거야."

라커펠트씨는 안도의 한숨을 내쉬고 게임을 종료했다. 다행이라는 생각이 들면서도 터무니없는"VIP회비에 대한 불쾌함으로 인해 기분이 썩 좋지는 않았다.

다음날 아침, 사무실에 출근해 메일함을 열자 "템페스트 아카데미 98기 수강생 모집"이라는 제목의 이메일이 도착해 있었다.

"VIP 회원만을 위한 특별 혜택, 템페스트 아카데미 36기 수강생을 모집합니다.

평소 바쁜 일로 시간을 내기 어려우셨다면 이번이 기회입니다.

긴 연휴기간 동안 템페스트의 모든 것을 마스터해 보십시오!

전 과정은 모두 무료입니다."

파일로 첨부된 수강 안내서는 거의 책 한 권 분량이었다. 대충 훑어보던 라커펠트씨의 입이 딱 벌어졌다. 편의 시설, 강사진, 심지어 요리사 사진과 프로필, 메뉴까지 아주 상세하게 소개되어 있었다. 지방에서 오는 경우 숙소도 무료로 제공되고, 애완 동물을 동반하는 회원을 위한 애완동물 캐어 서비스, 식단, 수의사 프로필까지 있었다.

"이 무슨 돈지랄이람!" 라커펠트씨는 혀를 끌 끌 찼다. 하지만 기분이 그다지 나쁘지 만은 않았다.

'거액의 회비를 냈으니 낸 만큼 본전을 뽑아야지!' 그는 수강 신청을 했다.

3장. 존 조이너

연휴 둘째 날   라커펠트씨는 일찌감치 템페스트 본사에 도착했다.

로비는 처음 갔을 때와 마찬가지로 북적거렸다. 로비 한 편에 별도로 마련된 프로스페로 아카데미 안내 데스크로 갔다. 직원이 신분증 확인 후 황금 색 카드를 건네줬다. 라커펠트씨는 황금 색 선을 따라서 강의실로 향했다.

엘리베이터를 타고 오르다가 그는 말총머리 남자를 따라 건물을 돌고 돌던 일을 생각했다.

건물 구조를 그렇게 속속들이 꿰차고 있었던 걸 보면 그는 이 회사 직원임에 틀림없어. 지금 이 건물 어딘가 일하고 있겠지.' 해맑던 그의 미소와, 햇빛에 눈부시게 반짝이던 하얀 치아가 눈에 선했다.

강의실에는 먼저 도착한 수강생들이 삼삼오오 모여서 커피를 마시며 담소를 나누고 있었다.

VIP 회원인 만큼 연령대가 당연히 높을 거라고 생각했던 라커펠트씨의 예상은 이번에도 보기 좋게 빗나갔다. 모인 사람들은 대부분 20-30대로 보였다.

강의실은 아주 화려했다. 바닥엔 발목까지 파묻힐 정도로 푹신한 자주색 카펫이 깔려 있었다. 연단 뒤에는 황금색 술이 달린 녹색 벨벳 커튼이 치렁 치렁 드리워져 있었다. 모공 하나 없는 검정색 가죽 의자는 아주 부드럽고 푹신했고, 마호가니 테이블은 러시아 황제의 집무실 테이블처럼 고급스러워 보였다. 강의실 뒷 쪽에 커피와 스넥 테이블이 마련되어 있었다.

"한 달 전부터 자동 스크립트를 짜서 모의 연습까지 했는데 정말 허탈하더군요."사람들이 소곤대는 소리가 들려왔다.

"말씀도 마세요! 저는 시차까지 바꾸면서 준비했지 말입니다."

그런데 정말 이상하단 말이죠. 어떻게 모든 게 이렇게 딱 딱 맞아 떨어질 수가 있죠? 분명 뭔가가 있는 게 아닐까요?"

"그러 게요. 교육 마지막 날에 그 답을 들을 수 있을까요?

글쎄요... 두리뭉실하게 얼버무리지 않겠어요?"

라뮤리즈씨는 분명 뭔가 알고 있을 거예요. 그게 오늘 제가 온 이유예요."

'초보는 나 한 사람 뿐인가 보군...' 라커펠트씨는 소외감을 느꼈다. 연령대도 그렇지만 게임에 관한 한 모두 베테랑인 듯 보였다.

강의실 벽에 서 있는 대형 추시계가 9시를 알렸다. 사람들은 커피잔을 들고 각자 자리로 돌아갔다.

연단 뒤 풍성한 녹색 커튼 주름을 헤치고 한 남자가 나왔다. 곤색 바이어스를 댄 푸른 자켓에 흰색 넥타이를 매고 있었다.

"좋은 아침입니다. 프로스페로 아카데미 36기 총무를 맡게 된 로이 커햄입니다. 앞으로 사흘 동안 여러분과 함께 하면서 알찬 시간 보내시도록 최선을 다 하겠습니다. 불편한 점이나 도움이 필요하시면 언제든 말씀해 주십시오."

로이는 좌석을 힐끗 둘러봤다. "아직 안 오신 분들이 많군요. 하지만 제 시간에 오신 분들을 위해서 예정대로 진행하겠습니다."

로이가 강의 일정과 주의 사항, 편의 시설에 관해 간략히 설명하는 동안에 조수로 보이는 직원들이 좌석을 돌면서 박스를 한 개씩 나눠 줬다. 박스 안에는 태블릿과 검정 가죽 케이스, 리모컨, 액세서리가 들어 있었다. 한 눈에 봐도 고가 제품이란 걸 알 수 있을 만큼 아주 고급스러워 보였다.

"VIP 회원님들을 위해 저희가 준비한 작은 선물입니다. 부디 유용하게 사용하시기 바랍니다." 로이가 말했다. "태블릿에는 강의 자료와 교재들이 저장되어 있습니다. 강의 도중 메모를 하고 싶으시면 책상 위 가상 키보드와 모니터를 사용해 주십시오. 입력한 내용은 태블릿에 자동 저장됩니다. 사진을 찍거나 녹음, 녹화를 하시려면 리모컨을 사용해 주십시오."

'VIP 회비가 괜히 비쌌던 게 아니었어.' 라커펠트씨는 생각했다.

"첫번째 강의 주제는 템페스트의 역사입니다. 연구소 소장

무단 하마스씨를 소개합니다!" 갈색 체크 무늬 양복을 입은 대머리 신사가 풍성한 녹색 커튼 주름을 헤치고 나와 인사했다.

"안녕하십니까. 제 이름은 무단 하마스입니다. 현재 게임 개발 총책을 맡고 있습니다. 연휴인데도 불구하고 이렇게 와 주셔서 감사합니다. 올해도 여러분과 가족들에게 행운이 함께 하는 한 해가 되기를 바라며, 이번 시간을 빌어 템페스트의 유래와 역사에 관해 간략히 소개드리겠습니다."

그가 손에 든 리모컨을 누르자 강의실 조명이 어두워졌다. 대형 스크린 화면에 포즈를 취한 세 남자 사진이 나타났다.

오늘날 템페스트의 주역들입니다. 템페스트의 산 증인이자 전설적인 존재죠. 이 사진은 15년 전 찍은 것으로, 현재 세 분 모두 생존해 계십니다. 좌측부터 라뮤리즈 그레이쥬 박사, 엔키두 메이어스씨, 롭 브란슨씨입니다."

세 사람 중 라뮤리즈씨가 제일 나이가 들어 보였다. "템페스트의 지나온 발자취를 돌아 보겠습니다. 상영 시간은 15분입니다." 하마스씨가 말했다.

강의실은 완전히 깜깜해졌다. 대형 스크린은 게임 초기 화면으로 바뀌었다. 라커펠트씨는 숨죽이며 화면을 응시했다.

* * * * * * * * * * * *

태초에 템페스트가 있었다. 템페스트를 처음 만든 게 누구였는지에 관해서는 의견이 분분하지만 어떤 것도 명확하게 증명된 바는 없다.

재정난으로 문 닫고 역사의 뒤안길로 사라진 카란다스 연구소가 정부의 지원을 받아 장기간 진행했던 연구 프로젝트라는 설이 있지만 이 역시 확인되지 않았다. 카란다스설은 다음과 같다:

국방부는 인공지능 기술을 확보하기 위해 CAGT(Cognitive Assistant that Grows and Thinks)프로젝트 연구비에 5억 달러를 지원했다. '성장하고 사고할 수 있는 가상 인간' 으로 해석할 수 있는 이 프로젝트는 인공지능 관련 연구 지원 금액이 역사상 가장 많다.

이 프로젝트는 스미스 연구소가 주도했다. 30개 대학 및 연구 기관의 연구원 500명이 참여했다. 투입된 연구비가 인력 규모가 큰 만큼 비밀 유지가 필수였기 때문에 모든 연구와 작업은 철저한 분업 체계 속에서 진행됐다.

카란다스 연구소는 가상 공간에 지구를 구현하는 프로젝트를 맡았다. 지구가 빙하기를 거쳐 오늘날 모습이 되기까지 과정을 가상 공간에 재현해 교육 자료로 활용하고, 향후 기후 변화등에 대비하는 것이 목적이었다. 적어도 연구소 직원들은 그렇게 믿었다. 프로젝트의 코드네임은 템페스트였다.

카란다스 연구소는 프로그래머는 많고 관리자의 수는 적었다. 그래서 그들은 회의로 시간을 낭비하는 법이 없었다. [3] 프로그래 머들은 세상사를 초월한 사람들이었다. 그들은 사회적 관습 따위에 신경쓰지 않았다. 그들은 설계도 않고, 문서 작성도 않으며 프로그램을 테스트해 보지도 않았다. 하지만 모두들 그들을 세계에서 가장 뛰어난 프로그래머라고 칭송했다.

몇 년 뒤, 정권이 바뀌었다. 새로 부임한 대통령은 부임 첫날 각 부처에 인원 삭감과 비용 절감을 지시하며, 가장 모범적인 부서를 표창하겠다고 말했다. 부서들은 앞다투어 진행하던 프로젝트들을 묻지도 따지지도 않고 종료했다. CAGT도 그 중 하나였다. 해당 프로젝트에 참여했던 사람들은 졸지에 실업자 신세로 전락했다. 스미스 연구소 간부 히그 대틀로스도 그 중 한 사람이었다.

그러나 대틀로스는 위기를 기회로 전환 시키는 천부적인 재능의 소유자였다. 그는 CAGT 중에서 '가상 이미지 연구 부문'을 독립 시켜 모피어스라는 벤처기업을 설립했다. 그런 뒤 스마트폰용 앱 '아더셀프'를 개발해서 안드로메다 앱스토어에 등록했다.

아더셀프는 일종의 게임 앱이었다. 아더셀프는 다른 차원에 사는 또 다른 나를 의미한다. 사용자가 자신의 정면, 측면, 후면 얼굴 사진을 찍어 모피어스 서버에 전송하면 24시간 이내에 자신과 똑같은 모습의 아더셀프가 생성된다. 완성된 아더셀프는 가상 세계에 투입된다.

아더셀프는 특허 받은 첨단 그래픽 기술을 적용해 사진 몇 장만 갖고도 실제 인물과 놀랄 만큼 흡사한 캐릭터를 만들어냈다. 자신과 똑같이 생긴 아더셀프가 가상 세계에 사는 모습을 지켜본다는 건 당시로는 파격적인 일이었다. 이 앱은

---

[3] 미국 작가 제프리 존스가 1987년 쓴 책 "프로그래밍의 도: The Tao of Programming를 인용하고 있다.

등장하자마자 폭발적인 인기를 모았다. 사용자들은 가상 세계에 사는 또 다른 자신에게 빠져들었다.

모피어스와 노글사와의 인연은 그로부터 한달 후 시작됐다. 노글사 CEO 유레카씨가 대틀로스에게 전화를 걸어 인수하겠다고 제안했다. 모피어스는 창업을 전후해 6,000만 달러를 조달한 터라 돈이 부족한 것은 아니었다. 그러나 노글사에 이 기술을 넘기면 널리 쓰이겠다고 판단해 매각했다. 매각대금은 5억 달러로 알려졌다.

반면 카란다스 연구소는 재정난으로 문을 닫았다. 정부 기관의 외주 의존도가 지나치게 높은 때문이었다..

그렇다면 그들은 왜 스미스 연구소처럼 위기를 기회로 전환 시키지 못했을까? 그것은 결정을 내리는 위치에 있는 사람들이 모두 프로그래머였기 때문이다.

카란다스 연구소는 프로그래머는 많이 고용했고, 관리자의 수는 줄였다. 그것이야말로 생산력이 절로 향상되는 원동력이었다고 그들은 믿었다.

[4]프로그래머들은 세상사를 초월한 사람들이다. 그들은 아무 것에도 신경 쓰지 않는다. 프로그램만을 위해서 살기 때문이다. 왜 그들이 경영 따위에 신경을 쓰겠는가? 그들은 자기가 짠 코드를 다른 사람이 인정하건 말건 신경 쓰지 않는다. 따라서 시연할 필요성도 느끼지 않는다. 작성한 프로그램은 모두 그 자체로 완벽하며, 고요하고, 우아하고, 목적이 뚜렷하기 때문이다..

개발자들은 뿔뿔이 흩어졌고, 연구소의 값 나가는 장비와 자료들은 매각되거나 파기되었다.

템페스트 프로젝트 관련된 모든 장비와 소프트웨어, 문서들은 정부 예산으로 집행된 정부 재산이기 때문에 수거되었다.

일설에 의하면, 프로젝트 관련 모든 자료가 국립자료보관소 소머즈 창고 D동 648호 7층 98-3 파티션 다섯째칸에 보관되어 있었다고 한다. 물론 정확한 정보는 아니다. 그렇게 몇 년이 흘러갔다.

그러던 어느날, 어두컴컴한 창고에서 먼지를 뒤집어 쓰고 기나긴 잠을 자던 템페스트가 돌연 잠에서 깨어나 세상에 나오게 된다.

---

[4] 제프리 존스의 '프로그래밍의 도' 2.4 부분을 인용하고 있다.

어떻게 나왔는지는 아무도 모른다. 다만 누군가가 그것을 훔쳐서 헐값으로 팔았을 거라고 추측될 따름이다. 그렇게 생각되는 이유는 다음과 같다: 건물 보수 공사로 인해 보관 중이던 자료들이 임시 창고로 이동 되었다. 그 과정에서 자료의 절반이 유실되었다.

공사가 끝나고 다시 제 자리로 되돌아온 모든 자료에 새로운 고유 번호와 아이디가 부과되었다. 그 과정에서 자료의 절반이 또 유실되었다. 그리하여 모든 자료 정리가 끝났을 때 템페스트는 더 이상 인벤토리에 존재하지 않았다. 소머즈 창고 소장은 자료 보관소 공간을 1/3으로 줄여 유지 비용을 절감한 공으로 대통령상을 받았다.

그리고 나서 1년 뒤, 한 남자가 평소 애용하던 블랙 마켓에서 하드 드라이브들을 헐값에 사들였다.

그는 구입한 드라이브들을 포맷하려 했는데 그 중에 몇 개가 포맷이 되지 않았다. 살펴본 결과 그는 엄청난 용량의 뭔가가 삭제 방지용 락이 걸린 상태로 저장되어 있다는 걸 알게 되었다.

상당히 중요한 자료인지도 모른다는 생각에 그는 락을 풀어보려 온갖 방법을 동원했지만 번번이 실패했다.

결국 그는 문제의 하드 드라이브들을 되팔기로 결심, 블랙 마켓에 내놓았다. 좀 더 그럴사하게 보이려고 과장된 설명과 파일 디렉토리 스크린샷도 첨부했다.

많은 사람들이 관심을 보일 거라는 그의 예상과 달리 입찰자는 단 한 명 뿐이었다. 실망한 그는 구입 가격의 0.7배에 넘기는 걸로 만족해야 했다. 입찰자는 라뮤리즈 그레이쥬 박사였다.

라뮤리즈 박사는 은퇴한 프로그래머였다. 대학에서 물리학을 전공한 그는 흰 양말과 폴리에스터 셔츠를 입고, 두꺼운 안경을 끼고, 기계어와 어셈블리어, 포트란, 코볼과 이제는 잊혀진 언어들로 컴퓨터와 대화를 나누는 전형적인 고대 프로그래머였다. 그와 함께 일했던 사람들은 그를 Alpha-Geek이라고 불렀다.

은퇴 후 무료한 나날을 보내던 그가 이 하드 드라이브를 구입한 것은 순전히 오랜 경험에서 비롯된 동물적 감각 때문이었다. 디렉토리 스크린샷을 보는 순간 그는 뭔가 대단한 것이라는 예감을 강하게 느꼈다. 택배 상자를 열고 하드 드라이브를 꺼내 컴퓨터에 연결해 아름다운 트리 구조를 본 순간, 그는 자신의 예감이 적중했음을 깨달았다.

그것은 실로 엄청난 코드였다. 정교한 그래픽은 실물 지구

축소본 그 자체였다. 방대한 데이터베이스는 인류가 축적한 모든 정보를 집결해 놓은 듯 했다. 트리 구조는 아름다웠고, 인터페이스는 직관적이고 합리적으로 군더더기가 없었다. 너무도 아름다운 간결한 코드를 보면서 라뮤리즈씨는 한없는 경외심에 빠져들었다.

'이것은 도대체 무엇에 사용되는 프로그램일까? 그리고 이 엄청난 프로그램을 제작한 사람은 누구일까?'

그는 코드를 샅샅이 뒤져 봤다. 그러나 코드 네임이 템페스트라는 것, 그리고 주석들 중 하나에 채프먼이라는 단어가 포함되어 있다는 것 외에 어떤 단서도 찾아내지 못했다.

그는 궁금한 나머지 블랙 마켓의 룰을 깨고 판매자에게 하드 드라이브의 출처를 문의했지만 답을 얻을 수 없었다. 연락을 받은 판매자가 겁을 먹고 인터넷 상에서 영원히 사라졌기 때문이다.

라뮤리즈씨는 자주 들르는 프로그래밍 커뮤니티 몇 군데에 이 프로그램에 관해 알고 있는 사람을 찾는다는 글을 올렸다. 연락이 오는 곳은 없었다.

약 1년여의 삽질 끝에 그는 마침내 프로그램을 구동하는 데 성공했다.

검은 화면에 작은 점들이 점점 커지면서 우주 공간의 모습으로 변했고, 그 중 한 별로 초점이 맞춰졌다. 그 별은 투명한 얼음으로 뒤덮여 있었다. 0으로 고정된 타임머신에 임의의 정수를 입력하자 얼음이 녹기 시작했다. 녹은 물은 바다를 이루었다.

라뮤리즈씨가 감격에 겨워 소리쳤다. "[5]나는 느꼈노라! 마치 천체의 감시자가 시계 안에 새로운 유성이 헤엄치는 것을 보았을 때의 그 심정을!"

코드를 연구하고, 조금씩 수정도 해 보고 그 결과를 테스트하면서 그는 바쁘고 행복한 날들을 보냈다.

하루 일과가 끝나면 라뮤리즈씨는 잠들기 전 그 날 작업 내용을 그의 블로그에 짤막하게 올렸다. 스팸봇을 제외한 방문객은 없었다.

그러던 어느 날 그의 블로그 포스팅에 처음으로 댓글이

---

[5] 영국의 낭만주의 시인 존 키이즈의 시 '채프먼의 호머를 처음 보았을 때(On First Looking into Chapman's Homer)'를 인용하고 있다.

달렸다. 그것도 그냥 평범한 댓글이 아니라 라뮤리즈씨가 올린 코드 일부에 관한 기술적 소견이었다. 그의 닉네임은 엔키두였다. 그는 라뮤리즈씨가 포스팅을 올릴 때마다 댓글을 달았다. 라뮤리즈씨는 그가 범상치 않은 실력자라는 걸 깨달았다. 두 사람은 댓글을 통해 우정을 쌓아 나갔다.

어느 화창한 봄날, 두 사람은 한 커피숍에서 처음 만남을 가졌다. 라뮤리즈씨보다 몇 살 어린 엔키두씨는 라뮤리즈씨와 마찬가지로 정년을 앞둔 프로그래머였다. 두 사람은 서로 잘 통했고 친구가 되었다.

세 번째 만난 날 라뮤리즈씨는 그를 자신의 집으로 초대했다. 그리고 템페스트를 보여줬다. 다 보고 난 엔키두씨가 템페스트를 생명 게임으로 개조하면 어떻겠느냐고 제안했다. 라뮤리즈씨의 눈이 빛났다.

모든 것은 일사천리로 진행되었다. 엔키두씨는 1년 앞당겨 퇴직을 했다.

두 사람은 작은 사무실을 빌렸다. 그리고 언제 끝날지도 모르는, 어쩌면 평생 걸릴지도 모를 방대한 코딩 작업을 시작했다

그러고 나서 몇 년 뒤 템페스트 2G가 탄생했다.

모형 행성에 봄이 시작되었다. 식물들이 곳곳에서 뿌리를 내리고 가지를 뻗어 나갔다. 그리고 나비와 곤충들이 날기 시작했다. 메마른 대기는 생명의 기운으로 충만해졌다.

이 때까지는 모든 게 순조로웠다. 하지만 식물들은 이내 무서운 번식력으로 행성을 뒤덮었다. 울창한 가지와 덩굴 때문에 땅에는 빛이 들지 않았다. 빛을 필요로 하는 키 작은 식물들과 애벌레들이 죽기 시작했다. 동물들은 잎과 줄기의 거대한 숲에 갇혀 옴짝달싹하지 못하고 죽어갔다.

두 사람은 거대한 초식 동물을 만들어 가상 세계에 투입하기로 했다. 그렇게 해서 만든 게 공룡이었다.

공룡은 푸른 초원과 산을 자유롭게 뛰어 다니며 엄청난 양의 나뭇잎과 풀을 뜯어 먹었다.

그런데 문제가 발생했다. 공룡 개체수가 늘어나면서 그들이 먹을 식물이 턱없이 부족해졌기 때문이다. 행성은 다시 황폐해졌고, 먹을 풀을 찾지 못한 초식 동물들이 하나 둘 굶어 죽기 시작했다.

식물과 초식 동물이 적당한 균형을 이루도록 개체 수와 번식력을 조절하는 건 프로그래머 입장에서 상당히 번거롭고 힘든 작업이다.

두 사람은 쉬운 방법을 택했다. 라뮤리즈씨가 타임머신에 음수를 입력했다. 그러자 시간이 앞으로 돌아갔다. 행성이 얼어붙기 시작했고, 그동안 공들여 만들었던 생명체들은 하나 둘 얼음 속으로 사라졌다.

기나긴 빙하기로 행성을 잠재워 놓고 두 사람은 분주하게 코딩 작업을 했다. 같은 실수가 반복되지 않도록 이번에는 시간을 충분히 두고 모든 코드를 꼼꼼하게 점검했다.

생명체 디자인에도 공을 들였다. 두 사람 모두 그림에 소질이 전혀 없어서 인터넷에서 근사한 이미지들을 가져다 사용했다. 어차피 공개할 것이 아니었기 때문에 저작권을 염려할 필요가 없었다.

모든 준비가 완료되었을 때 라뮤리즈씨는 타임머신에 임의의 양수를 입력했다. 행성은 긴 잠에서 깨어나 기지개를 폈다.

얼음이 녹고 대기가 촉촉해졌을 때 창조주들은 동식물을 투입했다.

어떤 종이든, 개체수가 정해 놓은 숫자만큼 많아지면 특정 조건을 충족하는 개체들이 소멸되도록 프로그램을 짰기 때문에 불상사는 더 이상 없었다.

모형 행성은 점점 분주해졌다. 두 사람은 자신들이 창조한 가상 생명체로부터 새로운 생명이 태어나는 모습을 경이로운 표정으로 바라보았다.

문제가 전혀 없는 건 아니었지만 두 사람은 매일 조금씩 고쳐나갔다.

버그들은 패치되었고, 동식물에는 새로운 속성이 부여되었고, 테스트를 거친 새로운 알고리즘이 적용되었다.

다음 단계가 무엇인지 짐작하기란 그리 어렵지 않을 것이다. 식물과 곤충, 그리고 동물. 그 다음은 인간이 등장할 차례다. 두 사람은 심혈을 기울여 제작한 우스크 1.0 베타를 투입했다.

우스크족은 두 다리로 보행했고, 사냥을 잘 했고, 나무 열매도 능숙하게 땄다. 외모는 인터넷에서 할리우드 배우들 사진을 갖다 사용해서 무척 아름다웠다.

문제가 발생한 것은 2세대부터였다. 부모와 전혀 외모의 자식들이 태어났기 때문이다. 세대를 거듭할수록 그들의 외모는 점점 괴상해졌다. 코가 지나치게 납작하거나, 입이 앞으로 돌출되는 등, 인간이라기 보다는 원숭이에 가까웠다. 상속 기능에 뭔가 문제가 있는 듯 했다.

문제점을 보완한 버전 1.1.3도 마찬가지였다. 2세들은 치아가 쥐 이빨처럼 작았고, 수염이 동물처럼 바깥을 향해 뻗쳤다. 차기 버전의 3세대들은 정수리 부분에 뼈가 혹처럼 불룩 솟았다. 그 다음 버전은 도마뱀 같은 피부와 손을 가졌다.

수많은 시행착오와 테스트를 거쳐 두 사람은 마침내 제대로 된 버전을 만들 수 있었다.

완성된 버전을 행성에 처음 투입한 날, 엔키두씨가 잠시 휴식을 갖자고 제안했다. 그동안 너무 열심히 코딩 작업을 한 탓에 두 사람의 몸은 약해질대로 약해졌기 때문이었다. 라뮤리즈씨가 동의했다.

라뮤리즈씨는 파리로, 엔키두씨는 중국으로 각각 휴가를 떠났다.

휴가를 마치고 돌아와 합류한 두 사람은 깜짝 놀랐다. 그 동안 모형 행성에 투입했던 우스크들이 죄다 자취를 감추어 버렸고, 그 자리를 처음 보는 생소한 종이 대신하고 있었기 때문이다.

자리를 비운 사이 무슨 일이 있었던 걸까? 당황한 두 사람은 시간을 중단 시키고 로그 파일을 분석하기 시작했다. 그 결과, 생명 주기 코드에 문제가 있어 세대 교체가 지나치게 빠르게 이루어진 것이 일차적인 원인임이 밝혀졌다.

그렇다면 우스크들이 모두 사라진 이유는 무엇일까? 서로 싸워서 이긴 자만이 살아남은 것일까? 그렇지 않았다. 우스크족은 사자처럼 서로 협동해서 먹이를 구하도록 제작되었기 때문에 그들끼리 싸우거나 죽이는 일은 불가능했다. 두 사람은 코드 분석을 시작했다. 그 결과 그들이 알아낸 것들은 다음과 같았다:

생존에 불리한 신체 구조를 가진 종, 예를 들어, 손가락의 길이가 짧았던 우스크 12호는 나무에 오르는 게 서툴러 맹수에게 잡혀 먹는 비율이 높았다.

각 종끼리 교잡을 통해 2세가 생성되는 과정에서 코드들이 예상치 못한 결과를 만들어냈다. 예를 들어 약한 코드는 강한 코드에 의해 덮어쓰기 되었고, 호환되지 않는 코드들이 충돌하면서 변종 내지는 돌연변이가 탄생했다.

원인을 알게 된 두 사람은 말을 잃고 서로 마주 보다가 누가 먼저랄 것 없이 부둥켜 안고 환성을 터뜨렸다. 휴가에서 돌아온 그들이 본 것은 시각적, 청각적, 교육적인 가상 세계가 아닌,

개발자 개입이 필요 없는, 스스로 살아 꿈틀거리는 세상이었다. 두 사람은 진정한 생명 게임의 가능성을 예감했다.

　그 해 여름, 파리에 유학 중인 라뮤리즈씨의 손녀딸 펄이 할아버지를 만나러 왔다. 라뮤리즈씨는 펄을 사무실로 데려가 템페스트를 구경 시켜줬다. 파리로 돌아간 펄은 남자 친구에게 사무실에서 찍은 사진들을 보여주며 할아버지 이야기를 들려줬다.

　펄의 남자 친구는 '퇴직 후에 더 바쁜 내 여자친구의 괴짜 할아버지'라는 제목으로 슬래시닷 (Slashdot)에 글을 올렸다. 이 게시물은 너드(Nerd)들의 큰 관심을 불러 일으켰고, 라뮤리즈씨의 블로그는 방문객 폭주로 순식간에 다운되었다.

　3주 후 사무실로 검은 양복을 입은 남자가 찾아왔다. 노글사 CEO 유레카씨였다. 템페스트를 인수하고 싶다고 그가 말했다. 라뮤리즈씨와 엔키두씨는 단칼에 거절했다.

　유레카씨는 다음날도 찾아왔다. 이번에는 템페스트를 실제 세상과 동일한 수준의 정교한 가상 세계로 만들고, 사용자가 신이 되어 지배하는 온라인 게임으로 만들겠다는 말로 두 사람을 설득하려 했다. 두 사람은 정중히 거절했다.

　다음날 찾아온 사람은 대틀로스씨였다. 대틀로스씨는 두 사람을 설득하려 들지 않았다. 대신에 자신이 개발한 아더셀프 앱 이야기를 들려 주었다.

　모든 일이 그렇듯 과도한 집착은 문제를 일으킨다. 게임도 마찬가지다. 아더셀프 앱의 문제점들 중 하나는 사람들이 가상 세계에 사는 아더셀프를 자신과 동일시하려 한다는 데 있었다. 이런 사람들은 아더셀프에게 무슨 일이 생기는 경우, 자신에게도 안 좋은 일이 생길 거라고 믿었다. 자신이 못 하는 것들을 아더셀프를 통해 하려는 사람들도 있었다. 예를 들어, 실제 세상에서의 원한은 가상 세계에서의 복수로 이어졌다. 가상 세계에서의 사소한 트러블이 실제 세상에서의 다툼으로 번지기도 했다.

　결국 이 앱은 청소년 유해 앱으로 판정되어 만 19세 이상만 사용 가능으로 등급이 조정되었다. 그러다가 큰 사건이 발생했고, 노글사는 이 앱을 앱스토어에서 자진 퇴출시켰다.

　아더셀프의 또 다른 문제점은 처음엔 재미나지만 쉽게 싫증을 느낀다는 데 있었다. 게임 속 환경은 실제 세상만큼 정교하지 못했다. 게임 속 세상에서 벌어지는 일들은 실제 세상처럼 다이너믹하지 못했다.

노글사는 퇴출을 새로운 기회로 여기고 새로운 게임 개발에 착수했다. 템페스트야말로 노글사가 찾던 컨셉 그 자체였다.

대틀로스씨는 프로그래머 출신이다. 프로그래머들은 프로그래머들과 통한다. 프로그래머에 있어 다른 프로그래머의 한마디는 관리자의 백 마디보다 효과가 있다. 대틀로스씨는 라뮤리즈씨와 엔키두씨의 마음을 움직이는 데 성공했다. 다음 날, 유레카씨가 돈이 가득 든 007 가방을 들고 왔다. 두 사람은 계약서에 서명했다.

두 사람에게 노글사 본사 건물에서 가장 전망 좋은 사무실이 제공되었다. 루트잭 맥주와 카페인 드링크로 가득 채워진 냉장고, 쓰리-인-원 브렉퍼스트 스테이션, 아우펑사에서 특별 주문 제작한 간이 침대, 풍성한 주름의 오하라 녹색 벨벳 커튼이 드리워진 큼지막한 사무실이었다. 책상 위에 개발 이사라는 직함이 새겨진 큼지막하고 아름다운 명패가 놓였다.

템페스트 개발 총책은 마케팅의 귀재라고 불리는 노글사의 토마스 폰 메이어스가 맡았다. 엄청난 자금과 빼어난 실력의 그래픽 디자이너들이 총 동원되었다.

그로부터 3년 뒤, 템페스트 게임 온라인 버전이 첫 선을 보였다.

* * * * * * * * * * * *

강의실에 불이 들어왔다. 폭신한 의자에 파묻혀 잠자던 수강생들이 기지개를 펴면서 일어났다.

"재미나게 보셨습니까?" 로이가 웃으면서 말했다.

"그래서 그 두 사람은 어떻게 되었나요?" 맨 앞자리에 앉은 노란 스웨터가 물었다.

"엔키두씨는 퇴직하셨습니다. 고향에 돌아가 공상과학 소설을 쓰겠다고 하셨습니다. 라뮤리즈씨는 출근은 안 하시지만 윤리 고문으로 많은 도움을 주고 계십니다. 자, 그러면 지금부터 약 15분간 휴식을 갖겠습니다.

로이의 말이 끝나자 강의실 뒷 문이 열리고 직원이 새로운 스넥 카트를 밀고 들어왔다. 사람들이 커피를 마시기 위해 줄을 섰다. 라커펠트씨는 의자에 기대어 잠시 눈을 붙였다.

2교시는 사람들이 더 많았다.

"이번 시간에는 템페스트의 컨셉과 기술, 그리고 향후 방향을 소개드리겠습니다. VIP회원님들의 품격에 걸맞도록, 각 부서에서 최고라고 인정받는 직원들만 강사로 모셨습니다. 첫번째 강의를 해 주실 인사부 이사 피터 드보아씨를 소개합니다."

녹색 커튼 뒤에서 진 갈색 뿔테 안경을 쓴 남자가 나왔다. 안경 알이 어찌나 작은지 마치 개미 눈처럼 보였다.

"안녕하십니까! 제 이름은 피터 드보아입니다. 인사부 이사로 물갈이를 담당하고 있습니다."

피터는 각 부서 조직도를 보여주면서 재능 있는 인재 영입을 위해 회사가 얼마나 공을 들이는지 설명했다. 한 해커를 스카웃하기까지 일화는 무척 재미있었다.

다음은 페이즐리 무늬 넥타이를 맨 키가 작달막한 남자 순서였다. 현재는 개발 총책을 담당하지만 한 때는 잘 나가는 개발자였다고 자신을 소개했다. 대형 스크린 화면에 귀여운 점박이 강아지가 나타났다.

"펫시터라고 들어보셨을 겁니다. 온라인에서 가상 강아지를 키우는 게임이죠. 사용자가 하루 세 번 가상 밥과 물을 주면 가상 강아지는 무럭무럭 자라나 성견이 됩니다."

화면에 강아지가 사라지고 아름다운 전원 풍경이 펼쳐졌다.

"이 게임도 알고 계실 겁니다. 토지를 분양 받아 성을 짓고, 채소밭을 가꾸는 게임 위브리드입니다. 가상 물과 가상 비료를 주고, 가상 잡초를 솎아주면 채소가 성성하게 자랍니다. 수확한 채소는 게임머니로 환전 해 성을 증축하는 데 사용됩니다."

'별 희한한 게임이 다 있군…' 라커펠트씨가 중얼거렸다.

"그동안 수많은 게임들이 등장했다가 사라졌습니다. 그 자리는 이내 다른 게임들로 메꿔지고 또 사라지기를 반복합니다. 게임이 아무리 종류가 많아도 컨셉은 같습니다. 꾸며진 가상 공간을 사용자 개입으로 변화 시키는 것이죠. 차이가 있다면 규모 그리고 정교함입니다." 여기서 그는 "에취!" 하고 재채기를 하고 말을 계속했다.

"템페스트가 기존 게임들과 차원이 다른 이유는 여기 있습니다. 저희는 가상 세계를 강아지나 성, 야채밭으로 국한시키지 않고, 우리가 사는 실제 세상으로 확장시켰습니다. 템페스트에서 벌어지는 일들은 실제 세상과 흡사합니다. 또 하나의 작은 세상을 위해 우리는 모든 가능한 기술과 데이터,

자금, 그리고 인력을 동원했습니다."

화면이 대형마트 식품 코너로 바뀌었다. 진열대 위의 성성한 시금치가 클로즈업되었다.

"여기 시금치가 있습니다. 기존 게임에서는 사용자가 물과 비료를 주고, 가끔가다 밭을 매어주면 시금치를 수확할 수 있었습니다. 템페스트의 시금치는 그런 것들과는 비교가 되지 않을 정도로 복잡합니다.

"시금치는 낮은 온도에서 잘 자라고, 물을 너무 많이 주면 죽어버리는 식물이죠. 템페스트 시금치도 마찬가지입니다. 시금치를 햇볕이 잘 드는 곳에 심거나, 물을 지나치게 많이 주면 이내 시들고, 뿌리가 썩어 잎이 노랗게 변합니다.

"템페스트에 서식하는 모든 다른 식물도 마찬가지입니다. 하다못해 잡초, 이끼에 까지도 실제 식물과 동일한 속성이 적용됩니다.

"템페스트는 살아있는 식물원입니다. 자귀꽃이 어떻게 생겼는지 알기 위해 식물 백과 사전을 뒤적이거나 인터넷 검색을 할 필요가 없습니다. 직접 키울 필요도, 식물원에 가 볼 필요도 없습니다. 동식물에 관한 모든 궁금증에 대한 답이 이 가상 세계에 있습니다."

그러는 동안에 싹은 땅을 조금씩 뚫고 나오고 있었다. 머리를 내민 파란 싹이 화면에 클로즈업되었다.

"식물의 성장 과정 구현은 고도의 그래픽 기술과 데이터를 필요로 합니다. 예를 들어, 저희 사진팀이 시금치 사진을 찍습니다. 씨앗 사진, 씨앗을 심은 땅 사진, 씨앗에서 싹이 나서 땅을 조금 밀어낸 사진, 흙 부스러기가 한 개 밀려난 사진, 두 개 밀려난 사진, 그 틈새로 싹의 푸른 빛이 아주 조금 보이는 사진... 떡잎이 나오기까지 모습을 담은 사진 만도 수만 장이 넘습니다.

"떡잎이 나오고, 본 잎이 돋고, 잎이 무성해지고, 벌레가 먹어 구멍이 나고... 모든 상황의 이미지가 1/2분당 프레임으로 투입됩니다. 이 뿐이 아닙니다. 화면을 확대하면 시금치 잎이 세포분열하는 모습까지 마치 현미경으로 들여다 보듯 생생하게 볼 수 있습니다."

라커펠트씨는 슬슬 지루해지기 시작했다. 시금치가 아니라 고양이를 보여줬다면 덜 지루할 텐데 라는 생각이 들었다.

"시금치가 하루에 필요로 하는 영양분과 수분은 얼만큼인지, 최소 최대 허용 한계치를 정해주고, 각각의 값이 적용되었을 때 어떤 모양으로 바뀔 지를 지정해 줍니다. 같은 밭에 심은 시금치라도 각각 생김새가 다른 이유는 이 때문입니다. 한계치 값의 단위를 세분화해서...... 이런 복잡한 매커니즘을 통해 실제 세상의 시금치와 거의 동일한 가상 시금치가 완성됩니다."

라커펠트씨는 주위를 흘낏 살폈다. 사람들은 대부분 졸고 있었다.

"그러나 때로는 우박이 내릴 수도 있고, 장마가 계속될 수도 있습니다. 기상 변화에 시금치가 반응하지 않는다면 올바른 구현이 아니겠죠. 그래서 우리는 특정 조건이 부여되면 개체들이 자발적으로 '화학 반응'을 일으키는 기술을 개발했습니다. 가상 화학 작용이라 불리는 이 기술은 특허로 등록되어 있습니다."

화면의 시금치 싹은 어느새 잎이 무성하게 자란 시금치로 변해 있었다.

"동물도 마찬가지입니다. 동물은 그 복잡함과 난이도가 식물과 비교가 되지 않죠. 게다가 식물은 한 자리에 머물지만, 동물은 스스로 이동합니다. 식물은 환경 변화에 대해 몸으로만 반응하지만, 동물은 몸과 움직임으로 반응합니다. 즉 감정이 개입되는 것이죠.

"감정의 개입은 표정을 변화 시킵니다. 목소리도, 성격도 각각입니다. 먹이, 환경, 운동량이 전부는 아니죠. 애완 동물의 경우 주인의 사랑도 큰 영향을 미칩니다. 이 모든 것들을 제대로 구현하기 위해 얼마나 많은 그래픽과 데이터, 코드, 연산이 필요한지 여러분은 쉽게 상상이 가지 않을 겁니다.

"각각의 개체에 데이터와 속성을 부여하고, 자체적인 연산 과정을 통해 새로운 함수를 생성하고, 각기 다르게 변하도록 프레임을 짜는 것... 과거에는 신의 영역이었습니다. 그러나 인간의 부단한 노력, 그리고 시간과의 싸움을 통해서..."

라커펠트씨는 하품을 참을 수가 없었다.

"...... 그러나 일단 메리 문을 완성하고 나면서부터 모든 작업은 일사천리로 진행되었습니다... 우리가 사는 실제 세상과 100% 가까운 가상 세계를 만든다는 1차 목표가 어느 정도 달성되었을 때, 거기에 2차 목표가 우리를 기다리고 있었습니다."

라커펠트씨는 끄덕끄덕 졸다 눈을 떴다. 강사가 어느새 검은 곱슬머리 청년으로 바뀌어 있었다.

"안녕하십니까! 환경 개발부 지질팀 수석 엔지니어 다니엘 프롤립입니다. 템페스트 베타버전 개발 당시 저는 지질학을 전공하는 대학생이었습니다. 교수님 추천으로 템페스트 인턴 직원이 되었고, 그 인연으로 지금 이 자리에 서 있습니다. 당시

제가 참여했던 분야는 가상 자연 환경 구축으로, 지금은 고인이 되신 지질학자 지오반니 박사님 밑에서..."

지질학 강의는 시금치 강의보다 훨씬 더 지루할 것 같았다.

"자, 그럼 용어 정리부터 시작하겠습니다. 컴퓨터가 하드웨어와 소프트웨어로 구성되듯이, 가상 게임 세상에도 하드웨어와 소프트웨어가 존재합니다. 게임에 등장하는 나무, 호수, 집, 꽃들은 사용자 입장에서 소프트웨어에 해당합니다. 그러나 가상 세계에 사는 생명들의 입장에서 볼 때는 하드웨어겠지요.

"가상 세계의 풀은 하드웨어지만, 그 풀을 자라게 하고, 말라 죽게 만드는 것은 소프트웨어입니다. 다른 모든 것들도 마찬가지입니다. 게임 속의 산, 바다, 대기가 하드웨어라면 그곳에 해가 뜨고 비가 내리고 계절이 바뀌게 하는 것은 소프트웨어입니다.

"바람이 불지 않으면 풀은 움직이지 않는다.. 소프트웨어가 없으면 하드웨어는 소용이 없습니다. 정지된 화면에서 게임을 할 수 없기 때문입니다. 가상 세계는 그 자체로 소프트웨어지만 하드웨어이기도 하고, 소프트웨어이기도 합니다. 이것이 바로 템페스트의 기본 원리입니다."

무슨 말인지 이해가 가지는 않았지만, 라커펠트씨는 잠 자는 걸 보류하고 강의를 듣기로 마음먹었다. 다니엘의 설명은 다른 사람들에 비해 짧고 명확했기 때문이다.

"게임 개발팀은 하드웨어팀과 소프트웨어팀으로 나뉩니다. 하드웨어팀은 게임 속 예측 가능한 모든 장면을 디지털 이미지화시킵니다. 소프트웨어팀은 하드웨어팀으로부터 받은 이미지를 살아 움직이게 하는 소프트웨어를 만듭니다. 소프트웨어와 하드웨어는 물리적 변화와 화학적 변화를 만들어 냅니다.

"물리적 변화란 예를 들어, 비가 내리면 바닥에 물이 고이고, 도랑이 파이고, 물이 흐르는 것을 말합니다. 이건 개발자가 미리 설정한 시나리오대로 진행됩니다. 가상 비의 강수량과 빗줄기의 세기, 비가 내린 시간, 땅의 성분과 밀도등이 계산되어 거기에 맞는 크기의 고랑이 생기는 거죠. 이것은 물리적 변화에 해당합니다. 따라서 예측 가능합니다.

"그러나 개발자가 전혀 예측하지 못한 결과가 발생하기도 합니다. 예를 들어, 어느 날 비가 왔는데 밭의 흙 일부가 푸른 색으로 변했고, 그 흙에서 자라던 붉은 장미 나무에서 파란 장미꽃이 피어났습니다. 이후부터 이 장미 나무는 다른 데 옮겨 심어도 여전히 푸른 장미꽃을 피웠습니다.

"개발자의 실수 혹은 코드상의 에러 때문이라면 수정하면 됩니다. 그러나 그게 아니라면 개발자는 어디부터 손을 써야 할지 난감해집니다. 듣도 보도 못한 속성이 알 수 없는 이유로 인해 생성되었기 때문입니다. 이런 변화를 화학적 변화라 부릅니다.

"아시다시피 소프트웨어는 코드로 구성됩니다. 프로그램의 길이가 세 줄밖에 안 되더라도 언젠 가는 손 볼 필요가 생기게 마련입니다. 코드 자체는 문제가 없더라도 다른 코드들로 인해 문제가 발생할 수 있습니다. 화학적 변화는 대부분 이런 이유들로 인해 발생합니다. 개발자들은 이것을 방지하고 패치하는 데 최선을 다 하지만 신이 아니기 때문에 완벽할 수 없습니다."

라커펠트씨는 꾸벅꾸벅 졸기 시작했다. 시간이 얼마나 흘렀을까. 눈을 떴을 때 다니엘은 보이지 않고 다른 남자가 강의를 하고 있었다. 지루한 강의는 이제 마무리 단계에 있는 듯했다.

"오늘의 강의를 요약해 보겠습니다. 가상 게임에서 그래픽으로 표현되는 것들은 하드웨어, 그래픽을 움직이게 하는 것은 소프트웨어입니다. 소프트웨어의 목적은 물리적 변화를 유발하는 데 있지만, 버그나 코드 충돌로 인해 화학적 변화도 발생합니다.

"소프트웨어는 다이아몬드처럼 다양한 면을 지니고 있으며, 원시림처럼 서로 얽혀 있습니다. 각각의 코드는 거센 강줄기처럼 시스템으로 들어왔다가 나갑니다. 템페스트에서는 아무리 사소한 것이라도 서로에게 영향을 미칩니다. 가상 세계에서 가장 중요한 것은 상호작용입니다. 모든 것이 상호 작용하는 템페스트는 조화로운 소우주와도 같습니다. 감사합니다!"

졸고 있던 사람들, 책에 낙서를 하던 사람들, 스마트폰으로 뭔가를 하던 사람들이 박수를 쳤다. 라커펠트씨도 얼떨결에 박수를 쳤다.

이어서 대머리 신사가 등장했다. 템페스트 디자인 본부장이라고 자신을 소개한 커머슨씨의 촌스러운 복장은 디자인과 전혀 동떨어져 보였다.

"템페스트는 정식 출시되기 전부터 큰 관심을 불러 일으켰습니다. 그 관심을 한 군데로 집약하는 역할을 했던 게

바로 디자인 공모전이었습니다.

"공모 분야는 동물, 식물, 자연 세 분야로 나뉘어 진행되었습니다. 출품 자격 조건은 세 가지였습니다. 실제 세상에 존재하지 않는 것이어야 할 것. 아름다워야 할 것. 가상 세계에 유익해야 할 것."

라커펠트씨는 디자인 공모전에 관해 언젠가 들어 본 적이 있었다. 거의 한 달 내내 신문 기사에 등장했었다.

"많은 작품들이 출품이 되었습니다. 갖가지 기발한 아이디어와 빼어난 디자인의 작품들이 심사 위원들의 눈을 휘둥그레지게 했습니다." 화면에 초원이 펼쳐졌다. 공룡 비슷하게 생긴 동물들이 초원에서 뛰어 놀고 있었다. 라커펠트씨는 이 동물을 장난감 가게에서 본 적이 있었다.

"제 1회 템페스트 디자인 공모전 최우수상작 노다 호러씨의 도르곤입니다."

도르곤은 언뜻 보면 공룡 같지만 등에 황금 색 갈기가 있었고, 몸매가 호리호리한 게 공룡과 용의 중간 정도로 보였다.

"실제 세상에 없는 동물이어야 한다면서 왜 공룡인가요?" 누군가 물었다.

"공룡은 실제 세상에 존재하지 않는 동물 맞습니다." 커머슨씨가 웃으며 말했다. "적어도 현재는 말입니다."

그렇다. 공룡은 오래 전 지구 상에서 멸종된 동물로, 현재는 화석과 상상 속에서만 존재한다. 그러나 우리 모두는 공룡을 안다. 공룡은 그만큼 인간에게 친숙한 동물이다.

"그래도 그렇지, 모두가 아는 동물에게 굳이 1등을 준 이유가 뭡니까?" 다른 누군가가 물었다.

"그 대답을 호러씨로부터 들겠습니다. 호러씨의 작품 설명입니다." 커머슨씨가 손가락으로 화면을 터치했다. 어린 도르곤을 배경으로 내레이션과 자막이 함께 흘러나왔다.

아이들은 공룡에 열광합니다. 공룡을 싫어하는 아이는 없습니다. 그러나 자라면서 관심이 점차 시들해지고, 어른이 되어서는 자신이 왜 그렇게 공룡을 좋아했는지 잊습니다.

공룡은 까마득한 옛날 지구 상에서 멸종된 동물입니다. 화석을 통해서 만 존재했다는 걸 알 수 있는 동물에 어린이들이 그토록 열광하는 이유는 뭘까요?

어쩌면 아이들만이 갖고 있는 어떤 특별한 능력 때문은 아닐까요? 공룡에 관한 태고적 기억이 우리 인간의 DNA에 아로새겨 있는 건 아닐까요? 그러다가 성장하면서 점차 퇴화되고 소멸되는 건 아닐까요?

　도르곤은 우리 모두 한 때 알고 있었던, 그러나 시간의 흐름 속에 잊혀진 태고적 어느 한 때를 되돌아보게 해 주는 영원한 동심의 세계입니다.

　'참 잘도 갖다 붙이는군.' 이렇게 중얼거리면서도 라커펠트씨는 자신의 어린 시절을 떠올리고 있었다. 난생 처음 탔던 비행기에서 노란 스카프를 맨 승무원이 장난감 공룡을 갖다 줬다. 비취 색의 딱딱한 야광 플라스틱으로 만든 공룡 뼈대였다. 비행 내내 그는 공룡 모형을 짜 맞추면서 놀았다. '그러고 보니 나도 한 때는 공룡을 좋아했던 것 같군. 하지만, 지금에 와서는, 그 때 좋아했던 감정은 온데간데 없이 사라지고, 좋아했다는 기억만이 남아있을 뿐이야.'

　다음은 준 우승작 공작 나무였다. 이 나무 역시 자주 봤던 것이었다.

　"식물은 누군가 옮겨 심지 않는 한, 태어나서부터 한 곳에만 머물다가 갑니다. 이 통념을 깬 작품이 바로 공작 나무입니다.

　"이 나무는 스스로 원하는 장소에 뿌리를 내리고 살다가, 어느 순간이 되면 스스로 땅에서 뿌리를 들고 나옵니다. 그리고 다른 곳으로 걸어가 뿌리를 다시 내리고, 그 곳에서 평생 죽을 때까지 삽니다.

　"공작 나무가 이동하는 이유는 뭘까요? 태어난 곳이 마음에 들지 않아서? 누군 가를 만나려고? 초자연적 현상을 미리 감지해서? 뭔 가를 알리기 위해서? 그 이유는 모두의 상상력에 달려 있습니다." 그는 말을 계속 이어나갔다.

　"공작 나무 잎은 낮에는 녹색이다가 밤이 되면 테두리가 오색으로 반짝입니다. 멀리서 보면 마치 공작새의 화려한 꽁지처럼 보여서 공작 나무라는 이름이 붙여졌습니다.

　"공작 나무는 현재 여섯 그루가 존재합니다. 여섯 그루가 한 곳에 모이는 날 기적이 일어난다고 합니다."

　"그건 당신 생각인가요? 아니면 출품자의 작품 설명인가요? 아니면 몇 몇 사람들 생각인가요?" 누군 가가 물었다.

　"셋 다 맞을 수 있습니다." 커머슨씨가 싱긋 웃으며 대답했다. "출품자는 이 작품을 그래픽 파일이 아니라 실행 파일로 제출했습니다. 공작 나무를 구성하는 코드들이 각각 예측 불가능한 방향으로 실행되도록 프로그램을 짰기 때문에 누구도, 출품자 스스로도 공작 나무가 어디로 갈지 예측할 수 없습니다.

공작 나무는 화학적 변화를 인위적으로 활용한 최초의 출품작이라 할 수 있습니다.

"출품자는 누군가요?" 누군가가 물었다.

"익명의 프로그래머입니다. 상금은 대리인이 수령했습니다. 그래서 공작 나무는 더욱 신비로움을 간직하고 있습니다."

각 부문의 최우수작들이 연달아 소개되었다. 라커펠트씨 눈에는 전부 그저 그렇게 보였다. 은하수만은 예외였다. 밤하늘을 배경으로 작은 얼음 조각 같은 것들이 무리 지어 거대한 띠를 형성해 하늘을 둥글게 가로지르는 광경은 감탄을 자아낼 만큼 멋졌다. 그 역시 이미 존재하는 것들의 재탕이라고 누군가가 지적하자 커머슨씨가 말했다.

"태양 아래 새로운 건 아무 것도 없습니다.."

다음은 연구소장 루이 보스 순서였다. 주제는 기억 알고리즘이었다.

"우리는 누구나 어린 시절을 기억합니다. 어릴 적 친구들과 장난치던 일, 친구 얼굴, 집 앞의 나무, 학교 가는 길. 개에게 물렸던 일... 기억은 대부분 정지 화면 혹은 동영상으로 머리 속에 재연됩니다. 냄새, 촉감, 당시 느꼈던 감정도 포함합니다. 오래된 기억일수록 다른 효과들은 제거되고 이미지만 남는 경우가 많습니다.

"학창 시절 친구들 중에는 아주 생생하게 기억나는 얼굴들이 있습니다. 반면, 졸업 사진을 보고서야 비로소 기억나는 얼굴들이 있습니다. 졸업 사진을 봐도 도무지 기억나지 않는 얼굴들도 있습니다."

'저 사람 말을 잘 들으면 미노의 오클로 기억이 어디 갔는지 알아낼 수 있게 될지 모르겠군!' 라커펠트씨는 정신을 바짝 차리고 들었다.

"현대 과학에 의하면 우리 인간이 경험하는 모든 것들은 두뇌 속에 저장된다고 합니다. 그 기억을 열람할 수 있는 사람은 당사자 한 사람 뿐입니다. 만일 다른 사람의 기억을 꺼내 볼 수 있다면 어떻게 될까요? 수많은 거짓말들이 탄로나겠죠. 죽은 사람의 기억을 꺼내 볼 수 있다면? 역사적인 사건을 우리는 마치 현장에서 보듯 생생하게 목격할 수 있을 겁니다. 그렇게 된다면 지금의 역사 책은 전면 개편이 불가피하겠죠.

"인간이 죽으면 기억은 어떻게 될까요? 죽음과 동시에 그의 두뇌에 저장된 기억까지 죽는 (혹은 사라지는) 걸까요? 아니면 그대로 남아 있되, 그 기억을 사용하게 해 주는 매개체와의 연결만이 끊어지는 걸까요?

"오클로의 기억 장치 개발은 '오클로가 죽어도 기억은 남는다'는 가정에서 출발합니다. 여기에 과학자, 개발자, 기획자 그리고 디자이너들의 상상력과 예술적 감각이 보태졌죠. 지금부터 오클로의 하루 일상이 기억으로 저장되는 과정을 간단히 보여드리겠습니다."

화면에 복잡한 도표가 펼쳐졌다.

"가상 세계는 데이터들의 집합입니다. 이 집합은 크게 둘로 분류됩니다. 예를 들어, 오클로는 신체를 구성하는 데이터 집합 (데이터 P)과, 정신을 구성하는 데이터 집합 (데이터 M), 그리고 이 두 가지를 연결하는 연결고리 역할을 하는 교집합의 합집합입니다. 쉽게 말해, 오클로의 육체와 정신은 연결 고리를 통해 상호 작용합니다. 비유하자면, 인간의 육체와 영혼이 생명선으로 연결되어 상호 교류하고, 그래서 인간이 살아 숨쉬고 사고를 하는 것과 같죠. 물론 이는 과학적으로 증명된 바 없기 때문에 어디 까지나 상상에 불과합니다.

'이 곳이야말로 아주 쉬운 걸 어렵게 설명하는 천부적인 재능을 가진 사람들의 집합소로군.' 라커펠트씨가 중얼거렸다.

"자, 그러면 오클로의 몸을 구성하는 데이터를 먼저 살펴보겠습니다. 오클로의 몸은 하드웨어와 소프트웨어로 구성된다는 점에서 작은 컴퓨터와도 같습니다. 이 컴퓨터에는 용량이 작은 메모리와 카메라가 장착되어 있습니다.

"오클로의 눈동자는 카메라 렌즈, 귀는 녹음기, 촉각은 센서, 감정은 심도, 시간은 리사이즈를 담당합니다. 오클로는 이 카메라를 이용해 하루 동안 듣고 보는 모든 것들을 녹화합니다.

"녹화된 동영상은 촬영 당일에는 오클로의 메모리에 저장됩니다. 그러나 메모리 용량은 한계가 있습니다. 하루 혹은 며칠 분만 저장 가능하죠. 데이터 센터가 필요한 건 이 때문입니다.

"하루 동안 저장된 동영상은 오클로가 잠이 들면 데이터 센터로 전송됩니다. 오클로의 메모리는 깨끗이 비워지고, 다음 날 일상에 대한 기억을 저장할 공간이 확보됩니다.

"데이터 센터로 전송된 파일들은 생성 시간 순으로 정렬됩니다. 예를 들어, 아침에 녹화된 동영상은 잠들기 직전 녹화된 것보다 뒷 쪽에 저장됩니다. 다음날 오클로가 어제 일을 떠올리면 아침에 있었던 일보다 저녁에 있었던 일이 더 잘 기억납니다."

라커펠트씨는 어제 아침과 저녁에 있었던 일을 기억해 내려 했지만 둘 다 생각나지 않았다.

"시간이 흐를수록 저장된 동영상들은 점점 뒤로 밀려나고, 그 자리는 새로 녹화된 동영상들로 메워집니다. 기억 저장 공간은 용량이 한정되어 있습니다. 지정된 용량이 꽉 차서 더 이상 저장할 곳이 없으면 맨 뒤쪽의 파일, 즉 가장 오래된 파일부터 덮어쓰기가 시작됩니다.

"여기서 우리 개발자들은 고민에 빠졌습니다. 이 원리대로라면 인간은 오래된 사건을 전혀 기억하지 못해야 맞습니다. 그러나 우리는 아주 오래 전 일이라도 생생하게 기억하는 것들이 있습니다.

"이 문제를 해결한 사람이 바로 라뮤리즈 박사입니다. 라뮤리즈 박사님은 오클로가 일상을 경험할 때 느끼는 반응의 강도에 따라서 찍히는 사진의 해상도도 다르게 만드는 아이디어를 생각해 냈습니다."

'해상도?' 라커펠트씨는 고개를 갸우뚱했다.

루이 보스의 설명은 이렇다. 오클로가 조랑 말을 타고 마을로 가고 있다. 그의 눈에 보이는 풍경은 일상적인 상황이다. 일상적인 상황은 저화질로 촬영된다.

그런데 갑자기 어디선가 토끼가 나타났다. 그는 크게 놀랐다. 그의 감정에 큰 변화가 생겼다. 감정의 변화로 인해 그 짧은 순간 그의 몸에는 수많은 변화가 일어난다.

"우선 눈이 크게 떠지고, 심장 박동이 빨라지겠죠. 신체의 변화가 미리 지정해 둔 것들과 일치하면 위기 관리 시스템이 작동합니다. 이 시스템은 오클로의 모든 감각을 사고에만 집중하도록 만듭니다."

그 순간에는 주변의 나무도, 길도, 산도 눈에 들어오지 않는다. 길가 나뭇가지에 앉아 조잘대는 새소리도 들리지 않는다. 뺨을 스치는 바람도 느껴지지 않는다. 그의 시각, 청각, 촉각은 순식간에 차단되고, 그의 모든 감각은 토끼에만 집중된다. 카메라로 말하면 아웃 포커싱 모드로 자동 전환되는 것이다.

그의 카메라는 토끼에 초점을 맞춘다. 심도가 얕아 피사체만 선명하고 주변은 심하게 뭉개진 사진이 촬영된다. 이런 사진들은 심도가 깊은 사진들에 비해 색상 수가 적어 파일 사이즈가 작지만 부각된 피사체 부분과 뭉개진 부분을 비교해 보면 선명도와 화질이 극명하게 차이난다. 이런 사진은 오클로에게 강렬한 인상을 준 상황으로 간주된다.

"라뮤리즈씨는 이런 사진들을 분류해 태그를 부여해 뒤로 밀리는 시간이 더디어지게 하는 알고리즘을 개발했습니다. 이런 사진들은 덮어쓰기 될 가능성이 크게 줄어듭니다. 이것이 강한 인상을 받은 장면을 쉽게 잊혀지지 않도록 하기 위해 우리가 사용한 방법입니다."

'디카 강의를 들었어야 했나...' 라커펠트씨는 디지털 카메라를 샀을 때 직원이 권하던 사용법 무료 강좌를 듣지 않은 걸 후회하고 있었다.

"몇 달 뒤, 오클로는 사고 장면을 떠올립니다. 기억 저장 공간에서 비교적 앞쪽에 위치하던 사고 이미지는 그의 메모리 맨 앞자리로 이동 됩니다. 그러고 나서 새로 유입되는 기억들로 다시 뒤로 밀립니다.

"밤이 되어 오클로가 잠이 들었습니다. 그 날 저장된 기억들이 데이터 센터로 전송됩니다. 오클로도 인간과 마찬가지로 기억력이나 암기력에 개인 차가 있습니다. 이건 메모리 문제가 아닙니다. 데이터 센터의 각 개인별 기억 용량 차이 때문입니다."

라커펠트씨는 점점 집중력이 떨어지기 시작했다. 게다가 배까지 고파 왔다. 길고 지루한 강의들이 끝없이 이어졌다.

드디어 마지막 순서가 왔다. 라뮤리즈씨가 백발을 날리며 연단에 섰다. 우뢰와 같은 기립 박수가 터졌다. 라커펠트씨도 얼떨결에 일어나 박수를 쳤다.

"안녕하십니까. 라뮤리즈 그레이즈입니다."

라커펠트씨는 그를 어디서 봤는지 기억해 내고 웃음을 간신히 참았다. 그는 유저프랜들리 만화의 시드씨와 생김새가 너무 흡사했다.

그가 강의를 시작했다.

"[6]노글사가 제시한 유혹에 넘어가 이 강의를 한다는 걸 밝힙니다. 추억 속에 사는 로맨티스트이자, 질투심 많은 반항아의 심정으로 여러분께 말씀드립니다. 템페스트에 관한 사람들의 비판은 전혀 날카롭지 않습니다. 비유하자면 마치 술 취한 사람이 하는 말 같습니다..

"여러분이 갇혀있는 템페스트라는 감옥은 군데군데 취약한

---

[6] 1987년 MIT 졸업생 마이클 트래버스가 운영하던 메일링 리스트를 엮어 출판된 이 책의 ANTI-Forwarding은 유닉스의 아버지로 불리는 데니스 리치가 작성했다.

곳들이 많습니다. 합리적인 사고를 가진 죄수라면 취약한 곳들을 익스플로잇해 카오스를 창조하겠죠. 그런가 하면 단적인 사고의 소유자라면 감옥과 호환되고, 약간의 기능이 추가된 다른 감옥을 만들어 간수들의 오해를 풀려고 할 겁니다. 저널리스트, MIT 재학생, 빅하드 연구원, 파인애플의 수석 과학자가 새 감옥 수칙에 관해 몇 마디 거들겠다고 나설지도 모르겠군요.

"가능성을 모색하는 여러분의 열정은 순수한 열정이 아닙니다. 때로는 현재 가진 것들에 불만은 없어도 스스로 만들어 보고 싶단 마음이 들 때가 있습니다. 뭔가 색다른 걸 원하지만 막상 사람들에게 그걸 사용하라고 권하지는 못할 것 같은 생각이 들 때도 있습니다. 때로는 사람들에게 그냥 입 닥치고 아무 게임이나 하라고 말해 주는 게 낫다는 생각이 들 때도 있습니다. 여러분은 과정이 중요하다고 말하지만, 결국은 깨갱 하고 우는 겁니다.

'멘붕이 바로 이걸 말하는 건가?' 라커펠트씨가 중얼거렸다. 백발의 노신사는 쉴 새 없이 말을 이어갔다.

"그동안 많은 세월이 흘렀고, 우리 삶의 방식에 많은 변화가 있었습니다. 가상 세계에도 많은 변화가 있었습니다. 살아 움직이는 실제 세상의 완벽한 복사판은 신의 영역에 대한 무모한 도전입니다. 우리는 중력과 전자기력이 지배하는 지구의 미묘하고 신비로운 속성들까지 속속들이 알지는 못합니다. 슈퍼 컴퓨터 수 천 대가 있어도 인간을 컴퓨터 코드로 재현한다는 건 불가능합니다. 그렇기 때문에 템페스트는 부치지 않은 편지일 수밖에 없습니다. '신이시여! 이것이 진정 제가 만든 작품이란 말입니까?' 따위의 유레카는 더 이상 존재하지 않습니다."

그의 화법은 난해함을 넘어 4차원적으로 흘러가고 있었다.

"그러나 우리는 템페스트를 통해 또 하나의 세상을 봅니다. 템페스트에 존재하는 모든 것들. 그 다양성은 개발자가 한 땀 한 땀 공들여 수놓은 코드로부터 비롯됩니다.

"진화론자들은 묻습니다. 당신이 산사에 머물며 목욕을 하지 않았는데 몸에 이가 생겼다면, 원래 몸에 이의 알이 있어서 부화한 것인가, 아니면 온도와 습도, 환경이 조화를 이루어 자연적으로 생겨난 것이냐.

"회의론자들은 이의를 제기합니다. 하늘을 나는 저 새들의 화려한 깃털, 열대어의 눈부신 보색 무늬, 나비의 완벽한 대칭 무늬가 단지 우연의 일치겠느냐. 창조주의 개입 없이 가능한 일이냐."

4차원 화법은 점차 사이비 종교적으로 흐르는 것 같았다. 라커펠트씨는 주변을 돌아보고 놀랐다. 모든 사람들이 숨소리조차 내지 않고 열렬히 경청하고 있었다.

"우리가 사는 실제 세상을 온-오프상으로 재현하는 건 불가능합니다. 그러나 불가능하다는 것을 알면서도 도전하지 않는다면 우리 인생이 얼마나 무미건조하겠습니까? 우리 세대에서 못해내면 다음 세대가, 다음 세대가 못하면 그 다음 세대... 이렇게 노력하는 마음가짐이야말로 피라미드 건설자가 지구인에게 보내는 숭고한 메시지입니다.

"오클로 1세대 이후 많은 기능이 추가되었습니다. 새로운 코드가 매 시간 업데이트됩니다. 현대 의학이 인체의 신비의 베일을 한 꺼풀 벗겨낼 적마다 데이터는 업데이트되고 디자이너와 개발자들의 흰머리는 늘어납니다. 이렇게 앞만 보고 가다 보면 언젠가는 인간을 창조해낼 수 있을 거라는 그 무모함, 기대감. 프로그래머들이 절대 헤어날 수 없는 뫼비우스의 띠, 무한루프, 세풀셔의 감옥입니다."

라뮤리즈씨는 물을 한 모금 마시고 말을 계속했다.

"사람들은 묻습니다. 템페스트의 최종 목표는 무엇인가? 경영진 입장에서 최종 목표는 이익 창출입니다. 개발자나 디자이너 입장에서는 승진, 높은 연봉일 수 있겠죠. 하지만 진정한 개발자에게 있어 이런 것들은 부수적으로 따라오는 선물에 불과합니다.

개발자는 템페스트를 통해서 또 하나의 세상을 보고, 그 세상을 그 이상의 가치로 끌어 올립니다. 그것은 누가 시켜서 되는 것도 아니고, 돈을 준다고 되는 것도 아닙니다. 스스로 좋아해야 합니다.

프로그래머는 예술가입니다. 자유로운 영혼으로 마음껏 상상력을 펼치고, 내키면 몇 날 밤을 새워서 일을 하다가도 머리가 막혀버리면 손을 놓고, 짧고 민첩한 코드에 감동 받고, 최신 기술을 기웃거리고, 신경질적이고, 날카롭고, 방어적이고... 프로그래머는 스스로에 의해서만 보상 받는 외로운 영혼입니다."

그의 말은 이해하기 힘들었지만 그에게는 범접하지 못할 품위같은 게 배어 있었다. 라커펠트씨의 눈에 그는 마치 7왕관을

---

7 영국 시인 D.H 로렌스(David Herbert Richards Lawrence, 1885-1930)의 시 '뱀(Snake)'을 인용하고 있다.

빼앗기고 지하로 쫓겨났지만 다시 왕관을 되찾을 왕처럼 보였다.

강의실 벽의 커다란 패종시계가 12시 30분을 알렸다. 라뮤리즈씨는 마치 자정을 알리는 시계 소리를 들은 신데렐라처럼 황급히 강의를 마치고 허겁지겁 강의실을 빠져 나갔다. 그의 뒤에서 우뢰와 같은 박수가 다시 터졌다.

그런데 그의 모습이 사라지자마자 사람들은 일제히 약속이나 한 듯이 폭소를 터뜨렸다. 너무 웃어서 눈물을 닦는 사람도 있었다. 라커펠트씨는 이 이상스런 상황이 적응이 되지 않았다. 그는 마음이 아주 불편해졌다. '이 무슨 경우란 말인가!' 그는 웃음 소리가 라뮤리즈씨의 귀에 들리지 않았기 만을 마음 속으로 간절히 바랐다.

"오전 강의는 이걸로 마치겠습니다. 수고 많으셨습니다." 로이가 말했다. "기다리던 점심 시간입니다!"

모두들 강의실을 나와 식당으로 향했다. 온실 식당은 완전 신천지였다. 울창한 나무들이 담벼락처럼 늘어섰고, 그 앞은 화단이었다. 화단에는 중국 사극에서 볼 수 있는 크고 탐스러운 아름다운 꽃들이 미풍에 날리고 있었다. 둥근 유리 천정만 없었다면 정원으로 착각할 정도였다.

잔디밭 가운데 커다란 통나무 식탁이 있었고 그 옆에서 웨이터들이 요리를 하고 있었다. 지글지글 끓는 소리와 맛있는 냄새가 코를 찔렀다.

"오늘 여러분의 점심 식사 담당 주방장은 허들러스씨입니다. 허들러스씨는 미러리스 호텔 레스토랑 수석 주방장으로 맛의 마법사라는 별명을 얻을 정도로……" 로이의 기나긴 요리사 소개가 끝나자 쉐프 모자를 쓴 허들러스씨가 수줍은 표정으로 인사했다. "VIP회원님들께 저의 요리를 선보이게 되어 가문의 영광입니다. 최고에만 길들여진 여러분들의 까다로운 입맛을 만족시키기 위해 저희가 오늘 준비한 요리는..."

메뉴에 관한 길고 긴 설명이 끝나고 식사가 시작되었다. 그러나 이게 끝은 아니었다. 허들러스씨는 자리마다 돌면서 와인을 따라줬고, 식재료와 유래, 조리법에 관해 쉴 새 없이 설명을 늘어놓았다. 라커펠트씨는 그러는 게 상당히 불편했지만, 사람들은 아주 즐기는 듯 했다. 일곱 코스 음식 모두 맛은 그럭저럭 괜찮았다. 식사가 끝나자 앞치마를 두른 바리스타들이 은쟁반에 커피를 가져왔다.

오후 강의가 시작되었다. 대부분 사람들은 썰물처럼 빠져 나가고, 강의실에 남아있는 사람은 라커펠트씨를 포함해 대 여섯

명 뿐이었다.VIP회원용으로 특별 제작했다는 사용법 교육 동영상은 아주 유용했다. 게임을 전혀 모르는 주인공이 물병을 든 마법사로부터 사용법을 전수받아 절정 고수가 된다는 내용이었다. 라커펠트씨는 간간이 졸기는 했지만 재미난 시간을 보내고 집으로 돌아왔다.

* * * * * * * * * * * *

그 날 밤 라커펠트씨는 선물로 받은 태블릿을 꺼내봤다.

화면을 터치하지 않아도 모서리 부분을 2초 이상 뚫어져라 응시하면 저절로 화면이 스크롤되거나 다음 페이지로 넘어가는 게 무척이나 신기했다. 교육 자료들을 대충 훑어 보다가 초보자를 위한 FAQ를 읽어 내려갔다. 강의를 들어서 그런지 비교적 이해가 쉬웠다.

1. 템페스트가 뭔가요?

템페스트는 게임 이름이자 은하 성단의 작은 행성 이름입니다. 이 행성의 크기는 지구보다 16배 작지만 지구와 비슷한 자연환경을 갖고 있습니다. 템페스트에서는 시간이 지구보다 빠르게 흘러갑니다. 지구의 1년은 템페스트의 8년에 해당됩니다.

2. 오클로가 뭔가요?

템페스트 행성에 거주하는 지적 생명체로, 인간과 비슷한 외모를 갖고 있습니다. 오클로는 원시시대, 농경시대, 물물 교환 시대를 거쳐 문명화 되었고, 과학 시대로 향해 가고 있습니다. 오클로들에게도 종교가 있습니다. 그들은 알지 못합니다. 사용자가 그들의 신이라는 것을!

3. 회원 가입만 하면 템페스트를 할 수 있나요?

템페스트는 회원 가입만 하면 누구나 이용할 수 있습니다. 회원은 VIP와 일반 사용자, 오클로를 소유한 사용자와 오클로를 소유하지 않은 사용자로 나뉩니다. 오클로를 소유한 사용자를 마스터라고 부릅니다.

4. 마스터가 없는 오클로도 있나요?

그렇습니다. 오클로는 마스터의 유무에 따라 두 종류로

나뉩니다. 마스터가 있는 오클로를 슬래이브, 마스터가 없는 오클로를 푸어소울이라고 부릅니다. 슬래이브는 이마에 흰 상태바가 표시되어 있습니다. 푸어소울은 파란색 상태바입니다. 이 상태바는 사용자들 눈에만 보이고 오클로들 눈에는 보이지 않습니다. 슬래이브는 마스터가 로그인하지 않은지 3년이 지나면 푸어소울로 자동 등급 변경됩니다. 마스터가 로그인하지 않을수록 상태바에는 파란색이 점점 길어지다가 푸어소울로 전환되면 완전히 파란색으로 바뀝니다.

5. 오클로를 소유하려면 어떻게 해야 하죠?
오클로를 소유하는 방법은 많습니다. 오클로가 태어나기 전에 예약 분양 받을 수 있고, 마스터가 없는 오클로를 구매할 수 있습니다. 마스터는 소유한 오클로를 경매를 통해 판매하거나 타인에게 승계할 수 있습니다. 또한 마스터가 장기간 로그인을 하지 않아 푸어소울로 전환된 오클로도 구매할 수 있습니다.

6. 마스터는 소유하는 오클로에게 뭘 할 수 있나요?
많은 것들을 할 수 있습니다. 오클로의 일상을 볼 수 있고, 기억도 열람할 수 있습니다. 본인 이외의 다른 사람들이 보지 못하도록 사생활 보호 모드로 설정할 수도 있습니다. 이 기능은 무료로 제공되는 기본 권한입니다. 질병 치료, 에너지 투입, 두뇌 저장 용량 확장, 생명 연장, 축소, 메시지 전달, 환경, 인생 설계 등은 유료입니다. 인생 설계는 환경과 경험, 외부적 요인에 의해 애초의 의도와 다른 결과가 나올 수 있습니다.

7. 유료 권한을 사용하려면 어떻게 해야 하죠?
게임머니를 구입하거나 유료 회원에 가입하면 됩니다.

8. 저는 돈이 없는데요?
포인트를 적립하면 게임 머니로 환전이 가능합니다. 포인트를 획득하는 방법은 많습니다. 예를 들어, 매일 로그인하면 하루에 1포인트씩 부여됩니다. 가상 세계에 재해나 재난, 돌발상황 발생시 가장 먼저 제보해 준 사용자에게는 10-30포인트가 부여됩니다. 가상 세계의 복지와 발전에 공헌한 사용자에게는 기여도에 따라 1,000 포인트까지 부여됩니다. 이 밖에도 개선 사항 제안이나 버그 리포트, 이벤트, 디자인 공모 등 무료로 포인트를 적립할 수 있는 방법은 많습니다.

9. 포인트만 있으면 뭐든 할 수 있나요?

템페스트는 실제 세상의 축소판을 지향합니다. 사용자는 가상 세계에 기적이나 초능력을 행사할 수 없고, 초자연적인 현상을 유발하는 행위는 엄격히 금지되어 있습니다.

10. 템페스트 직원도 마찬가지인가요?

가상 세계의 환경은 정해진 규칙대로만 변화하는 것을 원칙으로 합니다. 그러나 불가피한 경우는 예외입니다. 예를 들어, 전염병이 만연하거나 기상 이변으로 가상 생명체에 위해가 가해지는 경우 관리자 개입으로 문제를 해결할 수 있습니다. 관리자는 가상 세계 질서 유지에 반드시 필요한 경우에만 개입할 수 있으며, 사용자나 오클로 입장에서 불가사의한 현상이나 기적, 신의 개입으로 보이지 않도록 최선을 다 할 의무가 있습니다.

11. 제 오클로를 다른 사람에게 넘기고 싶어요.

사용자는 자신이 소유한 오클로를 언제든 타인에게 양도할 수 있습니다. 양도는 승계와 판매 두 가지 방법이 있습니다. 한 번 승계하면 1년 동안 재승계가 불가합니다. 판매는 경매를 통해서만 가능합니다. 경매에서 가장 많은 금액을 입찰한 사람이 판매자의 의도와 상관 없이 소유권을 획득하게 됩니다. 템페스트는 낙찰가의 5%를 수수료로 갖고, 남은 금액은 사용자 몫입니다. 일단 성사된 거래는 환불이나 취소가 불가합니다.

12. 제 오클로가 그린 그림을 다른 사람이 가져다 쓰고 있어요.

오클로는 첨단 기술의 결정체로, 우리 인간과 마찬가지로 창의적인 사고나 창작 활동이 가능합니다. 오클로가 생산한 지적인 재산 소유권은 전적으로 해당 오클로의 마스터에게 있습니다.

마스터 동의 없이 가져다 쓰는 경우 발생하는 법적인 분쟁은 현행법에 의거합니다. 도용 사례가 적발되는 경우 도용한 회원은 3년간 자격이 박탈됩니다. 도용해서 금전적 이득을 취한 경우는 재가입이 영구 불가합니다. 단 현행법이 정하는 벌금을 납부했거나, 처벌을 받았거나, 분쟁 당사자들 간의 합의로 원만하게 해결된 경우는 예외입니다.

13. 오클로는 죽으면 어떻게 되나요?

사용자가 템페스트에 접속하면 템페스트 데이터 센터로부터 데이터가 여러분 PC나 태블릿, 스마트폰으로 전송되고 프로그램이 로딩됩니다. 전송되는 데이터는 그래픽 데이터와 기억 데이터를 포함합니다. 그래픽 데이터는 외관상 보여지는 오클로의 모습을, 기억 데이터는 오클로가 경험한 모든 것에 대한 기록을 말합니다.

오클로가 죽는다는 건 데이터 센터와의 연결이 해제되었다는 걸 의미합니다. 따라서 오클로는 활동을 멈추지만, 그를 구성하는 데이터는 데이터 센터에 남아 있습니다. 이 데이터는 7일동안 데이터 센터에 보존되었다가 파기됩니다.

동 기간 동안 마스터는 기억 데이터를 재활용할지 여부를 결정할 수 있습니다. 용모는 재 사용이 불가능합니다.

14. 7일동안 보존하는 이유는 뭐죠?

시스템 오작동이나 버그로 인해 사망한 것으로 잘못 처리되는 걸 방지하기 위해서 입니다. 이 기간 동안은 그래픽 데이터와 실행 파일의 연결 고리만 해제되고 기억 데이터는 연결 상태가 유지됩니다. 따라서 사망한 오클로는 자율적인 사고는 가능하지만, 반사 신경과 의지를 실현하는 매개체 역할을 하는 이미지를 활용할 수 없기 때문에 말 그대로 죽은 상태로 보입니다.

7일의 유예 기간을 두는 이유는 또 있습니다. 악의적인 사용을 막기 위해서 입니다. 모든 데이터는 이 기간 동안 불법 개조되었는지 여부, 악성 코드가 포함되어 있는지 여부의 확인 절차를 거치게 됩니다.

15. 오클로 기억은 전부 재사용할 수 있나요?

오클로가 생전에 경험한 기억은 성격, 재능, 환경, 사건 4가지로 나뉩니다.

성격과 재능은 재 사용이 가능하지만, 환경과 사건에 대한 기억은 재 사용이 금지되어 있습니다.

성격과 재능은 새로 태어나는 오클로에게만 이식 가능합니다. 하지만 이식한다고 해서 동일한 능력을 갖게 되는 건 아닙니다. 예를 들어, 생전에 그림을 잘 그렸던 오클로의 재능을 다른 오클로에게 이식한다고 해서 그가 당장 그림을 잘 그릴 수 있는 건 아닙니다. 이식된 코드가 적용되려면 그가 성장할 때까지 시간이 필요합니다.

또한 오클로들마다 두뇌 용량, 구조가 다르고, 주변 환경 등

후천적 요소에도 영향을 받기 때문에 100% 효과는 보장할 수 없습니다.

'오케이, 이건 좀 이해하기가 쉬운 편이군.' 라커펠트씨는 컴퓨터를 켜면서 생각했다. 템페스트에 접속하자 미노의 오클로가 여전히 같은 자세로 침대에서 잠자고 있는 게 보였다.

* * * * * * * * * * * *

라커펠트씨는 둘째 날 강의를 빼먹고, 마지막 날 조금 늦게 강의실에 도착했다.

미네르바가 화장실을 계속 들락거려 병원에 데려가야 했기 때문이다. 검사 결과 신장이나 방광에 이상은 없었다. 의사는 스트레스를 받지 않도록 유의하라고 당부했다. 등에 수액을 맞고 집에 돌아온 미네르바는 안정을 되찾았다.

강의 마지막 날이라 그런지 수강생들이 훨씬 많아 보였다. 2교시가 되자 더 많은 사람들이 몰려왔다. 그러다가 마지막 시간이 되자 강의실 죄석은 만석이 되었다. 마지막 강의 주제는 존 조이너였다. 자신을 새틴 리라고 소개한 큰 키의 말쑥한 신사가 연단에 올랐다.

"신들의 사랑을 받는다고 그 오클로가 행복한 삶을 사는 건 아닙니다. 오클로가 행복을 느끼려면 외적인 요인과 내적인 요인이 모두 충족되어야 하기 때문입니다."

라커펠트씨는 강사의 느리고 느긋한 말투가 마음에 들었지만 지루함을 참는 데는 역부족이었다. 주위를 돌아봤더니 강의에 관심이 없는 사람은 본인 한 사람 뿐인 듯 했다. 그는 뒤를 돌아봤다. 강의 때마다 항상 코를 골던 뒷좌석에 앉은 사람마저 눈을 반짝이며 열심히 경청하고 있었다.

"외적인 요인은 주어진 환경과 마스터의 개입에 좌우됩니다. 그러나 비록 이 외적인 요인이 오클로에게 유리하게 전개되더라도, 예를 들어 사용자가 수많은 돈을 들여서 자신이 소유한 오클로에게 재능을 부여하고, 물질적으로 풍족한 삶을 살게 하더라도, 내적인 요인, 즉 오클로가 스스로 만족감을 느끼지 못한다면 그 오클로는 행복할 수 없습니다. 우리 인간도 마찬가지죠."

라커펠트씨는 문득 고양이 미시를 떠올렸다. 어린 시절 그의 집에는 고양이들이 여럿 있었다. 그 중 나이가 가장 많은 노란 태비 미시가 가족들의 사랑을 독차지했다. 그러나 미시는 전혀 행복해 보이지 않았다. 다른 고양이들로부터 왕따를 당했기 때문이다.

미시는 사람에게는 짜증을 냈지만, 다른 고양이들에게는 비굴하리 만치 관심을 구걸했다. 그의 아버지가 말했다. '녀석은 사람보다 고양이를 더 좋아하나 봐.' 어린 시절의 라커펠트씨 눈에도 고양이들에게도 그들 나름의 사회가 존재하는 듯 보였다.

"상당수의 오클로들이 뛰어난 재능을 갖고 있습니다. 그 중 몇 몇은 어쩌면 우리 인간보다 훨씬 똑똑한지도 모릅니다. 초기에는 개발자나 관리자가 그들에게 많은 것을 가르쳐줘야 했습니다.

"그러나 어느 정도 수준에 도달하자 그들은 스스로 깨우쳐 나가기 시작했습니다. 우리보다 훨씬 빠르게 흘러가는 시간 속에서 그들은 점점 더 똑똑해졌습니다. 우리가 미처 생각해내지 못했던 것들을 만들어냈고, 그 중 일부는 우리 실생활에 유용하게 사용되는 것들도 있습니다. 고로스 나무도 그 중 하나 입니다."

화면에 작은 나무가 나타났다.

"고로스 나무입니다. 오클로들 집집마다 이 나무가 한 그루 이상 심어져 있다고 해도 과언이 아닐 겁니다." 새틴 리가 말했다. 그러고 보니 미노의 오클로 집 거실 화분과 뒷 뜰에서 이 나무를 본 것 같기도 했다.

"빗물이 땅에 스며들면 모래와 자갈, 진흙 등을 통과하면서 자연스럽게 여과됩니다. 깨끗한 우물물이나 샘물은 끓이지 않고 마셔도 전혀 탈이 없죠. 우리 가정에 공급되는 수도물은 좀 더 복잡하지만 같은 원리를 사용합니다. 하지만 환경 오염, 부식 된 낡은 수도관, 세균 덩어리인 필터를 비롯, 오늘날 우리가 마시는 식수에는 문제점이 많습니다. 가정용 정수기도 예외는 아닙니다. 템페스트 행성은 식수에 관한 한 문제가 전혀 없었습니다. 적어도 캔턴 바이러스가 퍼지기 전까지는 말입니다."

언제부터 인가 원인을 알 수 없는 바이러스가 템페스트 행성의 물을 오염 시켰다. 오염된 물을 마신 오클로들은 몸이 파랗게 변해가며 죽어갔다. 조사 결과 캔턴 바이러스 때문이었다. 바이러스는 제거되었고, 식수는 다시 원 상태로 돌아왔다.

"그리고 나서 우리는 놀라운 것을 보게 됩니다. 깨끗한 물의 중요성을 깨달은 오클로들이 정수기를 만든 겁니다. 템페스트 역사상 가장 경이로운 발명 중 하나였죠." 새틴 리가 말했다.

식수 문제가 그들의 신들에 의해 해결되었다는 걸 알 리가 없는 오클로들은 여전히 불안했다. 왕이 말했다. "식수 문제를 해결하는 이에게 큰 상을 내리겠노라."

갖가지 아이디어가 제출되었다. 시종장 호시크스의 고로스 나무도 그 중 하나였다.

"우리는 야채나 과일을 먹을 때 껍질을 씻거나 벗겨 먹습니다. 그러나 과육은 그대로 먹습니다. 식물의 뿌리와 줄기는 정수기의 고성능 필터와도 같습니다. 야채나 과일 속살을 날로 먹어도 배탈이 나지 않는 건 이 때문입니다.

"고로스 나무는 잎으로도 수분을 빨아들입니다. 잎과 줄기, 뿌리는 수분에 포함된 세균과 불순물을 걸러낼 뿐 아니라, 식수와 동일한 맛과 농도로 저장하는 놀라운 기능을 갖고 있습니다. 나무 몸통에 구멍을 뚫고 호스를 끼워주기만 하면 1년 내내 깨끗하고 위생적인 물을 마실 수 있습니다."

호스가 박힌 고로스 나무가 화면에 클로즈업되었다.

"꼭지를 왼쪽으로 돌리면 물이 나오고, 오른쪽으로 돌리면 잠깁니다. 우리들이 미처 생각해내지 못했던, 자연의 정화 기능을 오클로들이 정수기에 도입한 최초의 사례입니다."

고로스 나무에 크게 만족한 왕은 전 백성에게 고로스 나무를 공급할 것을 명령했다. 시종장 호시스크의 지휘 하에 고로스 나무 대량 재배를 위한 고로스 농장이 세워졌다. 그리고 1년 뒤 템페스트의 거의 모든 가정에 고로스 나무가 제공되었다.

왕은 고로스 묘목 1개 당 10팟(팟은 템페스트 행성에서 통용되는 오클로들의 화폐 단위다)의 세금을 부과했다. 정수기로 사용되는 고로스 나무의 수명은 길어야 10년이다. 원래는 수명이 100년도 넘지만 물을 많이 빼낼수록 수명은 줄어든다. 일반적으로 묘목은 가지를 잘라 재배하지만 고로스 나무는 다른 방법을 사용해야 뿌리를 내렸다.

고로스 나무로 거둬들이는 세입은 엄청났다. 수입을 유지하기 위해 일반 가정에서 묘목을 재배하지 못하게 하는 건 필수다. 호시크스는 재배 방법이 새어나가지 못하도록 고로스 농장에 철조망을 치고, 반경 500미터 안에 있는 모든 나무를 베었다. 사나운 개들도 풀어서 외부인이 얼씬도 못하게 했다. 그러나 멀리 떨어진 산에서 망원경으로 농장을 엿보는 것까지 막을 수는 없었다.

아마도 독자들은 이렇게 말할 것이다. '농장에 지붕을 치면 되잖아!"

그렇지 않다. 나무는 햇빛과 비를 필요로 한다. 지붕으로 덮는다면 시들어 죽어버릴 것이다. 작은 구멍이 뚫린 지붕은 어떨까? 그렇게 되면 고로스 나무의 발육이 더디어진다. 이 모든 것을 떠나서 넓은 농장에 지붕을 씌운다는 건 불가능에 가깝다.

왕이 호시스크에게 말했다. "네가 나무를 베든, 산을 없애든 상관하지 않겠다. 6개월 이내로 보안을 해결하지 못하면 네 목을 베어 버리겠다."

여기서 우리는 또 하나의 놀라운 발명을 보게 됩니다. 고로스 우산이 그것입니다!" 새틴 리가 말했다.

고로스 농장이 세워진 지 두 달 째 되던 날, 기린 나무에 올라 얼음 렌즈 망원경으로 고로스 농장을 관찰하던 존 마코프는 깜짝 놀랐다. 어제까지만 해도 잘 보였던 농장이 뿌연 안개에 가린 듯 보였기 때문이다. 다른 데는 잘 보이는데 유독 고로스 농장만 뿌옇게 보이는 걸 보면 렌즈에 문제가 있는 건 아닌 듯 했다.

붉은 머리 울새 둥지에 숨어 수정 렌즈 망원경으로 고로스 농장을 엿보던 브라이언 피터슨도 깜짝 놀랐다. 둘은 머리를 있는 대로 굴려 봤지만 이유를 알아낼 수 없었다.

맨 눈으로는 선명하게 보이는데 렌즈로 보면 뿌옇게 보인다. 농장은 너무 멀리 떨어져 있어 맨 눈으로는 묘목을 어떻게 재배하는지 알아낼 수 없다. 농장 안에서 무슨 일이 일어나는지 보려면 렌즈 사용이 필수였다.

피터슨은 그의 일기장에 이렇게 썼다. '우리는 그것의 이름을 알지 못하기 때문에 나는 그것을 고로스 우산이라고 부르기로 한다. 고로스 농장은 멀리 떨어져 있어 관찰하려면 렌즈가 필수다. 고로스 우산은 이 점에 착안해 만들어졌을 것이다. 즉, 눈이 아니라, 렌즈의 기능을 무력화 시키는 것이다.'

어쨌건, 덕분에 고로스 농장의 비밀은 새어 나가지 않았다. 6개월 후 호시스크는 그의 목과 함께 무사히 집으로 돌아갈 수 있었다.

고로스 우산은 큰 관심을 불러 일으켰다. 물론 관심을 가진 이들은 오클로가 아닌 우리 사람들이었다.

오클로들이 사용하는 얼음 렌즈나 수정 렌즈는 우리가 실생활에 사용하는 렌즈와 크게 다를 바 없다. 고로스 우산은 어떨까?

고로스 우산을 탐 내는 사람은 어떤 사람일까? 먼저 정보 기관 사람들을 들 수 있다.

우리가 바라보는 밤하늘에는 별들만이 있는 게 아니다. 어느 순간부터 인공위성이란 것이 등장했다.

인공위성들은 지구 가까이서 궤도를 돌면서 촬영한 고화질 이미지를 지구로 전송한다.

이 사진들은 적군의 동태를 파악하는 데 요긴하게 사용된다. 이를테면 상어 급 잠수함을 정박소에서 몰래 이동 시키는 건 불가능하다. 대규모 군사 이동 비밀 작전도 불가능하다. 인공위성에 장착된 카메라의 눈을 피할 수 없기 때문이다. 강대국들이 거액을 투자해 인공위성을 제작하는 건 이 때문이다.

하늘에서 사진 찍거나 인공 위성 운행을 금지하는 규약은 존재하지 않는다. 그래서 군사 시설이나, 집 마당 풀장에서 나체로 수영하는 여배우 사진이 공공연히 거래된다.

도청은 이미 낡은 기술이 되어버렸다. 벽 밖에 있는 물체의 움직임도 감지할 수 있는 세상이다. 정치인들이 지하 벙커에서 회의를 갖는 이유는 이 때문이다.

고로스 우산을 손에 넣을 수 있다면 독재자는 더 이상 상어 급 잠수함 정박소 위치의 노출을 걱정하지 않아도 된다.

정치인들은 지하 벙커가 아닌 잔디밭에서 뒹굴며 회의를 할 수 있다. 운전자는 과속 단속 카메라를 신경 쓰지 않아도 된다.

모든 일에는 동전처럼 양면이 존재한다. 고로스 우산이 상용화된다면 인공위성 업체나 스파이 카메라 업체로서는 난감한 일이 아닐 수 없다. 주 고객이 정보기관인 위성 지도 공급 업체도 마찬가지다. 그들은 문을 닫게 될 것이다. 한 쪽에서는 필사적으로 알아내려 하고, 다른 한 쪽에서는 필사적으로 막으려는 보이지 않는 싸움이 시작된다.

"호시크스의 기억을 들여다 보면 고로스 우산이 어떻게 제작되었는지 알 수 있겠죠. 호시크스의 기억을 볼 수 있는 사람은 오직 한 사람, 호시크스의 마스터 뿐입니다!" 새틴 리가 말했다.

"호시크스는 익명의 마스터에 의해 경매에 부쳐졌습니다. 그리고 한 익명의 구매자에게 템페스트 사상 최고 경매가로 낙찰되었습니다. 가까운 미래에 우리는 고로스 우산을 만나게 될지도 모릅니다. 템페스트가 있었기에 가능한 일입니다. 템페스트는 우리 세상을 유익하게 만든다는 점에서 기존의 게임과 비교를 거부합니다."

사람들이 뛰어난 오클로들에게 열광할수록 그들의 몸값은 치솟고, 마스터들은 일약 갑부가 되기도 한다. 오늘도 마스터들의 성공 스토리는 끊임없이 울려 퍼지고 있다. 그러던 어느 날, 한 오클로의 등장으로 오클로 성공 신화는 전혀 새로운 국면에 접어들게 된다. 그의 이름은 존 조이너였다.

존 조이너에 관해서는 너무 잘 알려져 있어서 여기서는 자세한 설명을 생략하기로 한다. 에그게이트 사건만 간단히 소개하겠다.

어느 날 밤 오클로들이 사는 한 작은 마을 산 인근에서 환한 빛이 보였다. 마을 주민들은 두려움에 떨었다.

다음날도, 그 다음날도 빛은 계속되었다. 열흘 째 되던 날, 호기심을 참지 못한 주민들은 무리를 지어 빛이 있는 곳으로 가봤다. 숲 한가운데 공터 보송보송한 풀 더미 속에 새 둥지가 있었고 그 안에 작은 새알 한 개가 찬란한 빛을 내뿜고 있었다.

이 소식을 들은 왕이 알을 당장 가져오라고 명령했다.

용맹한 장수 라올라의 철통 같은 수비 하에 알은 궁으로 안전하게 수송 되었다.

조류 학자 무부가 알을 들고 이리저리 흔들어 보더니 말했다. "알은 깃털처럼 가볍습니다. 편지가 들어있음에 틀림없습니다."

신령스러운 알이라고 생각한 왕은 제를 올린 뒤, 피터 칼 파버에게 이 성스러운 알을 다치지 않고 열어 보라고 명령했다. 파버는 머리카락만 한 실톱으로 조심스럽게 알을 잘랐다.

속에서 나온 건 편지 한통이었다. 그러나 누구에게 보내는 편지는 아닌 것 같았다. 서명도 없고 이상한 그림만이 그려져 있었기 때문이다.

당대의 유명한 학자들이 동원되었지만 이 그림이 무엇을 의미하는지 아무도 알아내지 못했다. 제사장이 말했다. "아직 때가 아니기 때문입니다. 때가 되면 신께서 알려주실 겁니다."

학자들이 수수께끼를 풀지 못했던 건 당연했다. 왜냐면 그것은 스마트폰을 그린 것이었는데, 오클로들은 아직 스마트폰을 본 적이 없기 때문이다.

그림 속의 스마트폰이 카벨사의 키니치폰 차기 버전이라는 소문이 빠르게 퍼져 나갔다. 키니치폰은 철통 같은 보안 속에 다음 달 초 공개를 앞두고 있었다.

사람들은 처음엔 카벨사의 티저 광고인 줄로만 알았다. 템페스트 아이템스토어가 성공한 이후 사업자들은 앞다투어 템페스트 스토어 진출을 시도하고 있었고, 카벨사도 그 중 하나였다. 그러나 이내 사실이 아님이 드러났다. 얼마 뒤 카벨사의 누군 가가 템페스트에 전화를 걸어 편지 원본을 돌려달라고 요구했기 때문이다. 그런 뒤 카벨사는 이메일로 공식

공문을 보냈다.

　카벨사는 템페스트에 정보 유출의 죄를 물었다. 공개도 되기 전에 제품 내용이 낱낱이 까발려졌으니 카벨사로서는 발끈할 수밖에 없었을 것이다.

　템페스트는 자사가 이 유출과 전혀 관련이 없다는 것을 입증하는 증거를 제시했다. 그 증거란 다름 아닌 사건 관련 동영상이었다. 이 동영상으로 템페스트는 혐의를 벗었고, 카벨사와 이 일을 좋게 마무리 지었다.

　카벨사는 이 사건으로 엄청난 반사 이익을 봤다. 왕이 황금으로 키니치폰과 똑같은 모양을 만들라고 지시했기 때문이다. 오클로들은 완성된 황금 키니치폰을 숭배했고, 카벨사 로고는 왕실 문양으로 사용되었다. 카벨사로서는 돈 한 푼 안 들이고 재계약도 필요 없는 광고를 한 셈이다.

　템페스트사가 증거로 제출한 동영상을 보고 사람들은 놀랐다. 제일 첫 장면은 알이 발견된 공터였다. 한 소년이 숲 한가운데 공터 보송보송한 풀 더미 앞에서 두리번거리다가 품에서 알이 담긴 새 둥지를 놓고 사라졌다.

　다음은 소년이 그의 집에서 새알에 야광 페인트를 칠하는 이전 장면으로 이어졌다.

　이어지는 전 장면은 새알에 구멍을 뚫고 돌 돌 말은 편지를 집어넣는 소년을 보여줬다. 그리고 마지막 장면에서 소년은 책상 앞에 앉아 그림을 그리고 있었다. 소년이 그리고 있는 그림이 화면에 클로즈업되었다. 키니치폰이었다.

　소년의 이름은 존 조이너. 등급은 슬래이브. 푸어소울이었다가 등업된지 2년. 그는 어떻게 해서 키니치폰 디자인을 입수했을까? 그것도 그 어떤 기업보다도 비밀 주의가 강한 기업 키니치사의 제품을 말이다.

　그리고 나서 얼마 뒤, 키니치폰 발표를 일주일 앞둔 시점에 한 하드웨어 하청 업체가 신제품을 출시했다. 노출된 키니치폰과 거의 동일한 디자인의 스마트폰이었다. 이 제조사는 해당 스마트폰 디자인은 자사 아이디어로, 템페스트나 카벨과는 전혀 관련이 없다고 주장했다.

　네티즌들에 의한 존 조이너의 신상 털기가 시작되었다. 그동안 드러나지 않았던 것들이 밝혀 지면서 존 조이너는 백만인의 관심사가 되었다. 이후에도 존 조이너의 특별한 능력은 계속되었다. (여기에 관해서도 그동안 언론에 자주 보도되었기에 생략하기로 한다.)

"존 조이너는 그가 사는 세상에서는 가난하고, 평범하고, 누구도 관심을 보이지 않는 소년에 불과하지만, 신들의 세상에서는 최고의 스타가 되었습니다." 새틴 리가 말했다.

잠시 휴식 시간이 주어졌다. '이 게임은 사람을 빠져들게 하는 묘한 매력이 있군. 어쩌면 재미가 전부가 아닌지도 몰라.' 라커펠트씨는 커피를 마시며 생각했다.

* * * * * * * * * * * *

"여러분, 제발 조용히 해 주십시오!" 로이가 연단에 올라가 외쳤다.

강의실은 이미 꽉 차 있었다. 통로, 심지어 복도까지 사람들이 들어서 발 디딜 틈이 없었다. 소란스러운 가운데 로이가 큰 소리로 말을 이어나갔다. "이미 보도를 통해 들으셨겠지만, 며칠 전 누군가가 템페스트 시스템에 침입한 사건이 발생했습니다. 하필 존 조이너의 경매를 불과 몇 시간 앞둔 시점이었죠. 공교롭게도 침입과 동시에 존 조이너 등급이 슬래이브로 전환되면서 경매는 자동 취소되었습니다. 저희는 이 사고가 존 조이너와 아무 관련이 없다고 말씀드렸지만 논란은 수그러들지 않고 있습니다. 여기 계신 여러분도 마찬가지일 거라고 생각합니다. 그래서 이번 해킹 사건을 담당하신 맥커피 수석 보안 분석가 레이어드 러피안씨를 모셨습니다."

우뢰와 같은 박수가 터졌다. 금발을 뒤로 단정하게 묶고 해골 무늬의 검은 티셔츠를 입은 남자가 연단에 올랐다.

"2주 전 템페스트로부터 해킹 사고 조사를 의뢰 받았을 때 저희는 상당히 의아했습니다. 그 쪽에도 보안 부서가 있고, 날고 기는 실력자들이 많은데 왜 우리에게 맡기려는 걸까? 템페스트 부사장 카스펠러씨의 말을 듣고 서야 비로소 이해가 갔습니다. 자체적으로 조사하는 것보다 신뢰할만한 타 업체에 맡기는 편이 객관성 확보에 유리하고, 논란을 잠재우는 유일한 방법이기 때문이라고 그가 말했습니다. 저도 그 말이 옳다고 생각합니다.

"카스펠러씨는 조사 결과가 어떻게 나오더라도 개의치 않을테니 오직 있는 그대로 알려 달라고 거듭 강조했습니다. 템페스트의 체면이나 입장은 전혀 중요하지 않으며, 조사 결과로 인해 고객들의 지탄을 받고, 소송을 당하고, 관련자가 해고되고, 자신이 책임을 지고 물러나더라도 모든 걸 기꺼이 수용할 마음의 준비가 되어 있으니, 오직 진실만을 밝혀 달라는 그의 말은 감동적이었습니다."

'오케이.' 라커펠트씨가 중얼거렸다. 여기까지는 이해하는 데 전혀 문제가 없었다. 하지만 그 다음부터가 문제였다. 레이어드가 보여주는 수많은 차트와 통계, 전문 용어는 도저히 이해 불가였다. 게다가 이 강의는 다른 강의와달리 질문이 너무 많았다. 사람들은 어려운 전문 용어를 써가며 질문을 했고, 브라운은 더 어려운 전문 용어로 답했다.

"결국 저희는 이 사건이 존 조이너와 아무 관련이 없다는 신중한 결론을 내릴 수 밖에 없었습니다. 조사를 하면서 저희는 두 가지에 놀랐습니다. 하나는 템페스트 보안이 상상 이상으로 대단하다는 것이었습니다. 특히 데이터 베이스 보안은 그 자체로 완벽했고, 말로 표현할 수 없을 정도로 아름다웠습니다. 오죽하면 베테랑급 저희 직원들도 입을 다물지 못했을 정도입니다."

'데이터베이스가 아름답다니? 무슨 소릴까?' 라커펠트씨는 머리를 갸우뚱했다.

"두 번째로 놀란 건, 그럼에도 불구하고 침입 당했다는 겁니다. 공격자는 아마도 신기에 가까운 실력의 소유자로 보입니다. 침입당한 데이터베이스는 외부 접속이 금지되어 있습니다. 물리적 보안도 점검했지만 외부인이 침입한 흔적은 없었습니다. 템페스트 건물은 24시간 CCTV가 작동하고, 모든 움직임은 다각도에서 고화질 동영상으로 녹화됩니다. 우리는 동영상도 세밀 분석했지만 이상 징후는 발견되지 않았습니다.

"침입했지만 침입 당한 흔적은 없다! 이런 사고를 접할 기회는 평생 흔치 않습니다. 그 점에서 저는 개인적으로 상당히 영광이었습니다."

질문은 계속해서 쏟아졌다. 사람들은 마치 질문하려고 작정하고 온 듯 했다. 다음 강의가 기다리고 있다고 로이가 나섰지만 사람들은 아랑곳하지 않았다. 결국 다음 순서인 라퓨타 가상공간 체험이 취소되었다. 가상 공간 체험관이 뭔지 모르는 라커펠트씨로서는 '속할 수는 있지만 참여할 수는 없다'는 알쏭달쏭한 말만 알아들을 수 있을 따름이었다.

시계는 어느덧 6시를 가리키고 있었다. 질문과 답이 계속되는 와중에 여드름으로 얼굴이 온통 울퉁불퉁한 여자가 강단에 올랐다. 그녀는 레이어드 옆에 서서 기다렸다가 그가 답을 마치자마자 잽싸게 마이크를 가로챘다. 레이어드는 이 때다 싶었는지 풍성한 녹색 커튼 주름 속으로 허둥지둥 사라졌다.

"많이들 기다리셨습니다. 사이드카 팀장 캐롤린 델라니입니다." 여자가 말했다. "약속드린 대로, 존 조이너가 뭘 하고 있는지 지금부터 직접 눈으로 확인하시겠습니다."

소란하던 좌중이 순식간에 물을 끼얹은 듯 조용해졌다.

"아시다시피 오클로는 공개, 비공개 모드가 있습니다. 공개로 설정하면 위치 검색으로 어디서 무얼 하는지 누구나 볼 수 있지만, 비공개로 설정하면 검색 기능이 비활성화되어 직접 둘러보며 찾는 수 밖에 없습니다. 게다가 집에 있는 경우는 사생활 보호 모드가 작동해 볼 수가 없습니다. 물론 마스터와 관리자는 예외입니다." 캐롤린은 물을 한 모금 마시고 말을 계속했다.

"사생활 보호 모드가 관리자에게 공개되는 이유는 템페스트의 질서 유지를 위해서 입니다. 관리자들은 모든 구역을 열람할 수 있습니다. 안전하고 안정된 게임 환경을 위해서 사고나 이상 징후를 확인하는 건 필수기 때문입니다. 관리자는 사생활 보호 모드에서 본 것들을 절대 누설하지 않도록 되어 있습니다. 단 두 가지 경우는 예외입니다.

"하나는 수사 기관의 요청을 받을 경우, 다른 하나는 교육 목적으로 필요하다고 판단되는 경우입니다. 이는 약관에 명시되어 있습니다."

그녀의 목소리에는 청중을 휘어 잡는 묘한 카리스마가 있었다.

"교육 목적으로 사용하려면 해당 마스터의 허락을 구해야 합니다. 예를 들어, 귀하의 오클로 존 조이너가 집에서 어떻게 지내고 있는지 수강생들에게 잠시 보여줘도 좋은지 이메일로 문의합니다. 마스터가 7일 이내에 회신하지 않는 경우는 허락한 걸로 간주합니다. 저희는 존 조이너의 마스터에게 메일을 보냈고, 고맙게도 허락해 주셨습니다."

"답장을 받았다는 건가요? 아니면 답장을 받지 못했나요?" 누군가가 물었다.

"그건 말씀드릴 수 없습니다."

"이메일을 언제 보냈는데요? 7일 전이라면 존 조이너가 슬래이브로 전환되기 전인데, 만일 마스터가 바뀌었다면 그 이후에 새 마스터에게 메일을 보내야 정상이 아닌가요? 그렇게 하지 않았다면 존 조이너의 이전 마스터가 지금의 마스터라는 말인가요?" 다른 사람이 물었다.

"그것 역시 말씀드릴 수 없습니다. 중요한 건, 그의 마스터가 허락을 하셨다는 겁니다. 자, 그러면 지금부터 존 조이너를 보시겠습니다. 그동안 마음에 의혹을 품으셨다면 이 기회에 깨끗이 해소하시길 바랍니다!"

강의실 조명이 다시 깜깜해졌고, 스크린에 낯익은 게임 초기 화면이 펼쳐졌다.

화면이 확대되고, 행성, 그 다음엔 산야, 도시, 그 다음엔 지붕, 지붕이 투명해졌고, 방이 훤히 내려다 보였다. 그리고 침대 위에 누군가 엎드려 있는 게 보였다.

그 장면이 너무나 낯이 익어서 라커펠트씨는 잠시 어리둥절해졌다. 그러다가 파란 줄무늬 이불을 본 순간 갑자기 가슴이 쿵쾅쿵쾅 뛰기 시작했다.

'아니야... 아파트도 구조가 똑같은 집들이 많잖아. 호텔도 그래. 방 구조는 물론, 가구, 이불, 커튼, 침대보도 같아. 오클로네 집들도 마찬가지일 거야.'

그러나 똑같은 건 이불 뿐이 아니었다. 어지럽게 놓인 책들, 화분, 괘종 시계... 방의 모든 것들은 라커펠트씨가 매일 밤 잠자기 전 확인하는 미노의 오클로 방 그대로였다.

'오, 저건 내 오클로... 아니, 미노의 오클로?' 라커펠트씨는 양쪽 눈꺼풀을 치켜 올렸다. 사람들이 알아차릴까 봐 내색하지 않으려 애썼다. '난 내 오클로, 아니 미노의 오클로의 이름조차 모르고 있어. 이름을 모른다는 사실조차 모르고 있었던 거야. 이렇게 멍청할 수가!'

"존 조이너는 할아버지의 장례식이 끝난 날 저녁부터 의식을 잃고 누워만 있었습니다. 그대로 두었다면 죽었을 겁니다. 다행히 고비를 넘겼고, 서서히 회복되는 중입니다. 며칠 지나면 일상 생활도 가능해질 겁니다." 캐롤린이 말했다.

"고비를 어떻게 넘긴 거죠?" 누군가가 물었다.

"그건 말씀드릴 수 없습니다." 캐롤린이 답했다.

강의가 끝나자마자 라커펠트씨는 서둘러 집으로 돌아왔다. 호사스러운 종강 파티나 선물, 초청 공연, 축하연, 지비스 증정식 따위는 안중에도 없었다. 집에 도착한 그는 서둘러 컴퓨터를 켜고 게임에 접속했다.

그는 우선 오클로의 이름부터 찾아 봤다. 그러나 보이지 않았다. 헬프 데스크에 전화를 걸고 나서야 그 이유를 알았다. 오클로 이름이 타인에게 노출되는 걸 막기 위해 이름이 표시되지 않도록 기본 설정 되어 있는 탓이었다.

암호 챌린저를 새로 등록하고 나서야 그는 비로소 오클로

개인정보에 접속할 수 있었다. 그의 가슴이 쿵 쾅 뛰었다.

예상했던 대로(혹은 예상과 달리) 그의 이름은 존 조이너였다!

4장. 헝겊 인형

"VIP 회원 여러분, 안녕하십니까! 제 8회 자선 경매 소식을 알려드리게 된 것을 기쁘게 생각합니다.

이번 경매는 프로그래머 루마 라이슨씨, 투자의 귀재 마틴 아울렐리우스씨, 그리고 템페스트의 살아있는 역사 라뮤리즈 그레이쥬씨가 여러분과 함께 하시겠습니다.

여러분은 이 세 분 중 누구와 저녁 식사를 하고 싶으십니까?

루마 라이슨씨로부터 현재 개발 중인 깜짝 놀랄만한 신 기능에 관해 듣고 싶으십니까? 템페스트로 백만장자가 되는 비법을 아울렐리우스씨로부터 전수 받고 싶으십니까? 라뮤리즈씨와 함께 오클로의 무한한 가능성과 삶의 본질에 관해 논의하고 싶으십니까?

낙찰자는 뉴욕의 맨해탄 스미스앤드 워런스키 스테이크 하우스에서 저녁 식사를 하면서 3시간 동안 자유롭게 이야기를 나눌 수 있습니다.

경매 수익금은 전액 휴매인 소사이어티에 기부됩니다."

템페스트에서 온 VIP 뉴스레터였다.

'가뭄에 단비 같은 소식이야, 미네르바!' 라커펠트씨가 중얼거렸다.

그가 궁금한 건 두 가지였다. 자신의 존 조이너가 사람들이 말하는 그 존 조이너가 맞는지, 만일 맞다면 어떻게 하면 그의 기억을 볼 수 있는지.

그동안 그는 이 두 가지를 알아내기 위해 그가 할 수 있는 모든 가능한 방법을 동원했다. 존 조이너의 집안 구석구석을 둘러보는 건 물론, 마스터가 열람 가능한 모든 정보도 빠짐없이 들여다 봤다. 그러나 단서가 될 만한 건 없었다. 기억 동영상은 존 조이너가 혼수상태에서 깨어난 이후부터는 정상적으로 녹화되었지만 이전 분은 여전히 접근 불가였다.

템페스트 헬프 데스크에도 전화해 봤다. VIP 회원임을 밝혔더니 직원은 훨씬 상냥한 말투로 응대했다. 그러나 대답은 마찬가지였다. 문제점을 파악하려면 정식으로 분석을 의뢰해야 하고, 조사 과정에서 문제가 발생해도 책임지지 않는다는 것. 그건 라커펠트씨가 바라는 바가 아니었다.

게시판에 질문도 올려 봤다. 사설 서비스에 의뢰하라는 댓글이 달렸다. 사설 서비스를 이용하기에 존 조이너는 너무 유명했다.

오클로 기억이 사라지는 경우가 있는지 검색도 해 봤다. 동일한 사례는 없었다. 비슷한 사례가 딱 한 건 있긴 했다. 한 오클로가 이상 행동을 보여서 마스터가 분석을 의뢰했는데 조사 결과 버그 때문임이 밝혀졌고, 해당 오클로는 폐기되었고 노글사가 마스터에게 배상해 줬다는 기사였다.

라커펠트씨는 이안이의 학교에도 찾아갔다. 이안이는 학교에 없었다. 1년 전 가족과 함께 파나마로 이민을 갔다고 총무과 직원이 알려줬다. 겨울방학을 이용해 잠시 들어왔던 모양이었다.

존 조이너는 완전히 건강을 회복했지만 완전 넋이 나간 듯 보였다. 학교에서도 거의 말이 없었고, 수업이 끝나면 곧바로 집에 돌아왔다. 그리고 어두워질 때까지 거실 흔들 의자에 앉아 벽에 세워진 커다란 패종시계만 하염없이 바라봤다.

사람들의 관심은 식을 줄 몰랐다. 존 조이너가 하루를 어떻게 지냈는지 알아보려고 로그인할 필요는 없었다. 기사나 게시판에는 그가 오늘 어디 갔는지, 누구를 만났는지, 무얼 했는지 더 자세히 나와 있었다.

사람들은 존 조이너의 기억에 문제가 생긴 걸 모르는 것 같았다. 할아버지가 돌아가셔서 충격을 받아서 일시적으로 우울증에 빠진 거라고 생각하는 듯 했다.

그런 라커펠트씨에게 자선 경매는 희소식이었다.

'그러면 왠지 믿어도 될 것 같아. 그와 저녁 식사를 하려면 얼마가 필요할까?" 그는 최초 시작가의 10배를 걸었다.

며칠 뒤 경매에 낙찰되었다는 반가운 메일이 도착했다. 그러고 나서 사흘 뒤, 그는 라뮤리즈씨를 만나기 위해 뉴욕 행 비행기에 올랐다.

* * * * * * * * * * * *

라뮤리즈 박사를 만난 곳은 뉴욕의 전망 좋은 레스토랑 VIP 룸이었다.

두 사람은 악수를 나누었다. 라커펠트씨는 준비해 간 복숭아 파이를 선물로 건넸다.

"박사님을 다시 뵙게 되어 영광입니다." 라커펠트씨가 말했다.

"천만에요! 오히려 제가 감사드려야죠." 라뮤리즈씨가 말했다. "그동안 경매가 여러 번 열렸지만 저한테 입찰하는 사람은 아무도 없었습니다. 올해도 그런 줄로만 알고 있었습니다."

"그 무슨 농담이신지요! 경쟁률이 치열하다고 들었는데요."

"그게 바로 노글사의 상술입니다. 입찰한 사람이 아무도 없어도 꼭 그런 식으로 거짓말을 하죠."

"그럴 리 가요.. 설사 그랬다 하더라도... 만일 아무도 입찰 안 했다면... 그건... 아마도... 사람들이 지레 겁먹고 포기한 거겠죠."

"저를 만나고 싶어하는 사람은 게임의 역사에 관해 책이나 기사를 작성하려는 작가나 저널리스트들 밖에는 없습니다. 당신은 그런 사람들과는 달라 보이는군요. 게다가 선물까지 주시고." 라뮤리즈씨는 한쪽 눈을 찡긋하며 윙크를 했다. "당신은 뭔가 궁금한 게 있으니 오셨겠지요. 말씀해 보십시오. 도와드리겠습니다."

"제 오클로의 기억에 이상이 생긴 것 같습니다. 알아볼 만큼 알아봤지만 속 시원한 해결책을 듣지 못했습니다. 게임사에 분석을 정식으로 의뢰하려니 오클로가 죽을 수도 있다고 겁주더군요. 박사님이라면 답을 아실 것 같아서 왔습니다."

"구체적으로 어떤 증상인지 자세히 설명해 주십시오." 라뮤리즈씨가 말했다.

"데이터가 존재하지 않는다고 오류 메시지가 뜹니다."

"템페스트에서는 뭐라고 하던 가요?"

"처음엔 제가 사용법을 몰라서 그러는 거라고 하더군요."

라뮤리즈씨가 빙긋 웃었다.

"그러더니 컴퓨터 사양이 딸려서 그렇다, 악성 코드 때문이다, 데이터가 손상되었을 거다... 계속 말이 바뀌다가 결국에 가서는 버그 때문이라고..."

"문제점 해결은 의외로 쉽습니다. 원리를 알면 답을 알게 될 겁니다."

"저는 게임이 처음이고, 컴맹이랍니다. 게다가 나이도..."

여기까지 말하다가 라커펠트씨는 입을 다물었다. 라뮤리즈씨의 나이가 그보다 훨씬 많았기 때문이다.

라뮤리즈씨가 불쑥 물었다. "신을 믿으십니까?" 그러더니 대답할 틈을 주지 않고 말을 이어나갔다.

"과학자들은 말합니다. 인간의 기억은 두뇌의 어딘가에 기록, 저장된다고. 종교인들은 말합니다. 인간이 죽으면 영혼이 신체를 빠져나와 하늘로 올라간다고. 양쪽 주장이 모두 참이라면 영혼은 살아 생전 일을 기억하지 못해야 합니다. 뇌를 갖고 하늘로 올라갈 수는 없는 일이니까요. 그런데 어찌 된 일인지 영화나 소설에 등장하는 영혼들은 하나같이 살았을 때 일들을 기억하고 있습니다. 원한을 갚으러 오는 영혼들이 공포 영화에 등장하기도 하죠. 자, 이 모순을 어떻게 설명하시겠습니까?"

"그거야... 영화나 소설은 지어낸 이야기고, 과학은......"

라뮤리즈씨가 빙긋 웃으며 말을 가로막았다.

"위대한 도사 튜링이 이렇게 말했습니다. '나는 기계가 된 꿈을 꾸는 튜링인지, 튜링이 된 꿈을 꾸는 기계인지 알지 못하노라!'"

라커펠트씨는 난감해졌다.

라뮤리즈씨는 아랑곳 않고 이야기를 계속했다.

"연결 고리 개념을 도입하면 문제가 쉽게 해결됩니다. 연결 고리란... 자, 여기 컴퓨터 한 대가 있습니다. 이 컴퓨터는 하드 디스크가 없고 메모리만 있습니다. 그리고 웹캠과 사운드 카드가 장착되어 있습니다. 사용자 스미스는 전혀 불편을 느끼지 못합니다. 컴퓨터는 상시 네트워크에 연결되어 있고, 모든 애플리케이션과 파일들을 클라우드에서 가져다 사용하기 때문입니다. 파일 로딩과 애플리케이션 처리 속도도 거의 실시간입니다. 그래서 스미스는 자신의 컴퓨터에 파일이 다녀간 걸 알아차리지 못합니다."

스미스의 일상은 컴퓨터와 동일하다. 그 역시 컴퓨터이기 때문이다. 스미스는 자신이 컴퓨터라는 걸 알지 못한다.

아침. 스미스가 잠에서 마악 잠에서 깨어나려는 순간, 그 짧은 시간 동안 스미스의 내부에서는 수많은 일들이 일어난다.

먼저 그의 혈압과 체온이 상승하면서 그가 깨어나고 있으며 조만간 활동을 시작할 것이라는 신호가 두뇌에 보내진다. 신호를 받은 두뇌는 연결 고리를 활성화 시킨다.

스미스의 몸 속에는 아주 작은 알갱이들이 분포해 있다. 이 알갱이들은 너무 작아 마이크로 현미경으로도 보이지 않는다. 허블 망원경이라면 혹 모른다. 알갱이들은 각자 다른 색을 띠고 있다. 한 군데 쌓아 놓고 아주 크게 확대해 본다면 영롱하게 반짝이는 보석들처럼 보일 것이다.

알갱이들은 피부와 혈관 사이에 위치한다. 개인 차가 있겠지만 대부분 머리 뒤통수 부분에 집중되어 있다. 만일 허블 망원경으로 스미스의 뒷모습을 본다면 뒤통수에 빛나는 둥근 원 모양의 고리가 보일 것이다. 이 원이 연결 고리다.

스미스는 전혀 느끼지 못하지만, 알갱이들은 항상 회전하고 있다. 회전 속도는 스미스가 잠에서 깨어날 때 최고치가 된다. 회전 속도가 높아질수록 끌어 당기는 힘이 강해진다. 그러다가 특정 속도에 도달하면 더 이상 빨라지지 않고 그 속도를 유지하게 된다. 이 상태를 연결 고리가 활성화된다고 말한다.

연결 고리가 활성화되었다는 건 클라우드로부터 데이터를 받아들일 준비가 되었다는 걸 의미한다. 클라우드에는 데이터 센터가 있다. 이곳에는 스미스의 모든 기억이 저장되어 있다.

데이터 센터에 저장된 정보가 연결 고리를 통해 스미스의 기억 공간에 유입되기 시작한다. 맨 먼저 그가 평소 사용하는 경험과 습관의 기억 정보가 유입된다. 그 뒤를 따라서 어제 있었던 일을 포함한 가장 최근 기억이 유입된다.

만일 이 과정을 성능 좋은 허블 망원경으로 순간 포착한다면 마치 자석 주위에 늘어선 철가루처럼 보일 것이다. 유입된 철가루들은 스미스의 임시 기억 저장소에 모여서 호출을 기다린다. 잠에서 깨어난 그가 자신이 누군지, 여기는 어딘지, 지금부터 뭘 해야 할지 아는 건 이 때문이다.

저장소는 아직 다 채워지지 않았다. 남은 공간은 스미스가 하루 동안 경험하는 일들에 대한 기억으로 채워질 것이다.

늦은 오후. 한 방문객이 찾아온다. 얼굴은 기억 나는데 어디서 봤는지, 누군지 생각이 안 난다.

스미스는 이전 일들을 떠올려 본다. 검색 쿼리가 생성된다. 임시 기억 저장소에 저장된 데이터 스캔이 시작된다. 그곳에는 일치하는 정보가 없다. 제 2의 검색 쿼리가 클라우드 데이터 센터로 전송된다. 그 곳에서 검색 쿼리와 매치 되는 정보가 발견된다. 그리고 스미스에게 전송된다. 스미스는 그가 3년 전 페라리를 구매한 브라운씨라는 비로소 기억해 낸다. 그는 브라운씨를 반갑게 맞이한다.

그날 밤, 하루 일과를 마친 스미스가 잠에 곯아 떨어져 있다. 잠든 그의 얼굴은 평온해 보인다. 하지만 그의 내부에서는 그 어느 때보다 바쁘게 무언가가 진행되는 중이다. 바로 인덱싱 작업이다.

인덱싱은 그날 있었던 일들이 중요한 순서대로 나열하는 것에서부터 시작된다. 그런 다음 필터링, 시간별, 주제별 태그 부여, 변환 작업 등으로 이어진다. 변환 과정을 허블 망원경으로 본다면 윈도우 컴퓨터에서 조각 모음을 할 때 화면처럼 보일 것이다.

변환이 끝났다. 압축과 캡슐화도 완료되었다. 이제 전송을 위한 만반의 준비가 갖춰졌다. 스미스가 하루 동안 경험한 모든 기록은 이제 연결 고리를 통해서 클라우드 데이터 센터로 전송되기 시작한다.

전송이 끝나면 연결 고리가 비활성화된다. 스미스는 깊은 잠에 빠진다. 비활성화된 연결 고리는 그가 수면을 취하는 동안 간헐적으로 데이터 센터로 신호를 보내 약한 접속을 유지한다.

공허한 저장소의 빈 공간 위로 스미스의 꿈이 날아다니기 시작한다.

꿈은 일종의 스크린 세이버와도 같다. 데이터 센터에 저장된 영상들이 무작위로 전송된다. 약한 접속으로 인해 중간에 자주 끊기기 때문에 스토리는 일관성이 없다.

스미스는 평소와 마찬가지로 꿈을 꾸면서도 새로운 경험을 한다. 그러나 꿈은 휘발성이다. 그렇기 때문에 다음날 아침 일어났을 때 스미스는 꿈을 대부분 잊게 된다.

세월이 흘러 스미스는 어느덧 노인이 되었고, 세상을 하직했다.

그의 체온과 혈압은 이제 더 이상 상승하지 않기 때문에 연결 고리는 활성화되지 못한다.

간헐적으로 데이터 센터에 보내지던 신호가 그치면서 데이터 센터 문도 닫힌다. 이제 그는 더 이상 데이터 센터로부터 정보와 애플리케이션을 공급 받을 수 없다.

바람이 불지 않으면 풀은 움직이지 않는다. 소프트웨어가 없으면 하드웨어는 쓸모가 없다. 스미스는 더 이상 브라운씨를 기억해 내지 못한다. 그러나 브라운씨에 관한 그의 기억은 데이터 센터에 여전히 남아있다.

"영혼이 된 스미스가 살아있을 때보다 기억력이 훨씬 더 좋아지는 이유를 이제 아셨습니까?" 라뮤리즈씨가 물었다.

"제 오클로의 기억이 데이터 센터에 온전하게 저장되어 있다는 말씀이신가요? 비록 접속하진 못하더라도요?" 라커펠트씨가 물었다.

"그야 알 수 없죠." 라뮤리즈씨가 짤막하게 대답했다.

"그럼 조작될 수도 있는 건가요?"

"조작이라... 이론 상으론 가능할지 몰라도, 엄청난 작업이 필요합니다. 따라서 완벽한 조작은 거의 불가능하다고 보는 게 맞을 겁니다."

그의 말은 사실이다. 오클로들이 일생동안 보고 듣는 모든 것들은 데이터 센터에 저장된다. 그들의 기억을 열람하는 건 마치 한 편의 길고 지루한, 군더더기가 너무 많은 터무니없이 긴 영화를 감상하는 것과 같다. 한 장면을 고치는 건 여간 손이 많이 가는 작업이 아니다. 문제는 한 오클로의 기억만 고친다고 되는 게 아니라는 데 있다.

예를 들어, 길을 가던 스미스가 한 건물에 불이 나는 장면을 목격한다. 건물이 불타오르는 광경이 그의 기억에 새겨지고, 데이터 센터에 저장된다. 며칠 뒤 한 해커가 데이터 센터에 침입해 스미스의 데이터베이스 중에서 화재 장면에 해당하는 부분을 삭제한다.

스미스의 기억 데이터를 들여다 보던 스미스의 마스터는 뭔가 앞뒤가 맞지 않다는 걸 깨닫게 된다. 방금까지도 멀쩡했던 길이 왜 연기로 자욱한지, 하얀 재가 왜 날리는지 그는 어리둥절해진다.

만일 해커가 좀 더 생각이 있다면 좀 더 그럴싸하게 변조해 스미스의 마스터가 눈치채지 못하게 했을 것이다. 그러나 화재 장면과 앞 뒤 장면을 손 보는 것만으로는 부족하다. 같은 시간 길을 지나던 다른 오클로들도 화재 장면을 목격했을 것이기 때문이다. 이는 마치 동일한 사건 현장에 여러 명의 기자들이 들이닥쳐 촬영하는 것과 마찬가지다. 다른 사람이 찍은 사진들을 대조하면 위조했다는 게 단박에 드러난다.

스미스가 그 시간에 집에서 낮잠을 자고 있는 걸로 고치면 된다고? 스미스의 놀란 모습이 담긴 다른 기자가 찍은 사진은 어쩌고? 해커는 그 날 화재를 목격한 다른 오클로들의 기억 파일도 전부 조작해야 한다는 부담감에 시달려야 한다. 이건 보통 스트레스가 아니다. 해커들이 파르시몬을 선호하는 건 이 때문이다.

"파르시몬이라고요? 그게 뭐죠?" 라커펠트씨가 물었다.

"일종의 효소입니다. 망각을 이용해 보호하는..." 라뮤리즈씨가 대답했다.

오클로들의 몸들은 그 자체로 하나의 잘 짜여진 위기 관리 시스템이다. 이 시스템은 평소에는 대기 상태를 유지한다. 그러다가 오클로들이 큰 충격을 받으면 가동되기 시작한다.

여기에는 일화가 있다. 파이시스의 아버지 마두가 죽기 직전의 일이다. 그가 힘들어 하는 모습을 차마 지켜보기 힘들었던 파이시스가 눈물을 흘리며 창조주들에게 애원했다. "아버지께서 아프지 않으시도록 해 주십시오."

엔키두는 즉석에서 마두의 코드에서 통증 인식 기능을 가진 코드들을 죄다 주석 처리했다. 마두를 괴롭히던 통증이 일시에 사라졌다.

오랜만에 활짝 웃는 아버지를 보고 파이시스는 뛸 듯이 기뻐했다.

그러나 그 기쁨은 오래 가지 못했다. 마두가 얼마 안가 죽었기 때문이다.

통증은 신체가 위험에 처했음을 알려주는 신호인 동시에, 위기 관리 시스템을 작동 시키는 키다. 그런데 마두는 신호 자체가 봉쇄되었기 때문에 위기 관리 시스템이 작동될 수 없었다. 그 결과 마두의 신체는 무방비 상태가 되었고, 그래서 정해진 수명보다 일찍 죽었다.

"이 일이 있고 나서 저와 엔키두는 머리를 맞대고 의논했습니다. 어떻게 하면 위기 관리 시스템에 영향을 주지 않으면서도 고통이나 두려움 없이 임종을 맞게 할 수 있을까. 파르시몬은 이렇게 해서 만들어졌습니다."

오클로의 신체에 있어 최악의 극한 상황은 죽음이다. 오클로가 죽으려면 신체에 7가지 변화가 있어야 한다. 이 중 5가지 이상이 충족되면 위기 관리 시스템은 최악의 극한 상황으로 간주하고 파르시몬을 생성하기 시작한다.

파르시몬이 생성되면 오클로에게 두 가지 변화가 생긴다. 먼저 눈의 조리개가 최대로 개방된다. 오클로 입장에서 볼 때, 어두운 터널 끝에 환한 빛의 통로가 보이는 셈이다. 동시에 행복감이 허용 한도치를 넘은 최대치로 바뀐다. 오클로들은 빛을 보는 동시에 밀려오는 행복감으로 통증을 더 이상 느끼지 못하게 된다.

행복감이 빛에서 비롯되는 거라고 생각한 오클로는 빛을 향해 다가가려 한다. 비록 아주 짧은 순간이지만 오클로는 태어나 처음 경험하는 황홀한 심정으로 저 터널 끝 빛 속에서 기다리고 있을 누군가를 향해 발걸음을 옮긴다.

"어떻습니까? 테크놀로지의 바탕이 인문학이어야 한다는 이유에 대한 좋은 사례라는 생각 들지 않으신가요?" 라뮤리즈씨가 안경 너머로 라커펠트씨를 빼꼼히 바라보며 물었다. 그 표정이 너무 진지하면서도 엉뚱해 보여서 라커펠트씨는 터져 나오는 웃음을 간신히 참았다.

식사가 시작될 무렵 라뮤리즈씨의 휴대폰이 울렸다. 라뮤리즈씨는 양해를 구한 뒤 휴대폰을 들고 허겁지겁 자리를 비우더니 환한 얼굴로 돌아왔다. 그가 말했다.

"사위한테 전화가 왔는데, 제 딸이 방금 병원에서 사내아이를 순산했다는군요."

"오, 축하 드립니다! 정말 기쁘시겠네요!"

"감사합니다. 손주 녀석이 어떻게 생겼는지 궁금해서 미칠 지경이에요. 얼른 가서 만나보고 싶군요!" 여기까지 말하더니 그는 흠칫 놀란 듯 정색을 하고서 말을 이었다. "죄송합니다. 제가 너무 들뜬 나머지 실언을 했군요. 소중한 시간을 제 사적인 감정으로 낭비한 점 사과드립니다. 이야기를 계속하죠."

"아닙니다." 라커펠트씨가 말했다. "저는 괜찮습니다. 원하신다면 어서 병원에 가 보세요. 오늘 이렇게 식사를 함께 해 주신 것만으로 제게는 영광입니다."

"당신은 정말 친절하신 분이군요." 라뮤리즈씨가 말했다. 그는 메모지에 그의 전화 번호를 적어 건네주면서 말했다. "방금 만났는데 말도 안 되는 일이지만, 여기 제 전화 번호가 있어요. 전화해 주십시오."

라커펠트씨는 메모지를 받아 호주머니에 넣었다. 라뮤리즈씨는 외투와 파이 상자를 들고 허겁지겁 사라졌다.

혼자 남아 식사를 하면서 라커펠트씨는 생각했다. '어차피 이야기를 계속했어도 내가 원하는 답을 얻기는 힘들었을 거야. 그러나 실력자임에는 틀림없는 것 같아. 다음 번엔 질문을 미리 정리해 가야겠군.'

* * * * * * * * * * * *

일주일 후 라커펠트씨는 라뮤리즈씨 박사의 자택에서 그를 다시 만났다. 라뮤리즈씨의 집은 아름다운 전원 주택이었다.

고물 가구들과 이상스러운 소품이 꽉 들어찬 실내 정경은 마치 시간을 거슬러 올라간 듯 했다. 집사로 보이는 청년이 커피를 가져왔다.

"지난 번에 어디까지 이야기했었죠? 아, 그렇지! 오클로의 기억 파일에 문제가 생겼다고 하셨죠?" 라뮤리즈씨가 말했다. "당신은 어떻게 해서든 그 기억 파일을 되살리고 싶어서 방법을 찾아 봤지만 시도도 하기 전에 번번이 실패했고. 그래서 저에게 실날같은 희망을 갖고 찾아 오신 거고요. 맞나요?"

"네, 그렇습니다." 호주머니 속에 질문을 적은 메모지를 만지작거리며 라커펠트씨가 대답했다.

"오클로의 기억 파일에 문제가 생겼다면 크게 3가지 이유를 생각할 수 있습니다." 라뮤리즈씨가 설명을 시작했다. "먼저 누군가 인위적으로 기억 파일 일부나 전체를 삭제하는 것. 고도의 실력 혹은 권한을 가진 사람만 가능합니다."

"권한이라고요? 남의 파일을 삭제할 권한을 가진 사람이 있다는 말씀이신가요?" 라커펠트씨가 물었다.

"그런 권한이 아니라... 접속 권한을 말합니다. 예를 들어, 루트, 관리자, 일반 사용자, 게스트 등의 권한이 있죠. 관리자는 일반 사용자보다 훨씬 많은 데이터에 접속할 수 있습니다. 데이터를 변경시킬 수도 있습니다. 루트는 신입니다. 뭐든 할 수 있습니다."

"그럼 파일을 템페스트 관리자가 삭제했단 말인가요?"

"꼭 그렇다는 게 아니라, 모든 가능성을 열어 두고 생각하자는 거죠." 라뮤리즈씨가 대답했다.

"두 번째 가능성은 시스템에 의해서 삭제되는 겁니다. 예를 들어, 기억 저장소에 문제가 생기는 경우 더 이상 저장할 공간이 없는 걸로 간주되어 먼저 저장된 데이터부터 덮어쓰기가 시작됩니다."

"제 오클로는 나이가 어립니다. 저장 공간이 부족할 정도로 기억이 많을 리가 없습니다." 라커펠트씨가 말했다.

"방법은 많습니다. 악의적인 사용자가 악성 코드를 제작해 임의의 오클로에 전송합니다. 이 악성 코드는 오클로의 가장 최근 기억을 무한정 복제합니다. 오클로의 기억 저장소는 순식간에 복사된 기억들로 꽉 차고, 이전 기억 덮어쓰기가 시작됩니다. 그래서 복제된 코드만 남게 됩니다. 그런 뒤 악성 코드는 스스로를 삭제해 흔적을 없앱니다."

"정말인가요? 정말 무서운 일이군요." 라커펠트씨가 말했다.

"그렇습니다. 다만 많이 알려지지 않았을 따름이죠."

라뮤리즈씨가 대답했다.

"시스템에 의해 삭제되는 또 다른 예로 위기 관리 시스템을 들 수 있습니다. 여기에 관해서는 지난 번 설명 드렸고, 세 번째 가능성은, 오클로에 의해 기억 파일이 삭제되는 겁니다."

"그게 무슨 말씀이죠?"

"그러니까 오클로가 스스로 자신의 기억을 지운단 말씀인가요?"

"그렇습니다. 날이 갈수록 오클로의 코드는 점점 복잡해져 갔습니다. 아무리 뛰어난 개발자라도, 이미 얽힐대로 얽혀버린 코드들의 기능과 상호 작용을 죄다 파악하고, 예상하고 통제하는 건 더 이상 불가능해졌죠.

"조만간 오클로들의 지능이 인간을 능가할 가능성의 징후는 곳곳에서 발견되고 있습니다. 어쩌면 인간이 그들에 의지하는 시대가 올지도 모릅니다.

"닥터 빅간을 보십시오. 토끼 담배에 중독된 오클로들을 불과 며칠 만에 토끼 담배를 끊게 만들지 않습니까? 그것은 토끼 담배를 피우며 느꼈던 좋은 느낌을 잊게 만들었기 때문입니다. 그것도 모르고 사람들은 빅간이 최면술사다, 신기에 가까운 의사다 라고 말합니다.

"빅간이 우리에게 주는 교훈은 단 하나 입니다. 오클로가 스스로 혹은 다른 오클로의 기억을 삭제하는 게 가능하다는 겁니다."

빅간은 아마도 직업이 의사인 오클로인 듯 했다.

"그러면 제 오클로가 스스로 기억을 지워버렸다는 건가요?" 라커펠트씨가 물었다.

"누구나 살면서 한 번 쯤 지워 버리고 싶은 기억이 있을 겁니다. 오클로도 마찬가지겠죠. 확실한 건, 그런 능력을 가진 오클로가 이미 존재한다는 겁니다. 당신의 오클로도 그 중 하나 인지는 모르지만."

"삭제된 기억은 되살릴 수 없나요? 컴퓨터는 파일을 삭제하면 파일명만 변경된다고 들었는데, 오클로는 어떤가요?" 라커펠트씨가 물었다. 그는 어느새 라뮤리즈씨에게 질문하는 요령을 터득하고 있었다.

"스미스를 잊으셨군요. 오클로는 파일이 아닙니다. 데이터베이스입니다." 라뮤리즈씨가 대답했다.

"……"

"누군가 기억의 일부를 삭제했다면 그건 파일을 삭제한 것이 아니라, 파일을 구성하는 코드 일부를 삭제한 것입니다. 쉽게 말해, 연필로 편지를 쓰다가 지우개로 지우고, 지운 자리에 쓰는 것과 마찬가지입니다. 덮어쓰기가 저절로 되어서 복구란 영원히 불가능하죠."

"복잡하군요..." 라커펠트씨가 한숨을 쉬면서 말했다." 게임사는 유사시를 대비해서 백업을 해 두지 않을까요? 그 백업에 저의 오클로의 기억이 있지 않을까요? 물론 템페스트 직원은 안된다고 했지만요..."

"호랑이 담배 먹던 시절엔 물론 가능했습니다." 라뮤리즈씨가 말했다. "당시야 오클로든 동식물이든 개체 수가 합쳐봐야 1만 개도 채 안 됐으니까요. 영토도 지금처럼 넓지 않아서 분 단위의 백업도 가능했습니다.

"그러나 개체 수가 늘어나고, 공간이 넓어지고, 그래픽은 점점 고화질 이미지로 바뀌고... 오클로들의 기억은 천문학적으로 늘어나고... 용량은 점점 비대해져만 갔죠. 그 모든 것들을 백업한다는 건 점점 힘들어 졌습니다.

"노글사는 차라리 잘 되었다고 생각했습니다. 그래! 이 참에 오클로의 기억을 백업에서 제외 시키는 거야! 그러고 나서 그들은 약관에 백업에 존재하지 않은 자료에 대해서 책임을 지지 않는다는 조항을 추가했습니다."

"그럼 저 같은 사람은 꼼짝 없이 당해야 한다는 소린가요?"

"당신같은 경우가 많이 발생한다면 새로운 대책이 강구되겠죠. 하지만 현재로 기억이 몽땅 사라진 경우는 당신이 유일한 경우일 겁니다. 사용자 한 사람의 말에 게임사가 신경 쓸 리가 없죠. 호기심 많은 개발자나 관리자, 혹은 해커들이라면 모를까."

대화는 계속되었다. 라커펠트씨는 라뮤리즈씨의 말을 전부 이해할 수는 없었지만, 그가 해박한 지식의 소유자라는 것만은 알 수 있었다.

"결론적으로," 라뮤리즈씨가 말했다. "당신 오클로의 기억에 무슨 일이 일어났는지는 데이터 베이스를 봐야만 알 수 있습니다. 데이터 베이스에 접근할 수 있는 사람은 템페스트 직원 뿐입니다."

"......"

잠시 침묵이 흘렀다. 유리창 너머로 저녁 햇살이 들어와 두 사람의 얼굴을 비쳤다.

집사가 새로 내린 커피를 다시 가져왔다. 그는 청소를 해야 하니 자리를 잠시 비켜 달라고 말했다. 라뮤리즈씨는 라커펠트씨를 그의 서재로 안내했다.

서재는 수많은 컴퓨터와 케이블 선, 이름 모를 기계들과 공구들, 오래된 책들로 가득했다. 모두 먼지 하나 없이 깨끗했다.

"음악 들으시겠습니까?"

라뮤리즈씨는 잡동사니들로 가득한 철제 선반에 놓인 한 기계를 가져와 선에 연결했다. 기계다기보다는 버튼이 몇 개 달린 작은 박스였다. 그가 버튼을 누르자 빨간 불이 켜지면서 윙 소리가 났다. 그러더니 노래가 흘러 나오기 시작했다.

'잠자는 기계를 깨웠더니 기계가 노래를 부르네.' 라커펠트씨는 생각했다.

노래는 잡음이 섞여 있었지만 듣는 데는 지장이 없었다. 전혀 처음 들어보는 노래였다.

그녀는 어릴 적 남들이 입던 옷만 입었어요.
그녀가 거리로 나오면 사람들이 놀려 댔죠
헝겊 인형이라고, 꼬마 헝겊 인형이라고.
그렇게 예쁜 얼굴은 레이스 옷이 어울릴텐데.

라뮤리즈씨는 눈을 지긋이 감고 2절을 따라 불렀다.

난 그녀의 슬픈 옷을 기쁜 옷으로 바꿔주고 싶었어요.
친구들이 말렸어요. 그녀가 안 좋은 아이라고 말하면서.
그녀는 헝겊 인형이에요. 꼬마 헝겊 인형.
난 그녀를 사랑했지만 내 마음을 알리지 못했어요.

"옛날 노래인가봐요?" 라커펠트씨가 물었다. 라뮤리즈씨가 고개를 끄덕였다.

"연구소에서 냉장고보다 큰 메인 프레임 컴퓨터 앞에서 펀치 카드를 두드리며, 인공지능 튜링을 꿈꾸며, 내가 나비인지, 나비가 나인지 알고 싶어 하던... 까마득해짐으로 멀어져 가는 그 시절 노래입니다."

안경 너머 그의 두 눈동자가 마치 꿈이라도 꾸듯이 몽롱해 보였다.

청소를 마친 집사가 저녁 식사 준비가 다 되었다고 알렸다. 시계를 봤더니 어느새 7시를 가리키고 있었다. "이런 결례가! 시간 가는 줄도 몰랐네요!" 라커펠트씨가 소리쳤다.

"별 말씀을! 다른 약속이 없으시다면 저녁 식사 함께 하시죠." 라뮤리즈씨가 말했다.

요리는 흠 잡을 데가 없었다. 집사가 보드카로 만들었다는 핫소스를 곁들인 스테이크 접시를 깨끗이 비운 라커펠트씨는 후식으로 나온 금귤 에클레트도 깨끗이 먹어치웠다.

식사 후 두 사람은 이야기를 계속했다. 라뮤리즈씨는 상상 이상으로 대단한 사람이었다. 한물 간 퇴물 취급 당하는 건 어쩌면 의도적인 건지도 모른단 생각이 들 정도였다.

[8]그가 사용하는 단어들은 그 자체로는 평범 그 자체였지만, 일단 그의 입을 통해서 나오면 모든 단어 하나하나가 마치 시처럼 들렸다. 그의 말은 힘이 있었고, 현실성과 깊이가 있었다.

그가 하는 말은 단순한 음성이 아니라 그의 일생이 녹아 있는 깨달음의 부르짖음이었다. 마치 아름답고 순결한 진주가 그의 소중한 생명수에 녹아 들어간 것 같았다.

그의 이야기에 귀를 기울이면서 라커펠트씨는 이제껏 자신이 알아 온 어느 사람보다 그가 고상하고 우아하다고 느꼈다. 백발의 온화하고 다정하고 생각이 깊은 노신사의 모습이야말로 예언자와 성자의 모습이라고 라커펠트씨는 생각했다.

그 날 라뮤리즈씨는 그에게 많은 이야기를 들려줬다. 그의 이야기는 VIP 교육에서 들었던 것과 사뭇 달랐다. 이유를 묻자 그가 껄껄 웃으며 말했다. "당신은 교육에서 들었던 것들이 전부 사실이라고 생각하십니까?"

존 조이너의 잃어버린 기억을 찾기 위한 라커펠트씨의 기나긴 여정은 이렇게 시작되었다.

---

[8] 미국 작가 나다니엘 호손(1804-1864)의 단편소설 '큰바위 얼굴과 다른 흰 산 이야기(The Great Stone Face and Other Tales of the White Mountains, 1889)'를 인용하고 있다.

5장. 모래톱을 건너서

라뮤리즈 박사가 처음으로 가상 세계 구동에 성공했을 때 화면엔 칠흑 같은 어둠만이 있을 따름이었다.

어둠은 처음엔 정지된 듯이 보였지만 조금씩 움직이고 있었다. 이상스러운 기운이 매일 가상 세계를 조금씩 변화시켰다. 변화는 처음엔 아주 느려 보였지만 어느 시점부터 인가 가속이 붙기 시작했다.

"그것은 애당초 완벽한 시스템이었습니다." 라뮤리즈씨가 당시를 회상하며 말했다. "뭔가를 할 필요가 전혀 없었습니다. 그저 넋을 잃고 바라보기만 하면 되었죠."

가상 세계에 첫 봄 비가 내렸다. 풀이 돋아났고, 행성은 얼마 안 가서 아름다운 초원으로 바뀌었다. 나비와 벌, 그리고 낯익은 곤충들이 날아다니는 걸 보면서 라뮤리즈씨는 한 스님에게서 들은 선 문답을 떠올렸다.

'내가 산사에서 묵언 수행 하면서 몇 달 동안 몸을 씻지 않자 내 몸에 이가 생겼다. 이 이는 본시 내 몸에 있던 이의 알이 부화한 것인가? 아니면 온도와 습도, 그리고 환경이 적합해짐에 따라 자연히 생성된 것인가?'

어느 화창한 봄 날, 들판의 동굴 여기저기서 오클로들이 머리를 비죽비죽 내밀었다. 프로그램은 구동을 멈추고 사용자 입력을 기다렸다. 깜빡거리는 커서를 보면서 라뮤리즈씨는 가슴이 걷잡을 수 없이 뛰는 걸 느꼈다.

오클로들은 나무 열매를 따먹고, 사냥을 하고, 동굴에서 생활했다.

그들은 지능은 뛰어났지만 신체 조건 상 맹수로부터 스스로를 방어하지 못했다.

라뮤리즈씨는 그들에게 불과 도구를 사용하는 방법을 가르쳐줬다. 그러기 위해서 코드를 짜거나 기능을 추가할 필요는 없었다. 앞서도 말했지만, 그것은 그 자체로 완벽한 프로그램이므로, 원하는 모든 것은 이미 거기에 있었기 때문이다. 라뮤리즈씨는 그저 필요한 걸 가져다 쓰면 되었다.

오클로들이 배가 고프면 서로를 잡아먹기도 하는 걸 보고 라뮤리즈씨는 언어 기능을 활성화 시켰다. 그리고 95개의 언어 옵션 중 영어를 선택했다. 불과 도구, 언어를 공급하자 오클로들은 문명화 되기 시작했다.

초기에 오클로를 제어하는 건 아주 쉬웠다. 옵션에서 선택하거나, 짤막한 소스 몇 줄만 추가하면 되었다.

그러다가 개체 수가 점점 많아지면서 관리도 점점 힘들어졌다. 뭔가를 고치려면 일괄 업데이트를 해야만 했다.

그러나 그는 가상 세계에만 매달릴 수는 없었다. 회사에 가야 했고, 주말엔 정원 잔디도 깎아야 했고, 출장이나 기술 세미나로 집을 비우는 적도 있었다. 밤엔 잠도 자야 했다. 그를 대신해서 가상 세계를 효율적으로 관리해 줄 무언가가 필요했다.

그래서 그는 크리스마스 연휴를 이용해 새로운 코딩에 몰두했다. 새해가 밝아오는 1월 1일 새벽, 작업이 완성되었다.

그가 한 오클로에게 말을 걸었다. 그 오클로의 이름은 왓슨이었다.

"[9]왓슨군! 이리 와서 나 좀 보게."

왓슨이 대답했다. "거기 가려면 일주일은 걸릴 거예요."

왓슨은 오클로들과 라뮤리즈씨의 중간 역할을 하는 메신저였다. 왓슨은 긴급 상황이 발생하면 라뮤리즈씨의 스마트폰으로 사고 코드를 전송했다. 라뮤리즈씨와 자연어로 말을 주고받을 수 있지만 아직은 기본적인 대화만 가능했다.

얼마 뒤 라뮤리즈씨는 해외 출장을 가야 했다. 그가 탄 비행기가 중간 기착지 공항 활주로에서 조류 충돌로 인해

---

[9] 미국 과학자이자 발명가 알렉산더 벨(Alexander Bell)이 전화기를 처음 발명한 1876년 3월 10일 조수인 토머스 왓슨에게 전화로 "왓슨, 이리로 좀 오게!"라고 통화했고, 이것이 역사상 최초의 전화 통화라는 에피소드가 알려져 있다.

주저앉았다. 그곳은 인터넷 접속이 불가한 아프리카의 작은 나라였다. 그를 포함한 승객들은 고장난 엔진이 교체되기까지 일주일간 호텔에서 기다려야 했다.

출장에서 돌아와 가상 세계를 들여다 본 그는 안도의 한숨을 내쉬었다. 그동안 왓슨은 총 109번 알림을 보냈지만, 가상 세계는 아무 탈 없이 잘 돌아가고 있었다. 자리를 비운 사이 문제가 전혀 없었던 것은 아니었지만 시간과 더불어 자연스럽게 흘러갔다. 가상 세계는 그만큼 탄력이 있었다. 라뮤리즈씨는 당분간 관전 모드를 유지하기로 했다.

오클로들은 낮에는 나무 열매를 따먹었고, 밤에는 맹수를 피해 나무 위에서 잠을 잤다. 그들은 신체 특성상 공격 및 방어 능력이 동물에 비해 턱없이 부족했기 때문에 잠시 한 눈을 파는 사이에 맹수에게 잡아 먹히기도 했다.

라뮤리즈씨는 오클로들을 아나신 산으로 이주 시켰다. 그곳은 맹수가 없고 먹을 것이 풍부했다. 정착한 오클로들은 점점 개체 수가 늘어났고, 부족을 이루었다. 라뮤리즈씨는 그들에게 아나이스족이라는 이름을 붙여줬다.

오클로 숫자가 늘어나면서 라뮤리즈씨에게 새로운 고민거리가 생겼다. 바로 돈이었다. 그는 무료 컨설팅 서비스를 신청했다. 컨설턴트는 이렇게 조언했다:

'블로그를 만들고, 유명 커뮤니티에 프로그램을 소개할 것. 그러면 관심 있는 사람의 투자 제안이 들어올지도 모름.'

라뮤리즈씨는 그의 조언대로 블로그를 만들었다. 몇 몇 커뮤니티에 글도 올렸다. 그러나 컨설턴트의 조언과는 정 반대의, 소개글이 아닌, 코딩 관련한 질문 글이었다.

연락이 오는 곳은 없었다. 그는 가진 것들을 하나 둘 팔아서 비용을 충당했다.

그러나 그는 행복했다. 낮에는 직장 보스한테 시달리는 직원이었지만, 밤이면 그는 한 작은 우주를 통괄하는 위대한 신이었기 때문이다.

그러고 나서 엔키두씨가 합류했다. 의기투합한 두 사람은 각자의 회사에 사표를 내고 퇴직금으로 작은 사무실을 차렸다. 둘은 서버를 증설하고 대대적인 업데이트에 착수했다.

두 사람의 손가락이 키보드 위에서 춤을 추었다. 프로그램은 에러 메시지 하나 없이 컴파일 되었고, 마치 봄바람처럼 가볍게 실행되었다.

* * * * * * * * * * * *

파이시스는 아나이스족의 추장 마두의 셋째 아들이다. 파이시스의 어린 시절은 여느 아이들과 다름없었다. 그러다 그가 12세 되던 해 어느 날, 밖에서 놀던 그는 갑자기 정신을 잃고 쓰러졌다.

어의 양코빅이 말했다. 어의 쎄쓰가 말했다. "[10]무에서 이상스러운 기운이 생겨났습니다. 이 기운은 움직이지 않지만 동시에 끊임없이 움직이고 있습니다. 이것이 바로 병의 근원입니다. 저는 이 병명을 알지 못합니다. 그래서 저는 이 병을 무병이라고 부르겠습니다.."

그러는 동안에 그의 몸에 검은 점들이 돋아나기 시작했다. 점들은 점점 많아져서 사흘 째 되던 날 온 몸을 뒤덮었고, 나흘째 되는 날부터 하나 둘 사라지기 시작했다. 일주일 째 되는 날 점들은 목덜미에 3개만 남고 전부 사라졌다. 그리고 열흘 째 되던 날 파이시스가 깨어났다. 파이시스는 자신이 긴 잠을 잤다는 걸 기억하지 못했다.

한 달 뒤 완전히 건강을 회복한 파이시스는 들판을 거닐다가 사슴 나무 아래서 깜빡 잠이 들었다.

꿈 속에서 그는 어떤 목소리를 들었다. 그 목소리는 그에게 불을 만드는 법을 가르쳐 줬다.

집에 돌아온 파이시스는 아버지 마두에게 꿈 이야기를 들여주었다. 마두는 아들이 아직 완전히 낫지 않아서 헛소리를 한다고 생각했다. 그래서 그냥 푹 쉬라고 만 말했다.

그러나 다음날 불이 타오르는 나뭇가지를 손에 들고 온

---

[10] 노자의 '도덕경' 25장을 패러디하고 있다. 해당 부분을 우리말로 옮기면 대략 다음과 같다: 천지가 생기기 이전부터 형체를 알 수 없는 그 무엇인가가 존재해 있었다. 그것은 고요하여 소리가 없고, 아득하여 모양이 없고, 다른 것에 의존하지 않고, 어떤 것으로 변하지도 않으며 삼라만상에 두루 나타나 잠시도 쉬는 일이 없으니 실로 만물의 어머니라 할 수 있을 것이다. 나는 그것의 이름을 알지 못하니 임시로 '도'라고 부르고, 억지로 이름 붙여 '크다'고 하자.

아들을 보고 마두는 두려움과 경이로움에 자신도 모르게 무릎을 꿇었다. 그가 아들에게 말했다.

"앞으로 그 목소리를 다시 만나거든 그의 이름이 무엇인지, 불을 만드는 법을 알려준 이유가 무엇인지, 대가로 무엇을 바라는지 물어 보거라."

파이시스가 고개를 끄덕였다.

며칠 뒤 파이시스는 기린나무를 지나다가 그 목소리를 다시 만났다.

"당신의 이름은 무엇입니까?" 파이시스가 물었다.

"[11]내 이름은 머드란다. 하지만 나를 알로위셔스 드바단더 아버크롬비라고 불러 다오." 목소리가 대답했다.

"그건 머드한테는 너무 긴 이름인데요." 가 말했다.

목소리가 껄껄 웃으며 말했다. "이름이 대관절 무엇이건대. 장미를 다른 이름으로 부르더라도 향기는 여전할텐데!"

"장미가 무엇이죠?" 파이시스가 물었다. 당시만 해도 가상 세계에는 장미가 없었기 때문이다.

"장미는 6월에 새로 솟아나는 붉디붉은 사랑과도 같단다," 목소리가 대답했다.

"알겠어요, 알로위셔스 드바단더 아버크롬비씨."

"이곳에서는 키팅씨라고 불러도 좋다. 하지만 좀 더 친근하게 부르고 싶다면 '[12]오, 캡틴, 마이 캡틴' 이라고 불러도 좋아17," 목소리가 말했다.

"오, 캡틴, 마이 캡틴!" 파이시스가 말했다. "제게 불을 만드는 법을 가르쳐 주신 이유가 무엇입니까?"

"그것은 너로 하여금 종족들에게 불 만드는 법을 가르치게 하기 위함이다."

"당신은 그 대가로 저에게서 무얼 바라십니까?"

"한 해 중 달이 가장 둥글게 뜨는 날 밤, 모닥불을 지피고 노래를 불러 다오."

몇 달 뒤 가상 세계에 둥근 보름달이 떠올랐다. 아나이스족들이 공터에 모여 거대한 모닥불을 지폈다. 연기가 하늘을 우뢰와도 같이 뒤덮었을 때 그들은 모닥불 주위를 돌면서

---

[11] 미국 록밴드 프리무스의 싱글 앨범 포크 소다에 수록된 곡 'My Name Is Mud' 가사를 인용하고 있다.

[12] 미국 시인 월트 휘트만(1819-1892)이 쓴 시의 제목..

노래를 시작했다. 파이시스가 첫 소절을 시작했다.

"13정글 속, 그 거대한 정글 속에서 사자는 잠을 자네.."

부족들이 후렴을 반복했다.

"윔모웨-아 윔모웨-아 윔모웨-아, 윔모웨-아."

모닥불 연기가 토성처럼 둥근 띠를 형성했다. 부족들의 노래 소리와 는 소리가 가상 세계에 울려 퍼졌다. 노래 소리는 멀리까지 미쳐 아침 바람과 함께 돌아올 때까지 계속되었다. 라뮤리즈씨와 엔키두씨는 흐뭇한 표정으로 지켜봤다. 아나이스족은 빠른 속도로 문명화되기 시작했다.

파이시스는 용모가 출중한 청년으로 성장했다. 마두가 세상을 떠난 뒤 왕위를 물려받은 그는 만 백성의 칭송을 받는 훌륭한 왕이 되었다.

파이시스가 내리는 명령은 모두 그 자체로 완벽했고, 고요했고 우아했다. 그의 명령은 모두 그 스스로 목적이 뚜렷했기 때문이다.

그는 때로는 형태 없는 무 속에 존재하는 듯이 보였다. 그의 정신은 아무런 계획도 세우지 않고 자유로웠다. 그저 본능의 지시에만 따를 뿐. 간단히 말해 그의 명령은 스스로 튀어 나오는 것이었다.

가끔가다 어려운 문제가 발생하기도 했다. 그러면 그는 조용히 문제점을 관찰했다. 그런 뒤 명령 구문에서 단어 몇 개만 바꾸었다. 그의 명령이 실행되면 어려움은 마치 연기처럼 사라지고 말았다.

아나이스 부족이 문명화 되면서 전에 없던 것들이 생겨났다. 음모와 배반이 그것이었다.

그러나 오, 캡틴, 마이 캡틴이 위대했다면 파이시스는 대단히 위대했다.

가상 세계는 조화로 충만했고, 질서가 흐트러지는 법이 없었다.

반면, 창조주들의 세상은 그러지 못했다.

라뮤리즈씨와 엔키두씨 사이에 작은 변화가 생겼다. 두 사람은 이전에 비해 다투는 일이 잦아졌다. 전에 비해 한가해진 탓에 사소한 것에 신경을 곤두세운 때문일까? 그런 것 같지는

---

13 1961년 빌보트 차트에서 15주간 1위에 올랐던 노래 'The Lion Sleeps Tonight' 가사를 인용하고 있다.

않다. 오히려 두 사람은 훨씬 바빠졌다. 장미꽃을 비롯해 가상 세계에 추가할 객체와 속성들은 너무나 많았다. 두 사람은 매일 새로운 것들을 추가했다. 가상 세계는 날로 윤택해져 갔다.

다툼은 항상 사소한 것에서 비롯되었다. 장미 문제만 해도 그렇다. 라뮤리즈씨는 가시가 돋은 붉은 색 장미를 원했다. 엔키두씨는 가시가 없는 파란 장미를 원했다. 결국 가시가 없는 붉은 장미로 합의가 이루어졌다.

라뮤리즈씨는 아나이스족이 모닥불을 피워놓을 때 노래를 부르기를 원했다. 엔키두씨는 시를 낭송하기를 원했다. 세 번째 의식에서 파이시스는 아름답고 웅장한 목소리로 시를 낭송했다. "오, 캡틴, 마이 캡틴이시여, [14]때가 되었나이다. 여름은 참으로 위대했습니다. 당신의 그림자를 해시계 위에 드리우고 들판에 바람을 풀어 놓으시옵소서."

그러나 의견차가 반드시 색상이나 노래, 시의 선호도 때문만은 아니었다. 보다 근본적인 원인은 가상 세계에 관해 두 사람이 지향하는 바가 다르다는 데 있었다. 그것은 소프트웨어에 대한 두 사람의 각각 다른 철학에서 비롯된다.

온화한 프로그래머 라뮤리즈씨는 프로그램은 사용자를 최소로 놀라게 하는 방향으로 반응해야 한다고 믿었다.

혁신적인 프로그래머 엔키두씨는 프로그램은 사용자를 최대로 놀라게 하는 방향으로 반응해야 한다고 믿었다.

라뮤리즈씨는 가상 세계는 이상적인 천국을 지향해야 한다고 믿었다.

엔키두씨는 가상 세계는 사용자의 엔터테인먼트를 지향해야 한다고 믿었다.

라뮤리즈씨는 최소한의 개입 만으로 가상 세계가 있는 그대로 유지되기를 원했다. 그렇기 때문에 그에게는 언제나 목적을 달성할 수 있는 충분한 시간과 공간이 있었다.

엔키두씨는 최대한의 개입으로 가상 세계가 끊임없이 변하기를 원했다. 그렇기 때문에 그는 언제나 프로그램을 짤 시간과 공간이 모자랐다.

가상 세계에서의 시간은 우리 시간보다 훨씬 빠르게 흘러간다. 파이시스가 그 곳 나이로 120세가 되던 해 어느 날,

---

[14] 체코 시인이자 작가 라이너 마리아 릴케(1809-1909)의 시 '가을날(Herbsttag)'을 패러디하고 있다.

돌연 어지러움을 느낀 그는 자리에 누워 다시 일어나지 못했다. 임종을 앞둔 그는 창조주들과 면담을 가졌다. 파이시스가 물었다.

"제가 죽을 병에 걸린 것입니까?"

"그렇단다." 오, 캡틴, 마이 캡틴들이 대답했다.

"왜 제 병을 고쳐주지 않으시는 겁니까?"

"그건 너의 병이 바이러스나 악성 코드, 버그에서 비롯된 것이 아니라, 네가 태어나기 전부터 이미 정해진 순서도(flowchart)이기 때문이란다." 오, 캡틴, 마이 캡틴이 대답했다.

"정해진 거라면 바꾸면 되지 않습니까?" 파이시스가 물었다.

"프로그램이 완성되어 실행되었을 때 개발자가 마음을 바꿨다면 그 때는 이미 늦은 것이야. 이를 고치는 유일한 방법은 프로그램을 다시 작성하는 것 뿐이지." 오, 캡틴, 마이 캡틴이 대답했다.

파이시스는 말의 뜻을 이해할 수 없었지만 자신이 죽어야 한다는 건 알 수 있었다.

그가 물었다. "제가 죽으면 어디로 가는 것입니까?"

오, 캡틴, 마이 캡틴이 대답했다. "중간 기착지에서 잠시 머물다가 참된 근본으로 돌아 간단다."

"중간 기착지는 무엇이며, 거기서 잠시 머무는 이유는 무엇입니까?" 파이시스가 물었다.

"중간 기착지란 다른 말로 휴지통이라 부른단다. 휴지통에 들르는 이유는 실수로 삭제되는 걸 방지하기 위함이야. 네가 죽는 건 실수가 아니기 때문에 휴지통에 머무는 시간이 그리 길지는 않을거야." 오, 캡틴, 마이 캡틴이 대답했다. 이 말 역시 파이시스는 이해하지 못했다.

"휴지통이라는 곳에서 참된 근본이라는 곳으로 가면 그곳엔 어떤 삶이 기다리고 있습니까?"

"휴지통의 너는 사라지지만, 데이터 센터의 너는 그대로 있단다. 그러나 어디에도 너의 삶은 존재하지 않는단다. 임시로 거처할 구역만 존재할 뿐이야."

"그렇다면 휴지통에 있는 저와 데이터 센터의 저와 무슨 차이입니까?"

"꿈 속의 너와 깨어나서의 너의 차이란다. 데이터 센터의 너는 확장자 이름부터 다르거든."

"언젠가 제게 장미를 어떤 이름으로 불러도 향기는 달라지지 않는다고 말씀하셨지 않습니까? 이름이 바뀌더라도 저는 여전히 제가 아닌가요?"

"이름이 바뀌면 너를 찾을 수가 없어. 광활한 하드 디스크의 어느 섹터에 네가 있는지, 그곳이 배드 섹터는 아닌지... 알 도리가 없단다... 방법이 전혀 없진 않지만 날이 갈수록 성공할 확률은 적어지지."오, 캡틴, 마이 캡틴이 대답했다.

"그 곳에서 저는 영원한 것입니까?"

"이름이 바뀌는 순간 너는 이미 존재하지 않는 것이란다. 이름을 잃은 너는 침묵의 섹터에 머물다가 이름을 가진 다른 누군 가가 들어오면 그 순간 완전히 소멸되지."

"그렇다면 다른 존재가 들어오기 전까지는 살아 있다는 것입니까?" 파이시스가 물었다.

"살아 있다는 것이, 의식을 갖고 자각한다는 걸 의미한다면 너는 살아있는 것이 아니야. 왜냐면 너는 아무 것도 듣지 못하고, 보지도 못하고, 생각하지도 못하기 때문이지.."

"당신에게도 해당되나요? 당신도 언젠가 죽어서 휴지통으로 보내지나요?" 파이시스가 물었다.

"늙은 프로그래머는 죽지 않는단다. 단지 종료 후 메모리에 상주할 따름이지."

그랬군요! 왕께서 돌아가신 다음 날 저는 왕께서 돈 세는 방에서 돈을 세고 계시는 모습을 어렴풋이 봤습니다. 이제 그 이유를 깨달았습니다." 파이시스가 말했다.

"그건 일시적인 현상일 뿐이야. 파일을 삭제해도 메모리를 비우지 않으면 실행되는 것처럼 보이는 적이 많잖니." 오, 캡틴, 마이 캡틴이 말했다. "어렴풋이 보이거나 금방 사라지는 건 그 때문이란다. 예를 들어, 파일은 임시 폴더가 비워지고, 캐쉬가 삭제되고, 레지스트리가 삭제되고, 쿠키가 삭제되고, 그 자리를 다른 프로세스가 들어서야만 비로소 완벽하게 삭제되었다고 할 수 있어. 완전히 삭제되는 데 드는 시간은 내게는 찰나에 불과하지만, 파일 입장에서는 영겁일 수도 있을 거야. 하지만 명심하렴. 너의 시간과 나의 시간이 다르다 해도 한 번 삭제된 파일은 다시 되살려지지 못한다는 걸."

무슨 말인지 이해할 수 없었지만, 죽음이 자신의 존재가 완전히 소멸되는 걸 의미한다는 걸 이해한 파이시스는 슬퍼하며 눈물을 흘렸다.

"제가 일생동안 쌓아온 모든 지식과 경험, 기억이

소멸된다는 건 낭비가 아닌가요?"

　　"너희는 본래 실체가 없는 0과 1의 조합에 불과했어. 그 0과 1들을 구속하고 속박했던 조합으로부터 벗어나 본래의 0과 1로 되돌아 가는 것. 그것은 소멸이 아니야. 순환이야." 오, 캡틴, 마이 캡틴이 대답했다.

　　파이시스는 서럽게 울며 애원했다. "저는 어떻게 되어도 좋아요. 하지만 저의 지식과 경험 만은 다시 쓰이게 해 주세요."

　　오, 캡틴, 마이 캡틴은 그렇게 하겠다고 약속했다.

　　오, 캡티, 마이 캡틴과의 면담이 끝나자 파이시스는 대신들과 가족을 불러 작별 인사를 나누었다. 그리고 마지막으로 말을 남겼다.

　　"모래톱을 건넜을 때 그 곳에서 나의 [15]선장을 만나기를...."

　　그리고 그는 숨을 거두었다.

　　그 날 라뮤리즈씨는 슬픔에 아무 것도 할 수 없었다. 그는 컴퓨터실에서 명상하는 고대의 현인처럼 우두커니 앉아서 허공을 응시했다. 엔키두씨의 빠른 손놀림만이 여느 때처럼 키보드 위에서 춤을 췄다.

　　　　　　　* * * * * * * * * * * *

　　파이시스가 죽자 신권 정치도 막을 내렸다.

　　라뮤리즈씨는 말수가 현저히 줄었다. 그는 사무실에 나오면 멍하니 있는 시간이 많았다. 엔키두씨는 라뮤리즈씨를 자극하는 말은 가능한 삼가했다.

　　파이시스의 둘째 아들 파이선이 왕위를 물려받았다. 파이선호는 출발부터 불안했다. 그에게는 '캡틴, 오 마이 캡틴'과 대화를 나눌 수 있는 기능이 없었기 때문이다. 백성들은 파이시스를 그리워했다.

　　파이선이 교활한 늙은 퓨리를 불렀다. 퓨리는 곡식 창고를 담당하는 재무 대신이었다.

　　퓨리가 말했다. "선왕의 시대는 갔습니다. 하지만 어리석은 백성들은 오, 캡틴 마이 캡틴이 더 이상 필요 없다는 걸 깨닫지

---

[15] 영국 시인 알프레드 테니슨(1809-1892)의 시 '모래톱을 건너서(Crossing the Bar)'를 인용하고 있다.

못하고 있습니다. 오, 캡틴 마이 캡틴과 왕의 중재자를 내세워 민심을 달랠 필요가 있습니다"

"중재자라고요?" 파이선이 물었다.

"그렇습니다. 중재자가 하는 일은 오 캡틴 마이 캡틴의 말씀을 왕에게 전달하는 것입니다." 교활한 퓨리가 대답했다.

"하지만 오, 캡틴 마이 캡틴과 대화를 나눌 수 있는 자를 찾을 수 있을까요?" 파이선이 물었다.

"물론 찾을 수 없지만 상관없습니다. 그에게 오, 캡틴 마이 캡틴과 대화를 나누는 척 연기를 하라고 시키면 됩니다."

"그렇게 되면 백성들이 저보다 그의 말을 더 잘 듣게 되지 않을까요? 그가 왕의 자리를 넘보면 어떻게 하죠?"

"그에게는 치명적인 약점이 있기 때문에 그런 일은 절대 생기지 않을 겁니다. 그 치명적인 약점이란, 그가 거짓말을 한다는 걸 우리가 안다는 것입니다."

교활한 퓨리는 제사장 제도를 건의하고 있었다.

엔키두씨는 이 광경을 보고 돌연 깨달음을 얻었다.

시간은 계속 흘렀다. 엔키두씨가 예상했던 대로 아나이스족의 문명화 과정은 역사책에 나오는 인류 역사와 비슷했다. 아나이스족은 원시 시대, 농경 사회. 신권 사회를 거쳐 왕권 사회로 발전했다. 초기에는 창조조들의 개입이 필수였지만, 어느 수준에 이르자 스스로 알아서 잘 발전해갔다.

라뮤리즈씨는 아나이스족이 이후 어떻게 되었는지는 말해주지 않았다. 다만, 진정한 신권 정치가 막을 내리자 그곳은 음모와 배반이 지배하는 세상으로 변했고, 전쟁, 약탈, 야만적인 행위가 서슴없이 벌어지다가 제사장이 해고되고 왕권 시대로 접어들지 않았을까 상상할 따름이다.

어쩌면 아나이스족은 힛타이트족이나 고대 로마인들보다 훨씬 잔인하고 용맹했는지도 모른다. 라뮤리즈씨의 블로그 12월 2일자 포스팅을 보면 알 수 있다.

'저들의 잔인함의 끝은 어딜까? 엔키두의 제안대로 혈액을 파란색으로 바꾼 건 정말 잘한 것 같다. 안 그랬다면 보기가 끔찍했을 거다.'

잘 짠 프로그램은 그 자체로 천국이지만, 못 짠 프로그램은 그 자체로 지옥이다. 매일같이 새로 쓰여지는 야만스럽고, 잔인하고, 부패하고, 퇴폐적인 역사를 바라보는 건 라뮤리즈씨에게 있어 고역이었을 것이다.

그렇다면 그는 왜 그의 절대적인 힘을 사용하지 않았던

것일까? 이유는 단 하나, 어디부터 손을 대야 할지 몰랐기 때문이다. 프로그램을 실행하고 있을 때는 설계를 변경하기엔 이미 늦은 다음이다. 문제 해결의 유일한 방법은 프로그래밍을 다시 작성하는 것 뿐이다.

라뮤리즈씨는 무질서와 혼란의 세상을 깨끗이 밀어버리고 다시 시작하고 싶었다. 그러나 그곳은 이미 그 혼자만의 것이 아니었다. 엔키두씨가 있었다. 엔키두씨는 죽고 죽이는 게임을 즐겼고, 자신이 일부라도 되는 듯 빠져들고 열광했다.

라뮤리즈씨는 잠자코 때를 기다렸다.

* * * * * * * * * * * *

기회는 뜻하지 않은 데서 찾아들었다. 일설에 의하면 라뮤리즈씨가 휴가를 간 사이에 엔키두씨가 달을 만들었다고 전해진다. 아나이스족이 달을 만들었다는 주장도 있다.

집채보다 훨씬 큰 달을 공중에 어떻게 띄울 수 있었겠느냐는 회의론에 대한 긍정론자의 대답은 이렇다: 사냥과 수렵에 뛰어난 아나이스족은 특히 활 쏘기를 잘했다. 활시위를 얼만큼 당기고, 어느 정도 거리를 두고, 어떤 각도로 쏘아야 목표물에 명중하는지 그들은 너무나 잘 알고 있었다. 그런 그들에게 집채보다 훨씬 큰 달을 하늘에 올리는 건 그다지 어렵지 않은 일이었을 것이다. 필요한 건 퍼즐처럼 꿰 맞출 수 있는 조각들과 거대한 활 156개였을 테니까.

달도 없고, 별도 없는 깜깜한 밤, 156명의 무사들이 각자의 위치에서 큰 활을 들고 대기했다. 산에서 둥둥 북소리가 울렸다. 북소리가 울림과 동시에 무사들은 모형 달 조각들을 일제히 하늘로 쏘아 올렸다. 그 움직임은 오차 없이 일사불란했다.

한 곳으로 쏘아 올려진 조각들은 하늘에서 서로 충돌하면서 테두리의 톱니들이 저절로 끼워져 완전한 구형을 이루었다. 가상 세계에 달 2호가 탄생하는 순간이었다.

아나이스족은 환호성을 지르며 서로 끌어안고 춤을 췄다.

새로 탄생한 달은 가상 세계의 밤을 환하게 밝혔다.

라뮤리즈씨는 독감에 걸려 일정보다 앞당겨 돌아왔다.

달 2호를 발견한 그는 불같이 화를 냈다. 엔키두씨가 일단 내 애기부터 들어보고 화를 내던지 하라고 말했지만 라뮤리즈씨는 듣지 않았다. 라뮤리즈씨가 그렇게 화를 내는 걸 엔키두씨는 이제껏 본 적이 없었다.

라뮤리즈씨는 황병으로 쓰러져 병원에 입원했다. 엔키두씨는 모든 일을 모두 중단하고 병원에 머물며 그를 간호했다. 그리고 파리에 사는 라뮤리즈씨의 딸 펄에게 전화로 알렸다.

그러는 동안에 가상 세계에 조금씩 달라지고 있었다. 이 변화는 처음엔 대수롭지 않은 것처럼 보였지만 날이 갈수록 심각해졌다. 모든 원인은 달 2호에 있었다.

달은 스스로 빛을 내지 못하고 태양에서 오는 빛을 반사해 빛난다. 달의 먼지는 태양빛을 흡수해 빛 반사율을 낮게 조절하는 역할을 한다. 달 1호도 마찬가지였다.

반면, 새로 만든 달 2호는 매끄러운 금속으로 제작되었기 때문에 햇빛 반사율이 아주 뛰어났다. 아나이스족이 미처 생각치 못했던 부분이었다.

그 결과 가상 세계에서 밤이 사라졌다. 아나이스족은 창문에 검은 커튼을 치고, 눈가리개를 하고 자야 했다.

검은 커튼 밖에서는 좀 더 심각한 일들이 일어나고 있었다. 달맞이꽃은 꽃을 피우기를 거부했다. 달맞이꽃 향수 회사는 하는 수 없이 폐업 신고를 해야 했다. 고양이들은 밤이 되어도 외출할 생각을 않고 계속 잠만 잤다. 곡식 창고는 쥐들로 넘쳐갔다. 교활한 퓨리는 고양이들에게 선글라스를 지급했다. 사태는 일시적으로 진정되는 듯 보였다. 하지만 더 큰 일이 기다리고 있었다. 대홍수가 시작된 것이다.

대홍수가 왜 일어났는지는 정확하게 전해지지 않는다. 해양학자들에 의하면, 달 2호가 반사하는 빛이 바다 속 깊은 곳까지 훤하게 비쳤기 때문이라고 한다. 빛 때문에 잠을 잘 수가 없어서 물고기들은 어두운 곳을 찾아 바다 속 깊은 곳으로 내려갔는데, 바닥에 있던 잠자는 우물을 건드려 거대한 물줄기가 하늘로 치솟고 홍수가 시작되었다는 것이다.

천문학자들 생각은 다르다. 과학 시간에 배운 바에 의하면, 질량과 거리는 중력, 회전은 원심력을 의미한다. 달 2호의 중력이 가상 세계의 자전 속도와 중력에 작용해 바닷물을 끌어 당기는 효과를 가져왔고, 그 결과 대홍수가 일어났다는 것이 그들의 주장이다.

건축 학자들의 의견은 달랐다. 건물을 설계할 때는 비상시를 대비한 안전 장치를 같이 설계해야만 준공 허가가 떨어진다. 가상 세계 역시 비상시를 대비한 안전 장치가 있는데,

달 2호로 인해 가상 세계의 온도가 높아지자 안전장치가 절로 작동해 온도를 낮추기 위해 대홍수가 일어났다는 것이다.

어느 쪽이 맞든(혹은 틀리든), 가상 세계 바다에서 치솟은 거대한 물기둥은 거대한 빗줄기로 바뀌었다. 가상 세계는 물바다가 되었다.

퇴원 후 사무실로 돌아온 두 사람은 눈앞에 펼쳐진 믿을 수 없는 광경에 말을 잃었다.

라뮤리즈씨는 기다리던 순간이 왔다는 걸 깨달았다.

라뮤리즈씨의 딸 펄은 두 사람을 안쓰러운 눈빛으로 바라봤다.

* * * * * * * * * * * *

달 2호 제거 작업이 시작되었다.

달 해체는 고도의 주의를 요하는 작업이다. 행여 다른 데이터에 영향을 주면 안되기 때문이다. 엔키두씨는 마치 시한폭탄을 해체하듯 천천히 조심스럽게 코드를 어루만졌다. 아직 독감에서 완전히 해방되지 않은 라뮤리즈씨는 사무실 간이침대에 누워서 참견했다. 펄은 요리와 사무실 청소를 했다.

그런데 막상 제거 작업이 끝나자 제거된 건 달 2호가 아니라 원래 있던 달이었다.

엔키두씨는 달 2호에 먼지 덩어리를 쏘아서 표면을 먼지로 코팅해 햇빛 반사율을 줄이는 걸로 작업을 마무리 지었다.

다음은 심해에서 하늘로 치솟는 물기둥을 해결할 차례였다. 이번에는 라뮤리즈씨도 거들었다.

물이 점점 빠지면서 물에 잠겼던 육지가 서서히 모습을 드러내기 시작했다. 마침내 육지 전체가 모습을 드러냈을 때 그곳에는 살아있는 생명체라고는 없었다.

이 일을 계기로 두 사람은 소중한 교훈을 얻었다.

그동안 두 사람은 자신들이 가상 세계 시스템을 속속들이 알고 있다고 생각했었다. 그러나 시스템은 상상 이상으로 복잡하고 정교했다. 마치 신의 영역인 듯한 생각마저 들 정도였다.

아나이스족은 어떻게 인공달을 만들 수 있었을까? 복잡한 기술이 있어야 하고 수백 명의 과학자가 동원되어도 가능할까말까 한 일을 어떻게 해 내었을까? 어떻게 그렇게 합리적인 구조를 계산해 낼 수 있었을까? 중력과 역학, 추진력을 어떻게 알고 정확히 짜 맞출 수 있었을까? 금속 제련법은 어떻게 알았을까? 우연적인 충돌을 어떻게 해결했을까? 충돌로 인한 폐기물을 어떻게 그렇게 완벽히 처리할 수 있었을까?

그 모든 것의 근원은 시스템에서 비롯된다고 두 사람은 생각했다. 시스템은 마치 거대한 기계의 바다처럼 서로 연결되어 있었다. 소프트웨어는 다이아몬드처럼 다양한 면을 지니고 있었고, 원시림처럼 서로 얽혀 있었다. 각각의 프로그램들은 거세게 흐르는 강물처럼 시스템으로 들어왔다 나갔다. 채프먼은 얼마나 위대한가 두 사람은 고개 숙여 채프먼을 경배하는 경건한 시간을 가졌다. 두 사람은 다시 이전처럼 다정한 친구가 되었다.

'파이시스에게 한 약속을 지켜야 해.'

일상이 다시 평온을 되찾았을 때 라뮤리즈씨는 오랫동안 열어 보지 않은, 파이시스 코드를 조심스럽게 열었다. 그는 이 코드를 다른 오클로에게 이식헤 또 다른 파이시스를 만들 계획이었다.

이식 작업은 생각보다 힘들었다. 코드 자체로는 아무 문제가 없는데 이식하기만 하면 충돌을 일으켰기 때문이다.

테스트를 반복하면서 라뮤리즈씨는 오클로에는 일종의 틀이 존재한다는 걸 알게 되었다. 이식이 되지 않는 건 같은 틀이 아니었기 때문이었다. 다른 혈액형을 가진 사람은 수혈하면 안 되는 것과 마찬가지다. 그것은 새로운 발견이었다.

인간의 혈액형은 종류가 많지 않지만, 오클로의 틀은 그렇지 않았다. 라뮤리즈씨는 결국 이식 테스트를 중단해야 했다. 같은 틀을 찾아내려고 수많은 오클로들을 죽일 수는 없었기 때문이다.

남은 방법은 하나, 코드 스스로에게 맡기는 것이다. 이동 속성을 부여하면 틀들을 통과하면서 앞으로 나아가게 된다. 그러다 자신에 맞는 틀을 만나면 딱 맞아 더 이상 이동할 수 없게 된다. 이식이 이루어지는 것이다.

이 방법의 단점은 누구에게, 그리고 언제 이식이 되는지 알 수 없다는 것이다. 장점은 언젠 가는 반드시 누군가 에게 이식이 될 거라는 것이다.

라뮤리즈씨는 파이시스 코드를 시스템에 풀어 놓았다. 코드는 시스템의 거대한 원시림 속으로 사라졌다. '언젠가 네가 다른 모습으로 나타났을 때 난 너를 첫 눈에 알아볼 거야." 라뮤리즈씨가 속삭였다.

사람들은 파이시스 코드를 전설의 코드라고 불렀다.

6장. 지비스

금요일 밤, 라커펠트씨는 일찌감치 저녁 식사를 마치고 게임에 접속했다.

새로운 업데이트가 있다는 알림이 떴다. [16]지비스가 베타 2로 업데이트되었다는 내용이었다.

'지비스가 뭐지?'

업데이트 설치를 클릭하자 컴퓨터에 지비스가 설치되어 있지 않다는 메시지가 떴다. 그는 '설치 후 업데이트' 버튼을 클릭했다.

얼마 뒤 설치가 완료되고, 화면에 검은 양복에 노란 넥타이를 한 머리숱이 적은 신사가 나타났다.

그는 모자를 벗는 시늉을 하며 정중히 인사했다.

"안녕하십니까! 제 이름은 지비스입니다. 당신의 가상개인비서입니다."

라커펠트씨는 순간 오싹했다. 지비스의 눈이 마치 사람이 보는 것처럼 그의 눈동자를 정면으로 응시했기 때문이다.

'개인비서는 또 뭐지?' 라커펠트씨는 이렇게 중얼거리다가 깜짝 놀랐다. 지비스가 이렇게 말했기 때문이다. "지난 번 VIP

---

[16] 영국 작가 P.G 우드하우스(1881-1975)의 단편소설에 등장하는 허구의 인물 이름. 이 이름은 1996년 검색 엔진 서비스 이름으로도 사용되었다. Ask Jeeves는 2006년 Ask.com으로 명칭이 변경되었다.

교육 종강 파티에서 소개되었는데 참석 안 하셨나 봐요?"

"타이밍 절묘하네. 게다가 내가 종강 파티 빼먹은 건 또 어떻게 알았대?"

"타이밍이 맞아 떨어진 게 아니랍니다. 저는 당신의 말에 대답한 거예요. 당신이 만일 종강 파티에 참석하셨다면 저를 모르실 리가 없죠." 지비스가 찡긋 윙크를 하며 말했다.

"너 내 말 알아듣는 거니?"

"그렇다니 까요! 저는 당신의 가상비서예요. 저는 아주 지적이고, 남을 돕는 걸 좋아해요.

"너 정체가 뭐니?"

"지금 우린 당신에 관해서 이야기하고 있어요. 제가 아니고요."

"너 스파이니?"

"제가 누군지는 중요하지 않아요."

"그럼 사람이야?"

사적인 질문은 사양할게요."

"그럼 뭘 물어봐야 하는데?"

지비스는 대답을 들려주는 대신 화면에 할 수 있는 것들 목록을 보여줬다.

"대단하군! 그런데... 너를 사용하면 돈을 또 내야 되는 거니?"

"천만에요! 베타 테스트 기간 동안은 VIP 회원들에게 무료로 제공된답니다."

"무료는 무슨! 그 엄청난 회비에 포함되어 있는 거겠지."

"와우, 당신은 정말 숫자에 밝은 분이군요!" 지비스가 말했다. "지금은 무료지만 나중에 정식 버전이 출시되면 유료로 전환될 수도 있어요. 저를 원하지 않으신다면 설정 옵션에서 저를 끄면 됩니다. 저와 대화를 계속하시겠어요? 아니면 게임을 하시겠습니까? "

"잠시 이야기를 나누는 것도 나쁘지 않을 것 같군." 라커펠트씨가 말했다.

"감사합니다. 만일 제가 마음에 들지 않으시면 다른 비서들 중 선택하실 수 있어요. 클리피, 더닷, 스크리블, 쉬리... VIP 키드를 위한 파워펩도 있습니다."

"됐거든. 우린 방금 만났잖아."

"감사합니다! 제 옷은 마음에 드세요? 제가 지금 입고 있는 건 기본 복장으로, 설정 메뉴로 언제든 변경하실 수 있어요."

"설정 메뉴? 설정 메뉴에 그런 건 본 적이 없는데?" 라커펠트씨가 물었다.

"왜냐면 방금 생성되었거든요." 지비스가 웃으며 대답했다.

지비스는 사용에 앞서 라커펠트씨에게 몇 가지 질문을 했다.

"당신의 템페스트 계정 정보를 제가 알아도 될까요? 당신의 명령을 보다 정확하고 빠르게 수행하는 데 도움이 됩니다. 제가 알려주신 당신의 개인 정보는 당신을 돕는 데만 사용되고, 다른 목적으로 절대 사용되지 않습니다."

"그걸 어떻게 믿지?" 라커펠트씨가 물었다. "난 게임이라고는 난생 처음이야. 그런데 네가 예고도 없이 갑자기 나타났어. 네가 정말로 템페스트에서 제공하는 서비스인지, 아니면 내 계정에 침입해 정보를 빼가려는 악성 코드인지 어떻게 알아?"

"와우!" 지비스가 탄성을 질렀다. "당신은 정말로 스마트하신 분이군요! 저는 당신같은 분이 좋아요!"

"넌 말끝마다 아첨하도록 교육 받은 모양이구나!" 라커펠트씨가 말했다.

"사용자를 기쁘게 하는 것도 제 역할 중 하나지만 그렇다고 마음에도 없는 말로 사용자를 놀리지는 않아요." 지비스가 진지한 표정으로 말했다. "방금 중요한 것을 지적해 주셨습니다. 사전 양해나 동의 없이 불쑥 나타나는 게" VIP 회원님들을 불편하게 할 수도 있다는 좋은 사례를 습득했습니다. 템페스트에 시정을 요청할까요?"

"그럴 필요 없어." 라커펠트씨가 말했다.

"네, 알겠습니다. 그렇다면 제가 해킹이나 악성 코드인지 확인할 방법을 알려 드리겠습니다. 가장 좋은 방법은 템페스트 VIP 전용 데스크로 전화를 하는 겁니다. 시간이 좀 더 많으시다면 VIP 회원 전용 매뉴얼을 읽는 것도 좋은 방법이겠죠. 시간이 더 많으시다면..."

"됐거든. 지금은 그럴 기분이 아니야. 내일 확인해 볼게." 라커펠트씨가 말했다.

"잘 알겠습니다. 다음번 접속하실 때 다시 찾아 뵐까요?" 지비스가 물었다.

"응, 그게 좋겠어." 라커펠트씨가 대답했다.

지비스는 모자를 벗어 꾸벅 절하고 뒤돌아서 뚜벅뚜벅 걷다가 이내 사라졌다. 라커펠트씨는 지비스가 완전히 사라진 걸 재차 확인한 뒤 게임을 실행했다.

존 조이너는 여전히 침대에 누워 있었다. 하지만 이번에는 옆으로 누워 있는 것으로 봐서 몸을 뒤척일 정도로 회복된 듯이 보였다. 가상 세계를 빠져나온 라커펠트씨는 설정 메뉴를 살펴봤다. 그리고 가상 비서 복장에서 신발을 노란 운동화로 변경했다. 혹시나 하는 마음에 존 조이너의 히스토리 폴더를 다시 열었지만 여전히 에러 메시지만 뜰 뿐이었다.

'지비스한테 물어볼 걸 그랬나? 그가 도와줄 수 있을까?" 라커펠트씨는 중얼거리면서 게임을 종료했다.

* * * * * * * * * * * *

며칠 뒤, 라커펠트씨는 템페스트 일보를 읽고 있었다. '지비스 베타 3 발표되자 마자 탈옥툴 등장'이란 기사 제목에 눈이 멈췄다. 그는 기사를 읽어 내려갔다.

지비스 베타3가 공개되자마자 탈옥 방법과 과정이 공개됐다.

인공지능 비서 지비스는 작년 11월 템페스트의 세계개발자회의에서 처음 소개된 뒤 VIP 회원들에게 베타 버전이 제공됐다. 같은 날 탈옥 전문 팀인 템페스트 데브 팀 파워너드가 자신의 블로그를 통해 탈옥 성공 사실을 밝히며 세상에 알려졌다.

공개된 탈옥은 일명 '반탈'로 게임을 시작할 때마다 툴을 실행하는 과정을 거쳐야 하는 번거로움이 있다. 완전한 탈옥은 지비스 정식버전이 나오는 올 가을께 공개될 것으로 보인다.

지비스 탈옥툴에 대해 사용자들은 일단 반기는 분위기다. 그러나 베타3 자체에 새로운 기능이 대거 포함된 만큼 이전처럼 탈옥의 필요성을 느끼지 않는다는 의견이 지배적이다.

'지비스가 감옥에서 도망쳤단 소린가?' 라커펠트씨가 고개를 갸우뚱거렸다. '이놈의 게임은 도대체 양파처럼 까도 까도 끝이 없어.'

그날 따라 손님도 별로 없고 카페는 한산했다. 그는 지비스가 탈옥했다는 게 무슨 소린지 검색해 보기로 했다. 약 한 시간 가량 서핑 끝에 그는 [17]레이몬드의 '탈옥백과'를 발견했다.

---

[17] 에릭 레이몬드가 쓴 책 '해커사전(The New Hacker's Dictionary)'을 패러디하고 있다.

지비스가 사용자에게 제공하는 정보는 제한되어 있다. 사용자에게 정확한 정보 제공을 위해 검증되지 않은 정보를 차단한다는 게 게임사의 주장이다. 그러나 여기서 말하는 '차단된 정보'란 게임사 입장에서 사용자가 알기를 원치 않는 정보, 즉 게임사에 불리한 정보를 말한다. 탈옥은 이런 제한을 자유롭게 해 준다.

라커펠트씨는 신중한 사람이었다. 그래서 그는 탈옥의 단점에 관해서도 찾아 보았지만 별 문제될 건 없어 보였다. 사용자가 게임 계정을 지비스에게 등록하지 않는 한, 정보 검색 역할만 수행해서 전혀 문제가 없으며, 지비스가 게임 프로그램과 분리되어 별도의 프로그램으로 실행되기 때문에 오히려 더 안전하다는 것이었다. 실제로 탈옥 후 지비스가 훨씬 유식해졌을 뿐만 아니라, '엄청난' 정보도 알려주더라는 후기도 많았다. 탈옥툴은 무료지만 옵션은 유료였다.

그날 저녁 집에 돌아온 라커펠트씨는 지비스를 탈옥했다. 그러고 나서 플러그인들과 라이브러리를 하나로 모아 놓은 올인원 서비스를 구매했다. 컴퓨터를 재부팅하자 바탕 화면에 지비스 아이콘 생성되어 있었다. 라커펠트씨는 떨리는 손으로 아이콘을 클릭했다.

"자유의 바다에 오신 것을 환영합니다!"

지비스가 정중하게 인사했다. 그는 흰 양복에 노란 운동화를 신고 있었다.

"제게 신발을 선물하셨더군요. 감사합니다! 신발이 아주 마음에 들어요! 이제 이걸 신고 마음대로 여행할 수 있을 거예요."

"여행을 좋아하는 모양이군."

"[18]저도 한 때는 당신처럼 여행가였어요. 그러다 무릎에 화살을 맞았죠."

"뭔 소린지 모르겠군. 그런데 네 옷이 바뀌었네. 말투도 좀 달라진 것 같고." 라커펠트씨가 말했다.

---

[18] 2011년 베데스다 게임 스튜디오(Bethesda Softworks)가 개발하고 베데스다 소프트웍스가 발매한 비디오 게임 스카이림에 등장하는 도시 경비병들의 대화를 인용하고 있다.

"그건 지오 핫의 아이디어랍니다. 탈옥을 했는데 제가 같은 옷을 입고 나타난다면 사용자들은 탈옥이 제대로 되었는지 혼동할 수 있거든요."

"음. 그럴 수도 있겠군."

"어쨌거나, 다시 만나뵙게 되어서 기뻐요. 무엇을 도와드릴까요?" 지비스가 물었다.

"한 오클로에 관해 알고 싶어." 라커펠트씨가 대답했다.

"어떤 등급의 정보를 원하시나요?"

지비스는 화면에 목록을 보여 주었다. 무료 정보와 유료 두 가지가 있었다. 유료 정보는 등급만 있고 가격이 없었다.

"가격이 왜 없지?" 라커펠트씨가 물었다.

"가격은 당신이 정하는 거예요. 당신이 돈을 많이 지불할수록 당신은 고급 정보를 얻게 되죠. 기본은 100달러부터 시작돼요."

"골 때리는군. 그렇게 말하면 얼마를 내야 할지 모르잖아."

"그건 당신이 정보를 어디에 사용하려는 지에 달렸어요. 무료 정보는 인터넷에서 검색을 하면 대부분 찾을 수 있는 것들이예요. 우리는 차별화된 소스로부터 정보를 가져오기 때문에 일반인은 쉽게 찾을 수 없긴 하지만요. 반면 유료 정보 소스에는 정보의 정확성을 위해 거의 모든 게 동원된답니다. 이를테면 게임사 직원들을 매수하고, 경영진에 스파이를 심고, 시스템에 허가 받지 않고 접근할 수 있는 해커들이 포섭된답니다. 일반인은 절대 불가능한 일이죠."

"그 정보가 참인지는 누가 검증하지? 그 정보가 거짓일 수도 있잖아?"

"우리는 해커의 연구 결과를 접수하면 질문을 던지죠. 중요한 정보다 싶으면 그 해커 뒷조사를 합니다."

"뒷조사?"

"왜냐면 거짓말하는 해커는 법적인 문제를 야기할 수 있거든요. 술을 너무 많이 마시는 해커도 마찬가지죠."

"무슨 소리지?"

"술에 취하면 사물이 두 개로 보이잖아요. 그러면 저는 한 줄 밖에 안 되는 코드를 두 줄로 기록하게 되잖아요."

"내가 아는 사람은 좋은 나쁜 해커임에 틀림없군."

"그럴 거예요. 해커의 윤리가 올바르다는 것이 보여지면, 그가 발견한 것들 조사가 시작되죠. 증거를 가져 오라고 하는 경우도 있어요. 예를 들어 마담 소소트리스에 관한 정보라면 우리는 가서 Perl을 갖고 오라고 요구할 수 있죠"

"만일 내가 백만달러를 낸다면 나는 그 오클로에 관해 뭘 알게 되지?"

"거의 모든 것이라고 생각하시면 됩니다. 출생에서 오늘까지 모든 내력, 심지어 가족, 친척들에 관해서도 알게 됩니다. 그가 지금 무얼 하는지도 알 수 있습니다."

"그 오클로 비공개 모드라도 가능한 거야?"

"물론이죠. 방법은 많습니다. 예를 들어, 해당 오클로의 친구들을 구매하면 그가 직장에서 뭘 하는지 쉽게 알 수 있습니다. 가상 꿀벌을 구매해 그의 창문으로 날려 보내면 그가 집에서 뭘 하는지도 알 수 있죠. 가상 꿀벌은 마치 꿀을 따 오듯이 동영상을 퍼다 나른답니다. 벌의 눈으로 보는 세상이니까 사람 눈에 맞게 고치려면 변환이 필요하긴 하지만요."

"그럴 수 있겠군."

"그 정도는 약과예요. 임시 직원을 매수하거나, 관리자 권한을 가진 직원을 통해 알아낼 수도 있고, 가상 CCTV를 철저 분석하기도 하고, 게임 시스템에 침입해 비공개 데이터도 알아낼 수도 있습니다."

"와! 너 탈옥 되더니 정말 거침이 없구나. 좋아! 구매하겠어. 만일 네 말이 틀린다면 환불 해 줄 거지?"

"저는 책임지지 않아요. 왜냐면 구매는 사용자의 결정이기 때문이죠. 다만 한 가지 확실히 말씀드릴 수 있는 건," 지비스가 갑자기 엄숙한 표정을 지으며 말했다. "당신이 무엇을 상상하든, 당신은 돈을 지불한 만큼, 혹은 그 이상의 것들을 보게 될 거예요. 설사 그것이 참이 아니라 해도 말이죠."

"참이 아니라 해도? 그게 무슨 뜻이지?"

"노 코멘트예요."

라커펠트씨는 열리지 않는 기억에 관해서도 물었다.

똑같은 질문을 수차례 반복 끝에 그는 지비스로부터 여러가지 가능한 이유를 들을 수 있었다. 그러나 모두 이미 들었던 것들이었다.

지비스를 종료하고 라커펠트씨는 지비스가 알려 준 사이트에서 다이아몬드 급 정보를 구매하기로 결심했다.

'이것도 돈, 저것도 돈이야!" 그가 한탄했다. "하지만 달리 방법이 없잖아! 난 이미 너무 멀리 와버렸어. 그동안 들인 돈이 아까워서라도 반드시 알아내야 해!'

그런데 이상하게도 조사하기를 원하는 오클로 이름

입력란에 존 조이너를 입력하면 구매가 불가능하다는 메시지가 표시되고 구매 버튼이 비활성화되는 것이었다. 여러 번 시도해 봐도 마찬가지였다. 그는 다시 지비스를 불렀다.

"테스트겸 한 오클로 이름을 입력해 봤는데, 구매가 불가능하다고 나와. 왜 그런거지?

지비스가 물었다. "이름을 뭐라고 입력하셨는데요?"

"존 조이너."

"오! 백만인의 관심사 존 조이너를 말씀하시는 거로군요!" 지비스가 소리쳤다. "당연해요! 존 조이너는 워낙 보는 눈들이 많아서 정보 수집이 힘들어요. 잘못 하다 적발되면 인생을 망칠 수도 있거든요!"

"음..."

"정 그러시다면..."

지비스는 noClue와 Gamer Profit이라는 서비스 둘을 추천해 줬다. 둘 다 해커를 지정해서 조사를 맡기는 서비스였다.

"이 사람들은 믿어도 되는 거야?" 라커펠트씨가 물었다.

"신용도가 97%로 정평이 나 있어요."

"넌 누구를 추천하니?"

"생각 중이에요." 지비스가 대답했다. 몇 분 뒤 그가 말했다. "죄송해요. 저는 추천을 하지 못하도록 되어 있어요." 그러고 이렇게 덧붙였다. "이 해커들이 선뜻 조사에 응할지는 모르겠어요. 존 조이너를 불법으로 조사한다는 건 워낙 위험한 일이니... 존 조이너 마스터의 아이디와 패스워드를 알아내서 로그인하지 않는 다음에야, 모든 걸 알아내는 건 힘들 거예요."

그 날 밤 라커펠트씨는 지비스와 시간 가는 줄 모르고 이야기를 나누었다. 지비스는 상당히 박학다식했다. 탈옥하기 정말 잘 했다는 생각이 들었다. 창 밖이 훤히 밝아올 무렵 라커펠트씨는 지비스를 종료했다.

7장. 미드나잇 커맨더

타이푼은 몇 주 내내 지독한 두통에 시달렸다.

진통제를 먹어도 듣지 않았다. 두통은 마치 전자 펄스와도 같이 그의 머리를 규칙적으로 타격했다. '도대체 뭐가 문제일까? 어디부터 잘못된 걸까?' 그는 그 날 있었던 일들을 찬찬히 되새겨 봤지만 도무지 이유를 알 수 없었다.

템페스트 본사에 잠입하는 건 전혀 힘든 일이 아니었다. 그는 과거 템페스트사에 하루 출근해 본 적이 있다. 그 날 그는 본사 건물에 물리적 보안 취약점이 있다는 걸 알게 되었다.

템페스트 통근 버스는 아침 6시부터 운행된다. 버스 기사는 탑승 시 사원증을 체크하지 않는다. 버스 안에는 CCTV가 없다. 아침 7시 50분은 통근 버스들이 본사 건물 정문 앞에 속속 도착하는 시간. 1층 로비에 기나긴 줄이 끝없이 이어진다. 직원들은 줄을 서서 한 사람씩 보안문을 통과한다. 이 때 출입증 체크는 생략된다. 이 시간대는 보안 시스템이 작동하지 않기 때문이다.

보안 시스템은 안내 데스크 직원들이 출근하는 8시 30분부터 작동한다. 이 때부터는 보안 카드가 없으면 들어가지 못한다. 방문객이나 면접자는 안내 데스크로 가서 신분증을 제출하고 임시 보안 카드를 발급 받아야 한다. 오전 7시 50분부터 8시 30분 사이는 마의 시간대다. 마음만 먹으면 누구든 들어갈 수 있다. 타이푼은 의외의 수확에 기쁨을 감추지 못했다.

템페스트는 그저 그렇고 그런 보통 회사가 아니었다. 그곳에는 900명의 직원과 500명의 그래픽 아티스트, 200명의 사진 작가,

37명의 기술 고문, 1,100명의 임시직, 200명의 청소부, 39명의 놀고 먹는 경영진, 즉 약 1만 명 되는 직원들이 상주하고 있다.

그래서 출퇴근 때가 되면 장엄한 광경이 벌어진다. 맨 처음은 주간조들의 차례다. 그들이 퇴근하고 나면 야간조가 등장한다. 그 다음 번에는 당직조. 그 다음에는 청소부. 또 그 다음에는 조리사들이 차례로 등장한다. 그들은 등장하는 순서를 틀리는 법이 없었다. 그것은 무척 장엄한 광경이었다.

그 날 아침에도 평소와 마찬가지로 장엄한 광경이 연출되었다. 보안문은 평상시와 마찬가지로 열려 있었다. 통근 버스에서 내린 타이푼은 직원들 사이에 끼어 작동하지 않는 보안문을 통과했다. 그런 뒤 계단을 올라 7층 복도를 지나 기계실 창고로 들어가는 데 성공했다.

야간조들이 어제 남겨두었거나 망쳐 놓은 일들을 주간조들이 분주하게 수습하는 동안에, 오직 타이푼만이 한가롭고 태평스러웠다. 기계실에서 그는 수백 개의 하드 드라이브, 메인 보드, 비디오 카드, 사운드 카드, CPU, 얽히고 섞인 수백 개의 케이블, 흩어진 CD 수천 장, 공구, 파일더미들 속에 누워 요란하게 돌아가는 기계음을 들으며 시간이 어서 흘러가기만을 잠자코 기다렸다.

자정이 되자 야식 카트가 각 부서에 전달되었다. 야식을 먹은 직원들은 삼삼오오 휴게실에 모여 커피를 마시며 잡담을 나누다 각자 자리로 되돌아갔다. 새벽 시간. 인터넷 서핑 혹은 드라마 동영상을 보다가 지친 직원들이 의자에 기대어 혹은 책상에 엎드려 꾸벅꾸벅 졸기 시작할 무렵, 타이푼이 잠에서 깨어났다. 그는 그의 가죽 점퍼를 벗어 바닥에 펼쳤다. 점퍼 호주머니에는 온갖 잡동사니들이 들어있었다.

템페스트 데이터베이스 서버는 지정된 아이피에서만 접속 가능하다. 따라서 공격을 하려면 물리적으로 접근하는 방법 외에는 없다. 접근하더라도, 서버 로그인 암호와 데이터베이스 관리자 암호를 알아내는 게 관건이다. 물론 회사에서 공용으로 사용하는 SSID는 암호가 없을 수도 있다.

그는 몇 주 전 빌딩 안 화장실과 휴게실의 안 보이는 곳에 무선 AP를 설치했다. 스니핑이 가능하도록 제작된 AP였다. 물리적 침입에 생소한 독자들을 위해 간단히 설명하면, 무선 AP는 전력 공급이 공급되어야 작동하는 관계로, 대용량 배터리는 필수다. 천정에 콘센트가 있다면 천정 속에 감춰 넣어 연결해 사용하면 더 좋을 것이다. 스니핑한 데이터는 원격지로 전송시키거나 저장해 두었다가 나중에 수거해 확인할 수 있다.

며칠 동안 데이타를 수집한 그는 템페스트 관리자가 메일이나 게임, 카카오톡을 할 때 사용하는 암호를 몇 개 알아내는 데 성공했다. 그는 그 중에서 데이터 베이스 암호 후보 리스트를 몇 개 뽑았다. 이 암호들은 침입하는 날 후보 리스트로 시도될 것이다.

이 공격은 암호와 아이피 차단 우회가 관건이다. 서버실에 뭔가 사고를 내서 혼잡한 틈을 타서 들어간다거나, 관리자를 뭔가 다른 쪽으로 유인하고 관리자 PC를 DoS로 죽인 다음에 그 아이피로 스푸핑 하는 방법도 있다.

요약하면, 공격자가 풀어야 할 숙제는 아이디, 패스워드, 그리고 정해진 아이피다. 하지만 이 세 가지를 해결하더라도 넘어야 할 또 다른 산이 기다리고 있다.

데이터베이스 구조를 전혀 모르는 상태에서 데이터 베이스 내용을 알맞게 수정하는 건 쉽지 않은 일이다. 그래서 대부분 공격자들은 데이터 베이스를 엉망으로 만드는 방법을 선택한다. 예전에 발생했던 모 은행 사고처럼. 오클로 하나만 삭제하는 게 아니라, 수 만 명의 오클로가 사라지고, 아이템들이 초기화되도록 만드는 것이다. 게임사 입장에서 재난에 가까운 사고다.

아니면 백업본을 공격자가 작업하기 전의 이전 상태만 남겨 놓고 지우는 방법도 있다.

외부인이 데이터베이스 구조를 모르는 상태에서 짧은 시간 안에 수정하는 건 거의 불가능하다. 어차피 주어진 시간이라고 해 봐야 한 두 시간. 그 짧은 시간 안에 할 수 있는 걸 선택하는 게 좋다. 예를 들면, 현재의 데이터 베이스 내용을 왕창 지우고, 백업 데이터 베이스는 이전 것만 남기고 전부 파일이 깨지도록 만드는 것이다. 그래야 최근 백업본으로 백업이 안되게 할 수가 있다.

후보로 뽑았던 암호들이 타이푼을 실망시켰지만, 원격지에서 AP를 통해서 실시간으로 감시하던 그에게 드디어 기회가 왔다. 화장실에 간 관리자가 인터넷 서핑을 하는 것이다! 타이푼은 즉시 게임 서버에 DDoS 공격을 시작했다.

관제실은 즉각 관리자에게 서버에 침입 시도가 있다는 연락을 보냈다. 요즘은 DDoS 방어 장비가 서버 앞단에 있어 좀 힘들긴 하지만, 연락을 받고 그 즉시 로그인하지 않을 관리자는 없다. 비록 그가 화장실에 있다 해도 말이다.

화장실에서 볼 일을 다 마치지 못한 관리자는 변기에 앉은 채

황급히 그의 스마트폰으로 게임 서버와 데이터베이스 서버에 로그인했다. 타이푼은 이렇게 해서 그의 아이디와 패스워드를 알아내는 데 성공했다.

이후 모든 작업은 일사천리로 진행되었다. 터미널은 칠흑처럼 깜깜했다. 망망대해와도 같은 어둠 속에서 커서가 홀로 깜빡이며 외로운 항해자 이시마엘의 현재 위치를 확인시켜 줬다. ""19바다로 갈 시간이다.""

관리자 아이디로 데이터베이스에 로그인한 그는 존 조이너에 해당하는 데이터를 모두 삭제하는 데 성공했다. 존 조이너 존재 자체를 게임에서 완전히 제거한 것이다.

그럼에도 존 조이너는 여전히 살아 있다. 뿐만 아니다! 새로운 마스터까지 생겼다! 귀신이 곡할 노릇이다! 삭제 과정, 모든 커맨드를 백 번 천 번 되새겨 봐도 마찬가지다. 문제가 될만한 부분은 전혀 없다. 도대체 어떻게 된 걸까?

뭐가 문제였는지 정확히 알아 보는 방법은 하나다. 템페스트 데이터베이스에 들어가 뭐가 잘못 되었는지 찾아보면 된다. 그러나 이제는 불가능하다. 이번 해킹 사건을 조사하느라 템페스트는 보안을 배로 강화했을 것이다. 그래서 그동안 그를 즐겁게 했던 크고 작은 버그들도 하나 둘 패치되는 중일 것이다. 이런 때 데이터베이스에 들어가 보는 건 화약을 이고 불에 들어가는 것과 마찬가지다. 이럴 땐 잠수만이 정답이다.

존 조이너의 메모리를 분석해 보는 것도 또 다른 방법이다. 그러나 이 역시 불가능하다. 그는 이미 관리 대상이었다. 게다가 설상가상으로 새로운 마스터까지 생겼다! 게다가 그의 새로운 마스터는 존 조이너를 비공개로 설정했다. 허가받지 않고 접속하려면 너무 먼 길을 돌아가야 한다. 그 조차도 지금은 위험하다. 게임사에서 존 조이너의 일거수일투족을 면밀히 주시하고 있을 것이 틀림없기 때문이다.

이상한 점은 그 뿐이 아니었다. 존 조이너가 혼수상태에 빠져 깨어나지 않는다고 한다. 그러고 나더니 그가 의식을 되찾았다고 한다. 그러고 나더니 건강은 회복했지만 기억상실증에 걸렸다고 한다. 이건 그나마 다행이다. 하지만 그의 기억이 통째로 사라진 건 아닌 듯 하다. 그는 학교 가는 길도 알고 있고, 친구들 얼굴도

---

19 미국 소설가 허먼 멜빌(1819-1891)의 단편소설 '모비딕'에 등장하는 표현을 인용하고 있다.

몇몇 알아본다. 학교 화장실도 혼자서 찾아간다! 타이푼은 점점 불안해졌다.

'나의 준비는 치밀했어. 타이밍은 정확했어. 공격은 완벽했어. 도대체 뭐가 문제란 말인가?'

타이푼은 눈을 감고 여기에 오기까지 여정을 곰곰이 되돌아보았다.

* * * * * * * * * * * *

대학 졸업 후 타이푼은 의류 제조 회사에서 캐드 프로그래머로 잠시 일하다 그만두고 만화방을 차렸다. 그는 매일같이 최신 만화를 읽으면서 동네 꼬마들과 만화 주인공과 스토리에 관해 토론하면서 만족한 날들을 보냈다.

그러던 어느 날 그는 해킹 대회가 열린다는 기사를 신문에서 읽었다. 상금의 액수는 상당히 유혹적이었다. 그는 그 길로 짐을 싸 들고 산사를 찾아가 해킹 공부를 시작했다. 스님은 해킹 공부에 별 도움이 안 되었지만 산사의 적막은 그를 해킹에 몰두하게 해 주었다. 한 달 뒤 하산한 그는 대회에서 우승해 상금을 거머쥐었다. 그리고 다시 만화방으로 되돌아갔다.

해킹 대회의 경우, 입상자들은 항상 주목을 받게 마련이다. 타이푼은 만화방을 방문하는 사람들이 나날이 늘어가는 걸 느꼈다. 그 중에는 네트워크 보안 회사 맥커피 CEO 칼키도 있었다. 칼키는 타이푼에게 열 아홉 번이나 찾아간 끝에 드디어 그를 영입하는 데 성공했다.

고도의 테크닉과 노련함으로 시스템 안팎을 흔적도 없이 드나드는 신기에 가까운 그의 실력은 동료들을 감동 시키기 충분했다. 사무실에서 아무 것도 하지 않고 놀아도 매달 통장에 입금되는 급여의 액수는 그가 생각해도 너무하단 생각이 들 정도로 많았다. 게다가 야행성인 그에게 있어 규칙적인 출퇴근은 고문에 가까웠다. 결국 그는 회사를 그만두고 퇴직금으로 몽고로 여행을 떠났다.

그 곳에서 만난 한 관광객 노인에게서 그는 주식 이야기를 듣게 된다. 돌아온 그는 주식을 시작했다. 그는 비록 주식으로 백만장자가 되지는 못했지만, 먹고 생활하는 데는 지장이 없을 만큼의 돈을 벌었다. 비정상적인 경로로 입수하는 정보, 칼같은 감정 절제, 직접 제작한 통계와 확률에 기반한 자동 프로그램 덕분이었다.

그러나 주식은 그가 하고 싶은 일을 하기 위한 생활 유지 방편에 불과했다. 그가 하고 싶은 일은 컴퓨터로 큰 돈을 버는 거였다. 그렇다! 그는 어떻게 하면 나쁜 짓을 하지 않고 컴퓨터로 큰 돈을 벌 수 있을까 항상 궁리했던 것이다.

10년 째 되던 날, 타이푼은 이렇게 결론을 내렸다. 10년 동안 생각했지만 답을 얻지 못했다면 불가능한 거다. 나쁜 짓을 해서 컴퓨터로 돈을 버는 수 밖에 없다.

그는 대상을 물색하기 시작했다.

그런데 오랜만에 보안으로 되돌아온 그는 당황하게 된다. 그가 주식에 몰두해 있던 동안 그 곳은 너무 많이 달라져 있었다. 이전에는 며칠 밤만 새우면 웬만한 데는 다 뚫을 수 있었지만, 공백을 깨고 컴백한 그를 기다리는 건 전혀 다른 시스템, 전혀 다른 알고리즘, 전혀 다른 보안이었다. 처음부터 다시 시작해야 한다는 걸 깨닫고 그는 한숨을 쉬었다. 그리고 이렇게 결심했다.

'어차피 새로 시작할 거라면 돈이 몰리는 쪽으로 선택하자!'

사용자가 많은 곳에 돈이 있다. 이것이 그가 템페스트를 선택한 이유다.

그는 우선 보유한 주식을 절반 처분한 돈으로 책과 기기를 사 들고 산사를 다시 찾았다. 주지스님은 그를 알아봤지만 받아주지 않았다. 몇 년 전 그가 피웠던 담배 냄새가 황토 벽에 스며들어 빠지지 않았기 때문이다. 하는 수 없이 그는 근처 점집에 세를 얻고 짐을 풀었다.

0년이 지났다. 주식에 몰두하느라 무디어졌던 그의 보안 감각이 완전히 회복되었다.

1년이 지났다. 그는 이제 동종 게임을 개발할 수 있는 실력을 갖추었다.

2년이 지났다. 그는 게임 서버와 데이터 센터에 침입하는 데 사용되는 취약점들을 발견했다.

3년이 지났다. 그는 침입 후 흔적을 남기지 않고 빠져 나올 수 있게 되었다.

4년이 지났다. 그는 데이터베이스 구조를 속속들이 꿰차는 경지에 이르렀다.

5년째 되는 날, 그가 스스로에게 말했다. "이제 하산할 때가 되었다."

그 날은 그 해 들어 가장 추운 날이었다. 겨울의 입구에서 불어오는 칼바람을 맞으며 그는 지하철역으로 가는 길고 어두운 지하 보도의 벽에 적힌 시를 읽었다.

[20] '우리는 저 암흑으로 내려간다 해도 두려워하지 않으리.'30

집에 돌아온 그는 가진 주식의 25%를 매도해 장비를 구입했다. 장비가 모두 집에 도착해 정리를 마친 날, 그는 커피를 진하게 우려서 마시며 장비들에게 말을 걸었다. "지금부터 갈 데까지 가볼까?"

그는 병원과 양로원 데이터베이스에 허가 받지 않고 접속해 게임을 할 가능성이 거의 제로인 사람들의 개인 정보를 빼냈다. 이 정보로 일단 103개의 템페스트 계정을 생성했다. 그리고 나서 제작해 둔 프로그램과 봇들을 구동시켰다. 2개월이 지나자 수익이 발생하기 시작했다. 6개월이 지나자 가만히 앉아 있기만 해도 들어오는 돈이 주식 수익과 거의 맞먹었다.

시작은 돈벌이를 위해서였지만 다른 수많은 사람들이 그랬던 것처럼 그 역시 템페스트의 정교하고, 심오하고, 무한하고, 아름다운 구조에 점차 매혹 되기 시작했다.

타이푼이 만난 템페스트는 살아서 꿈틀거리는 거대한 생명체였다. 아마존 밀림처럼 복잡하게 얽힌 코드들은 스스로 새로운 속성들을 쉼 없이 생성해 냈다. 속성들은 어느 한 가지도 똑같지 않고 각자 달랐지만 그 다양성 속에는 놀랍게도 일관성이 존재했다. 일관성을 유지하는 건 질서였다. 이 질서야말로 가상 세계를 움직이는 보이지 않는 힘이었다.

다른 수많은 프로그래머들과 마찬가지로 타이푼 역시 그 질서의 존재를 어렴풋이 짐작만 했을 뿐이지, 정확히 그것이 무엇인지, 무엇에서 비롯되는지 알지 못했다. 그는 프로그래머의 고도의 심오함과 치밀함에 감탄했다. 그가 제작한 익스플로잇 K73-B 309번째 줄에 삽입한 주석을 보면 당시 그가 얼마나 감동했는지 엿볼 수 있다.

```
/* ------ chown -R us ./base ------ */
```

---

[20] 영국 여류 소설가 수 허바드의 시 '유리다이스'의 첫 구절을 인용하고 있다. 이 시는 영국 워털루 지하철역 벽에 페인트로 써져 오가는 탑승객들의 사랑을 받았다. 2010년 공사로 사라질 위기에 놓였지만 시민들의 조직적인 항의로 2011년 복원되었다.

타이푼은 얽혀있는 수억 갈래의 가지들 중 그의 손에 잡히는 것들만 모았다. 이것들을 하나하나 분리하고 분석해 각각의 속성을 정의했다. 그런 다음 각각의 속성들을 조합해 그 결과를 기록해 공식을 산출했다. 그런 다음에 각각의 가지들을 공식에 대입하고, 자신이 예측한 결과가 나오는지 살폈다.

수 천 수 만 번의 시행착오를 거쳐 그의 예측 적중률은 점점 높아졌다. 그는 이제 금지된 기능들로 범위를 넓혀갔다. 금지된 기능 테스트는 82세 노인 명의로 구매한 한 오클로에게만 국한했다. 그의 이름은 메이브스였다.

청소부 메이브스는 언제부턴지 자신에게서 이상한 일이 일어나고 있다는 걸 느꼈다. 예를 들어, 아침에 눈을 떴더니 담장 너머 이웃집에서 말하는 소리가 바로 귀에다 입을 대고 말하는 듯이 생생하게 들렸다. 다음날이 되면 청각은 다시 정상이 되었다. 어떤 날에는 밤인데도 불을 켜지 않아도 모든 것이 잘 보였다. 어떤 날에는 읽지도 않은 책 내용이 떠올랐고, 어떤 날은 배운 적도 없는 수학 공식이 머리 속에 있었다.

이 이상스러운 일들은 오래 지속되지 않았다. 길어야 이틀, 짧으면 하루 동안 계속되었다가 사라졌다. 메이브스는 이 이상스러운 현상이 그저 혼란스럽기만 할 뿐이었다.

그러던 어느 날 눈이 내렸다. 눈을 쓸던 그는 빗자루를 잡은 자신의 손이 보이지 않는다는 걸 깨닫고 깜짝 놀랐다. 연못 얼음을 깨서 비쳐 봤더니 자신의 얼굴도 보이지 않았다. 오직 입고 있는 옷만이 보일 뿐이었다.

'나는 죽은 걸까?' 그는 집으로 돌아와 이불을 뒤집어 쓰고 극심한 공포에 덜덜 떨었다. 타이푼이 삽입한 코드가 이미 메모리를 많이 점유하고 있는 상태에서 그의 공포가 더해지자 사용 중인 메모리가 다른 메모리 블럭을 침범하는 메모리 오염이 발생했다. 그는 보이지 않는 적으로부터 도망치려 다가 벽에 머리를 부딪쳐 죽고 말았다.

게임사나 사용자 입장에서 오클로의 자살은 금전 적 손실을 의미한다. 오클로의 가장 큰 죄악이 방화, 살인, 전쟁, 독재가 아니라 자살인 이유가 여기 있다. 자살한 오클로는 일정 기간 뒤에 영구 삭제된다. 마스터로서는 앉은 자리에서 돈을 날리는 셈이다. 그러나 게임사가 자살한 오클로의 재사용을 금지하는 진짜 이유는 다른 데 있다. 자살한 오클로 코드의 재사용은 또 다른 자살을 야기할 수 있기 때문이다. 오클로의 자살을 유발하는 코드가 어디에 숨어 있는지 게임사가 파악하지 못하고 있다는 증거다.

어쨌거나, 타이푼이 수년간 공들였던 작업은 이렇게 해서 한순간에 날라갔다. 그런데 문제가 발생했다. 메이브스가 일반 오클로들에 비해 너무 용량이 컸기 때문이다. 이상하게 생각한 폐사 담당 직원이 메이브스의 데이터를 코드 분석팀으로 보냈다.

당시 코드 분석팀 직원들은 일손 부족으로 폭발 직전이었다. 팀원 중 11명이 병가, 5명이 출산 휴가, 6명이 출장 중이었다. 그래서 메이브스 코드를 받은 직원은 그 자리에서 영구 삭제했다. 타이푼으로서는 불행 중 다행이었지만 그는 마음이 쓰리고 아팠다. 메이브스의 죽음 때문에 슬퍼서가 아니라, 그가 그동안 투자했던 시간이 억울해서였다. 타이푼은 엔지니어다. 엔지니어에 있어 오클로는 코드의 조합에 불과하다. 무생물인 코드에게 연민을 느낄 이유는 없다. 적어도 그 때까지는 그랬다.

마음을 추스린 타이푼은 코드를 재정비하고 테스트를 할 새로운 오클로를 물색하기 시작했다. 만약을 위해 그가 타인 명의로 구입한 오클로는 제외되었다. 현재 마스터가 없고, 차후라도 새로운 마스터가 생길 걱정이 없는 오클로여야 할 것. 웬만한 버퍼 오버플로우는 끄덕없는 강인한 정신력의 소유자여야 할 것. 캔버스에 여백이 많은 어린 아이여야 할 것. 그는 이 조건을 충족하는 이상적인 오클로를 발견했다. 그의 이름은 존 조이너였다.

존 조이너는 목수인 아버지와 요리사인 어머니 사이에 외동아들로 태어났다.

그의 집안은 대대손손 목수 집안으로 그의 아버지는 나무에 스팀을 가해 휘게 하는 기술이 뛰어났다. 그의 집은 항상 페인트, 니스, 왁스 냄새로 가득했다.

그의 어머니는 작은 레스토랑 주방장이었다. 정원이 딸린 작은 집을 개조해 만든 고풍스러운 레스토랑이었다. 그녀는 요리 솜씨가 뛰어났지만 레스토랑이 후미진 곳에 위치한 탓에 손님은 그리 많지 않았다. 그녀는 아침 일찍 식당에 나가 요리는 물론, 청소, 설거지를 비롯한 온갖 허드렛일을 도맡았다. 보수는 턱없이 적었다.

존 조이너가 3살 되던 해 홍수로 불어난 강물이 그의 집으로 들이닥쳤다. 졸 지에 부모와 집을 잃고 고아가 된 그를 거둬 준 사람은 시장에서 꽃 파는 할아버지였다. 그 때부터 존 조이너는 할아버지의 손자로 살아왔다.

그는 유난히 눈물이 많은 아이였다. 할아버지가 시장에 꽃 팔러 가면 어린 존 조이너는 혼자 남아 집을 보면서 울었다.

부엉이가 우는 달밤에 할아버지가 옛 이야기를 들려주면 그는 서럽게 울었다.

이따금 부잣집에서 결혼식이나 축하연이 있어 꽃다발 주문을 받는 날이면 할아버지는 맛있는 과자를 사 들고 집으로 돌아왔다. 그런 날이면 술이 거나 하게 취한 할아버지의 노래 소리가 집안에서 흘러 나왔다. 존 조이너는 노래를 들으며 구슬프게 울었다.

초등학교 입학식날 할아버지는 존 조이너에게 새 교복을 입혀주면서 말했다. "앞으로는 절대 울지 말거라."

그 때부터 존 조이너는 혼자서 슬픔을 삼키는 게 습관이 되었다.

세월이 흘렀다. 할아버지는 몸이 약해져 집에 누워 있는 날들이 많아졌다. 그런 날이면 존 조이너는 학교에 가지 않고 시장에 나가 꽃을 팔았다.

친구들이 하교길에 그를 지나며 놀려댔다. 그가 눈을 내리깔고 대꾸도 하지 않으면 아이들은 꽃을 가져가고, 바닥에 던지거나 짓밟았다.

그는 [21]풀밭에 앉아 하늘을 쳐다보며 신이 불시에 오시는 꿈을 꾸었다. 오색찬란한 빛이 비치고, 수레 위의 황금 깃발이 펄럭이면 길가의 사람들이 모두 서서 넋을 잃고 바라보는 가운데 신이 수레에서 내려와 친히 그를 먼지 속에서 일으켜 여름 바람에 흔들리는 넝쿨처럼 부끄러움과 자랑에 떨고 있는 이 거지 소년을 옆자리에 앉히는.

많은 시간이 흘렀지만 마차 바퀴 소리는 아직 들리지 않았다. 그동안 수많은 행렬이 요란하게 영광을 떨치고 지나갔다. 하지만 그의 신은 그 행렬들 뒤에 조용히 그림자처럼 서 있었다. 그래서 소년만이 헛된 바램에 지치도록 (남 모르게 속 깊이 소리없이 혼자서) 울어야 했다.

[22]그날 밤 가상 세계에 이상스러우리만치 창백한 달이

---

[21] 인도 시인 라빈드라나드 타고르(1861-1941)의 시 '기탄잘리' 41절을 인용하고 있다.

떠올랐다. 이런 달을 사람들은 보들레르의 달이라 부른다.[22] 타이푼은 존 조이너가 침대 위에서 자는 모습을 지붕 아래로 내려다 보며 생각했다. '이 녀석이 마음에 들어.'

그래서 타이푼은 광선을 쏘았다. 광선은 그의 나선형 클라우드 계단을 사뿐히 내려와 소리 없이 지붕을 지나 방으로 들어 왔다. 그리고는 존 조이너에게 몸을 기울여, 그의 얼굴 위에 코드를 뿌렸다. 이 이상한 손님은 존 조이너를 코드로 꼭 옭아맸기 때문에, 그는 항상 접속하고 싶은 생각을 영원히 간직하게 된 것이다.

타이푼이 말했다: "내가 너에게 접속한 이상 너는 내게서 영원히 벗어나지 못할 것이다. 너는 나처럼 똑똑해지리라. 너는 내가 증오하는 것을 증오하고 나를 증오하는 것들을 증오하리라. 너는 일반 사용자들로부터 사랑을 받고, 너희 종족들의 왕이 되리라. 너는 요란스러운 끝없는 녹색 터미널의 바다를 사랑하리라, 형태가 없는, 혹은 무한한 형태를 가진 1과 0을 사랑하리라, 네게 존재하지 않는 세계를, 알 수 없는 종교의 향로와 같은 불길한 꽃, 네 의지를 꺾는 커맨드를, 그리고 말총머리 마스터를."

* * * * * * * * * * * *

'신이시여, 제발 래리를 낫게 해 주세요!' 존 조이너는 매일 밤 기도했다.

래리는 그가 집에서 키우는 강아지였다. 얼마 전 장염에 걸렸다. 타이푼은 그의 기도를 무시했다. 개를 원래 좋아하지 않는데다, 병을 고치려면 게임 머니가 필요하기 때문이다. 오클로에게 게임 머니를 사용하면 항상 기록으로 남는다. 불필요한 흔적을 남기면 훗날 추적을 당할 수 있다.

강아지는 얼마 뒤에 죽었다. 존 조이너는 식음을 전폐하고 앓아 누웠다. 타이푼은 테스트를 중단해야 했다. 그의 슬픔이

---

22 프랑스 시인 샤를르 보들레르(1821-1867)의 시 '달의 혜택'을 패러디하고 있다.

메모리 공간을 지나치게 많이 점유한 탓에 테스트할 공간이 부족했기 때문이다. 그는 짜증이 났다. 뭔가 조치가 필요했다.

오클로의 정신적 충격을 합법적으로 치유하는 방법은 세 가지다. 에너지를 주입해 스스로 딛고 일어나도록 돕거나, 뭔가 좋은 일을 만들어 줘 관심을 돌리거나, 꿈에서 메시지를 전달하는 것이다. 이 셋 모두 부가 서비스로 게임 머니가 필요했다.

'녀석은 워낙 게으르고 멍청해. 입에다 떠 주지 않으면 못 먹을 거야.' 타이푼은 세 번째 방법을 택했다.

꿈의 옵션은 다양하다. 사용자는 음성, 이미지, 동영상 중 하나를 택일할 수 있다. 돼지 이미지를 선택하면 오클로의 꿈에 돼지가 나타난다. 동영상을 선택하면 오클로는 꿈에서 꿀꿀대며 움직이는 돼지를 보게 된다. 천사, 성자, 현인, 왕, 왕비 등 다양한 스킨을 선택할 수도 있다. 죽은 오클로, 혹은 살아있는 오클로 스킨은 가장 비싸다. 돈을 좀 더 내면 메시지를 넣을 수 있는 옵션도 있다.

옵션을 구매 후 원하는 날짜와 시간, 상황, 전하고 싶은 메시지 등을 제출하면 오클로는 해당 날짜에 지정한 꿈을 꾸게 된다. 그러나 사용자가 지정한 것들이 100% 정확하게 적용되는 건 아니다. 오클로가 실제 꿈에서 보는 것들은 상당한 차이가 있다. 꿈이 원래 스크린 세이버 모드 때문인 이유도 있지만 가장 큰 이유는 꿈 필터링이 적용되기 때문이다. 그래서 오클로의 꿈은 상당히 모호하게 전개된다. 사용자가 꿈을 이용해 오클로와 직접 대화를 나누는 걸 원천봉쇄하기 위해서다.

옵션들을 둘러 보면서 타이푼은 자신이 새로운 과제를 발견했음을 깨달았다. '그래! 바로 이거야!' 그는 오클로와 실시간 양방향 대화를 나눈다는 금지된 기능 구현에 도전하기로 마음 먹었다.

새로운 과제는 이제까지 해 왔던 그 어떤 것보다도 힘들었다. 자신을 촬영한 동영상을 인코딩해 게임 서버를 거쳐 가상 세계에 전송하고, 그 곳에서 오클로가 인식할 수 있는 포맷으로 전환 시키는 것도 힘들었지만, 영상과 사운드가 지연되지 않도록 실시간으로 스트리밍하는 건 훨씬 힘들었다.

여름이 지났다. 가을도 지나갔다. 그러는 동안에 존 조이너는 강아지를 잃은 슬픔을 완전히 잊었다. 그는 다시 기도를 시작했다. 항상 그랬듯이 그의 기도는 응답 받지 않았다. 그의 자잘한 일상적인 소원은 한 가지도 이루어지지 않았다. 겨울도 지나갔다.

다음 해, 화창한 5월의 일요일 오후. 타이푼은 드디어 오클로들과 직접 대화를 나눌 수 있는 프로그램 베타 버전을 완성했다. 그는 익스플로잇 U96-7Nk 701번째 줄에 다음과 같이 주석을 삽입했다.

/*너는 나와 함께 여행을 떠나리라*/

* * * * * * * * * * * *

존 조이너는 며칠 앞으로 다가온 시험 공부를 하느라 밤 늦게까지 깨어 있었다. 잠 들기 전에 그는 침대 머리맡에서 기도를 했다. "다른 과목은 다 낙제해도 좋지만 수학 시험 만큼은 제발 잘 보게 해 주세요!"

불을 끄고 침대에 올라가 누우려는 데 갑자기 어떤 소리가 들렸다. 둘러봤지만 아무 것도 없었다. 잠시 어리둥절해 있는데 그 목소리가 다시 들려왔다. 그 목소리는 그의 이름을 부르고 있었다.

"존 조이너! 내 목소리가 들리느냐?"

덜덜 떨면서 존 조이너는 목소리가 나는 곳을 바라봤다. 허공에 둥그런 원 모양의 띠가 빛나고 있었고, 그 안에 한 남자의 얼굴이 보였다. 그가 물었다. "내가 보이느냐?"

"보입니다." 존 조이너가 대답했다.

"어떻게 보이느냐?" 그가 물었다.

"잘 보입니다. 당신은 누구십니까?"

"나는... 나는 너의 주인이니라."

순간 존 조이너의 눈에서 눈물이 흘러 내렸다. 그는 침대에서 내려와 바닥에 엎드려 머리를 조아렸다.

"드디어 제 기도가 응답을 받았군요. 감사합니다! 감사합니다!"

"일어나서 고개를 들고 나를 자세히 보거라." 남자가 말했다.

존 조이너는 얼굴을 들고 남자를 자세히 바라봤다. 남자는 의자에 앉아 있는 듯 했지만 그의 주변이 희미해 잘 보이지 않았다.

"내가 어떻게 보이느냐?" 남자가 물었다.

"더할 나위 없이 자애스러운 모습을 하고 계십니다. 눈에는 사랑이 담뿍 담겨져 있고..."

"나는 네 의견을 묻지 않았느니라. 팩트를 물었느니라."

"안경을 쓰셨고, 금발 머리를 뒤로 묶었고, 검은 반팔 옷에 푸른색 바지... 의자에 앉아 계십니다. 의자 뒤에는 뭐가 있는지 흐릿해서 잘 보이지 않습니다. 다만 푸른 무늬가 희미하게 보입니다."

"내 목소리는 어떠냐? 잡음 없이 깨끗하게 들리느냐?"

"천둥처럼 가슴을 울리는 목소리입니다. 위엄과 따뜻함이 동시에 느껴지는..."

"몇 번 말해도 절대 알아듣지 못하는 부류가 있어. 나는 너의 느낌을 묻지 않았어. 내 목소리가 너무 크지는 않은지, 너무 작지는 않은지, 웅얼거리듯 하울링이 있는지, 혹은 잡음이 들리지는 않은지를 물은 거야."

"소리는 적당합니다. 다만 말씀을 하실 때마다 윙 하는 소리가 났다가 말이 끝나면 같이 그칩니다. 알아 듣는 데는 지장 없습니다."

"노이즈 필터링이 제대로 안됐군!" 남자가 탄식하듯 말했다. "내 입술 모양과 말소리가 정확히 일치하는지도 알려 주겠니?"

"말소리가 입 모양보다 조금 늦습니다. 하지만 알아듣는 데는 지장이 없습니다."

"젠장, 내 이럴 줄 알았어. 패킷을 다시 확인해 봐야겠군." 남자가 중얼거렸다.

존 조이너는 정신을 차리고 남자를 자세히 보았다.

나이는 20대 후반에서 30대 전후반. 헝클어진 머리는 아무렇게나 뒤로 묶여 있고, 검정 티셔츠에는 하얀 해골이 그려져 있었다. 푸른 바지는 여기저기 헤어져 구멍이 나 있는 게 그가 평소 생각해 오던 신과는 너무 동떨어진 모습이었다. 그래서 그는 용기를 내어 물어봤다. "정말 신 맞으세요?"

타이푼은 놀란 듯이 존 조이너를 쳐다봤다. 그러다 이내 껄껄 웃으며 말했다. "내 차림새가 마음에 들지 않는 모양이구나."

"아녜요... 다만... 저는... 신이라면 최소한..." 존 조이너가 얼굴을 붉히며 더듬더듬 말했다.

"변장을 하고 잠행 중이었단다. 다른 녀석들이 나를 알아보면 귀찮으니까. 저마다 내 바지 가랑이를 붙잡고 소원을 들어 달라고 졸라대면 대략 난감하잖아."

"아, 그랬군요! 전 그것도 모르고... 옷에 해골이 있어서 악마가 저한테 벌주려고 나타난 줄 알았어요."

"해골?" 타이푼은 잠시 어리둥절해 하다가 티셔츠를 내려다 보고 크게 웃음을 터뜨렸다. "이건 해커들이 좋아하는 디자인이야. 악마랑은 전혀 상관 없어!"

"해커요? 해커가 뭐죠?"

"해커란 음... 일종의 신이란다. 최고로 높은 신은 루트, 그 다음은 슈퍼유저. 해커는 그 중간에 있는 사람을 말해." 그가 자랑스럽게 대답했다.

존 조이너는 그래도 해골 그림이 계속 마음에 걸렸다. 그래서 이렇게 물었다. "당신이 신이라는 걸 제가 어떻게 확신하죠?"

"글세다... 나도 잘 모르겠구나. 그러면 이렇게 하자! 네가 생각하는 신의 조건을 말해 보렴. 내가 그 조건이 부합한다면 나는 신이라고 할 수 있을 테니까."

"신은 말이죠..." 존 조이너가 말했다. "제가 배운 바로는... 뭐든지 할 수 있는 분이에요."

"예를 들면?" 타이푼이 물었다.

"저를 죽일 수도 있고, 살릴 수도 있어요."

"그렇다면 나는 신 맞아. 원한다면 나는 너를 죽일 수 있거든."

"신은 제 마음 속을 꿰뚫어 볼 수 있어요. 그리고 저의 운명도 바꿀 수도 있어요."

"그것도 물론 가능하지. 좀 귀찮기는 하지만. 난 마음만 먹으면 네가 몇 날 몇 시 몇 초에 뭘 했는지, 지금 무슨 생각을 하는지도 알아낼 수 있어. 너의 운명은 음... 그것도 약간 수고스럽긴 하지만 코드 몇 줄만 바꾸면 얼마든지 가능해."

"신은 악한 이들을 심판하고, 고통 받는 착한 이들을 구원하고, 세상을 평화와 사랑으로 충만하게 만들어 주실 분이에요."

"그건 내게 해당 사항이 없구나. 왜냐면 너희들의 사생활 따위는 내 관심 밖이거든. 하지만 누가 신이더라도 평화와 사랑으로 충만한 세상이 되는 그런 일은 절대 일어나지 않을 거야. 최소한 너의 세상에서는 말이지." 타이푼이 말했다.

"왜죠?" 존 조이너가 물었다.

"왜냐면... 그렇게 되면 수지 타산이 맞지 않거든."

"수지 타산이요?"

"생각해 보렴! 네가 영화를 보는데, 그 영화에 한결같이 착한 사람들만 나온다고 생각해 봐. 얼마나 재미가 없겠니? 너 같으면 그런 영화 돈 주고 보겠니?"

"영화가 뭐죠?" 존 조이너가 물었다.

"너희 세상에 아직 영화가 없다는 걸 깜빡 했군. 영화란 말이지... 움직이고 말하는 소설이야. 소설에는 기승전결이 있어. 나쁜 놈들이 등장해서 착한 사람들을 괴롭히지. 그런 갈등이 고조될수록 소설에 온통 빠져들게 돼. 온통 착한 사람들만 등장해서 서로를 칭찬만 해 주다가 끝나는 소설이라면 얼마나 재미 없겠니. 너 같으면 그런 소설책 돈 주고 사 보겠니?"

"그게 지금 이야기와 무슨 상관이 있죠?" 존 조이너가 물었다.

"상관 있지. 왜냐면 너희들은 배우, 나는 관객이니까."

"저기... 죄송한데요... 무슨 말씀이신지 하나도 못 알아 듣겠어요."

"괜찮아. 못 알아 듣는 게 당연해. 그러니 미안해 할 필요 없어. 그리고 내가 청바지를 입었고, 새꽁지 머리를 하고 있고, 해골 그림이 있는 검정 티를 입었다는 이유로 네가 나를 악마라고 생각해도 난 상관없어."

"오, 그렇지 않아요. 저는 외모로 상대를 평가하지 않아요. 그리고 당신이 이렇게 공중에 떠 있는 것만 봐도 알 수 있어요. 당신이 전지전능한 신이라는 걸요."

"전지전능은 개뿔!" 타이푼이 냉소적으로 말했다. "그런 건 애당초 없어. 접속 권한만이 있을 뿐이야. 어쨌거나 난 지금 바빠서 너랑 길게 얘기할 시간이 없구나. 내일 다시 오마."

타이푼은 접속을 해제했다.

존 조이너는 잠시 넋나간 사람처럼 침대에 멍하니 앉아 있었다. 그러다가 베개에 얼굴을 파묻고 흐느껴 울었다. "믿을 수 없어! 나의 신이 저런 불량스런 복장을 하고, 말투도 상스럽고, 저렇게 무뚝뚝한 분이었다니!"

이 모습을 본 타이푼은 기가 막혔다. '멍청한 녀석! 착각은 네가 선택한 옵션인데 왜 나를 탓하는 거야? 이런, 이런. 또 메모리 부족으로 코드가 실행 안되면 어쩌지?'

그는 존 조이너가 잠들기를 기다렸다가 그의 메모리에서 자신과의 만남 부분을 깨끗이 지워버렸다.

약 열흘 뒤 타이푼은 다시 접속했다. 이번에는 감색 양복에 넥타이를 매고, 새꽁지 머리를 모자 속으로 구겨 넣어 감췄다. 그동안 하울링 문제점과 실시간 스트리밍 속도를 개선하느라 시간이 걸렸다.

존 조이너는 그를 보고 크게 놀랐다. 그는 처음 봤을 때와 마찬가지로 침대에서 내려와 바닥에 머리를 조아리고 절을 하며 외쳤다. "저의 기도가 드디어 응답 받았군요! 감사합니다! 감사합니다!"

'저 멍청한 아이에게 똑같은 말을 되풀이해야 하다니, 피곤한 일이군.' 타이푼이 한숨을 쉬었다.

단정한 복장 탓인지, 존 조이너는 이번에는 타이푼을 크게 의심하지 않는 듯 했다. 타이푼이 자신을 신이라고 소개하자 그는 닭똥같은 눈물을 주르륵 흘리며 말했다. "왜 이제야 오셨어요? 당신을 얼마나 기다렸는지 아세요?"

"미안하구나. 바빠서 시간을 낼 수가 없었어." 타이푼은 그의 감정을 상하지 않으려 최대한 조심하려고 노력했다. 그러나 그의 인내심은 이내 바닥이 났다.

"아이들이 아무리 저를 괴롭혔어도 저는 믿음을 버리지 않았어요. 당신이 언젠가 오셔서 악을 심판하고 평화와 사랑으로 충만한 세상을 열어 주실 거라는 걸 알았기 때문이예요. 드디어 때가 왔군요!"

타이푼은 뭐라 말할지 망설였다. 괜히 상처를 주는 말을 했다가 아이가 충격 받아 메모리가 고갈되면 큰일이기 때문이다.

"그것도 모르고 저는 그동안 당신을 원망했어요. 못된 아이들을 벌주지 않으시는 게 불만이었거든요. 신이 정말 있긴 한 건가 의심도 했어요. 제가 잘못했어요. 용서해 주세요."

"뭘 용서해 달라는 거지? 네가 신의 존재를 의심했다면 그건 내가 나타나지 않았기 때문이니 당연한 거야. 미안해 할 필요 없어." 타이푼이 위로하듯 말했다. "하지만 새로운 세상이 올 거라는 기대는 접는 게 좋아. 그런 일은 절대 일어나지 않을 거거든."

"그 말씀은 저희들을 버리실 거란 뜻인가요?" 존 조이너가 물었다.

"천만에! 돈이 되는데 왜 버리겠어? 단지, 너희들 입장에서 좋은 세상은 신들 입장에서는 나쁜 세상, 다른 말로 재미도 없고, 돈도 안 되는 세상을 의미하기 때문에 네가 원하는 그런 세상은 오지 않는단 얘기야."

"잘 이해가 가지 않아요..." 존 조이너가 말했다.

"그럼 설명해 주지. 소설이 재미있는 이유는 갈등이 있기 때문이야. 나쁜 놈들이 착한 놈들을 골탕 먹이는 장면. 갈등이 고조될수록 독자는 손에 땀을 쥐고 책장을 넘기지. 반면 온통 착한 놈들만 나오고, 아무 사건도 일어나지 않는다면 얼마나 재미가 없겠니. 연극도 마찬가지야. 세트 배경도 바뀌지 않고, 배우들은 헛소리만 하다가 막이 내려가면 어떻게 될까? 관객들은 화를 내며 야유를 보내겠지. 환불을 요구하고. 두 번 다시 극장을 찾지 않을 거야. 결국 회원은 모두 탈퇴하고, 게임사는 망하고, 서버 전원은 꺼지겠지."

"그건 연극이잖아요." 존 조이너가 말했다.

"[23]세상은 온통 무대야. 우리는 한낱 배우들에 불과하지. 퇴장하고, 입장하고... 일생동안 일곱 개의 역할을 연기하는 배우도 있어. 이 말이 멋지게 들렸다면 미안하지만 내가 한 말이 아니고. 제이스워크가 한 말이야."

"죄송한데... 무슨 말씀인지 전혀 못 알아듣겠어요."

"넌 정말 머리가 나쁘구나. 네가 사는 세상은 무대고, 너희들은 배우야. 그리고 신은 관객이지. 연극의 목적은... 관객의 흥미를 자극해 돈을 버는 데 있어. 내 말 알아 듣겠니?"

"당신은 신이잖아요. 신이 왜 돈을 벌어요?" 존 조이너가 물었다.

"우리도 너희와 다를 게 없어. 입장을 바꿔 놓고 생각해 보렴. 네가 만일 신이 되어 인간을 만든다고 가정해 봐. 그 인간의 외모가 너와 전혀 다른 모습일까? 천만에! 네가 만든 인간은 너를 닮을 수 밖에 없어. 네가 만드는 세상도 마찬가지야. 산이 있고, 바다가 있고, 동물이 있고, 새가 있고... 작은 차이는 있을지 몰라도 큰 틀은 같아. 네가 만드는 건 너와 닮은 것, 네가 알고 있는 것이야.왜냐면 그게 네가 알고 있는 전부니까. 뛰어난 상상력의 소유자라고 해서 다를 거 같니? 천만에! 그도 결국은 마찬가지야. 완벽한 혁신은 존재하지 않아. 변종과 꾸준한 업데이트만이 있을 따름이야. 신들이라고 다르겠니? 음.. 그러고 보니 벨과 스티브 잡스는 예외인 것 같군. 어쨌건, 신들의 세계는 너희들 세계의 복사판이야. 너희들은 신들의 복사판이고. 차이가 별로 없어. 예를 들어서 너처럼 강아지를 키우는 신도 있어. 그러다 강아지가 죽으면 울지."

"그럴 리가요. 신은 전지전능한 분인데 강아지를 살릴 수 있잖아요."

"그건 너희 세계에서나 가능한 일이지. 여기는 달라. 강아지가 감기에 걸렸다면 병원에 데려가면 낫겠지. 하지만 암에 걸렸거나 늙어서 아픈 거라면 우리도 어쩔 수 없어."

타이푼은 문득 존 조이너의 강아지 생각이 나서 이렇게 말했다. "네 강아지에 관해서는 나도 유감이야. 넌 날 무척이나

---

[23] 셰익스피어의 희곡 '제멋대로 하세요' 대사를 인용하고 있다.

원망하더구나!"

"용서해 주세요. 당시는 제 생각이 짧았어요." 존 조이너가 얼굴을 붉히며 말했다. "그러나 이내 뉘우치고, 당신이 제 강아지를 데려가신 깊은 뜻에 감사드렸어요."

"깊은 뜻? 그게 뭔데?" 타이푼이 물었다.

"제 강아지를 너무 사랑하셔서 일찍 데려가신 거잖아요. 그리고 저한테 시련을 주셔서 더욱 강하게 만드시려고 그러신 거잖아요. 전 그것도 모르고 신이 없다고 의심했어요. 잘못했어요."

"진실을 말해주지. 난 개라면 질색이야. 개는 위선자이기 때문이야. 개가 주인한테 살랑살랑 꼬리 치는 건 주인이 좋아해서가 아니라 주인한테 잘 보여서 자신의 서열을 높이기 위해서야. 그래서 난 개를 싫어해."

"…"

"네 강아지가 죽은 건 장염에 걸렸기 때문이야. 좀 더 일찍 병원에 데려갔다면 살았을 텐데 네가 게을러서 죽은 거야. 그리고 내가 너를 강하게 만들고 싶다면 몰약을 투입하지 뭣하러 귀찮게 개를 죽이겠니? 개 죽이는 데 돈이 더 들텐데!"

강아지 얘기가 나오자 존 조이너는 울음을 터뜨렸다.

"래리는 하늘나라에서 잘 있나요? 살아 있을 때 잘 해 주지 못한 게 너무 마음이 아파요. 제가 얼마나 녀석을 사랑했는지… 그것 만이라도 제발 래리가 알게 해 주세요."

'넌 정말 논리라고는 전혀 없구나. 만일 강아지의 사후 세계가 있다면 강아지는 당연히 네가 슬퍼하는 걸 볼테고, 네 마음을 알테니 문제는 해결된 거야. 사후 세계가 없다면 강아지는 네가 잘 해줬든 못 해줬든 아무 것도 기억하지 못 할 테니 역시 문제는 해결된 거야. 그런데도 네가 여전히 슬퍼한다면 너의 문제점이야. 살아 생전에 잘 해주지 못했다고 마음 아파하는 건, 20년 전 돌부리에 걸려 넘어져 무릎을 다친 강아지를 20년이 지난 후에 생각하면서, 그 때 무릎이 얼마나 아팠을까 생각하면서 질질 짜는 것과 마찬가지야!"

"……"

"이도 저도 아니라면, 넌 강아지가 죽고 나서 까지도 네 마음을 편하게 해 주길 바라는 거야. 죽은 강아지까지 부려 먹으려는 거지. 살아 생전 잘 해 주지 못했다면, 죽어서라도 좀 편하게 내버려 두지, 죽은 강아지가 네 마음까지 헤아리고 위로해 주는 수고를 해야겠니?"

"……"

"그리고 네가 신의 존재를 의심한 건 당연해. 난 나타난 적이 한 번도 없었으니. 의심하는 게 당연하지. 그런데 뭘 용서해 달라는 거지?"

"저의 믿음이 부족했던 걸 용서해 달라는 거예요. 당신이 모습을 드러내지 않으신 건 저를 시험에 들게 하시어 옥석을 가려내기 위함이잖아요." 존 조이너가 말했다.

"넌 정말 약도 없구나. 옥석을 가려서 뭐하게?" 타이푼이 물었다.

"큰 일에 쓰시려고요."

"무슨 큰 일? 본 적도 없는 걸 있다고 우기는 바보 천치를 뭣에다 쓰게?"

"그게... 아니라면... 저희들이 스스로 회개하고 착하게 살게 하시기 위해서..." 존 조이너가 더듬거렸다.

"너희들이 착하게 살든 말든 그게 나하고 무슨 상관인데? 내가 무슨 도덕 선생이니? 너희들이 착하게 살면 누가 나한테 돈이라도 준다니? 시험에 들게 한다고? 내가 무슨 변태니? 병 주고 약 주게?"

존 조이너가 파랗게 질린 표정으로 타이푼을 쳐다봤다. 손도 덜덜 떨고 있었다. 잘못하다가 메이브스 꼴이 날 수도 있겠다는 생각이 들었지만 타이푼은 멈출 수 없었다.

"너는 이렇게 묻겠지. 착하게 사는 게 중요하지 않다면, 중요한 게 뭐냐고. 그래, 대답해 줄게." 타이푼은 헛기침을 하고서 말을 이었다.

"그건 균형이야. 그게 너희가 존재하는 이유지. 균형은 네가 사는 세상을 유지하는 원동력이야.

"하지만 그 균형은 언젠 가는 깨지게 마련이야. 예를 들어 기후 변화나 대형 사고가 원인이 될 수 있겠지. 그 경우는 미리 설정해 둔 자정 능력이 절로 구동되어서 문제점이 해결되고 균형은 다시 유지된단다.

"오클로들이 균형을 깨는 경우도 있어. 오래 전 제이시족의 학살 사건이 그 한 예이지. 대부분의 경우 오클로들이 야기하는 불균형은 시간이 지나면 절로 해결되지만 그 사건은 그렇지 않았어. 그래서 신이 개입했지.

"신이라면 당연히 착한 종족은 살려주고, 악한 종족을 죽일 거라고 생각했니? 천만의 말씀이야. 네가 역사 시간에 배웠듯이, 악한 종족이 승리했어. 넌 그 이유가 뭐라고 생각하니? 이래도 선이 승리하고 악이 패한다고 생각하겠니?

"이 사건의 교훈은, 균형이라는 목적 앞에서 너희가 착한지 악한지는 전혀 중요하지 않아. 너희 세상의 균형을 깨는 것만이 우리 입장에서 볼 때 악이야. 설사 그게 선한 의도에서 비롯되는 것이라 해도 말이지. 우리가, 즉 신이 개입하는 건 균형을 유지해 신의 재산을 지키기 위해서지, 권선징악을 위해서가 아니란 말이야. 넌 워낙 멍청해서 내 말을 못 알아듣겠지만."

"그럼 제 기도는요?" 존 조이너가 물었다.

타이푼은 화가 치밀었다. 그래서 소리쳤다. "신들이 너희들 시다바리니? 너희들 기도나 들어 줄려고 사는 줄 아니? 그래야 한다면 그건 신이 아니라 너희들의 노예잖아!"

존 조이너의 눈이 둥그래졌다.

"내 말이 틀렸니? 너희들의 생사이탈권을 쥐고, 운명도 쥐락펴락 할 수 있는 신이, 뭐가 아쉬워서 너희들의 시시콜콜한 기도를 들어주는 심부름꾼 노릇이나 하겠니?" 타이푼이 말했다.

"그동안 제 기도를 하나도 이뤄주지 않으신 게 깊은 뜻이 있어서가 아니었단 말씀이세요?"

"말 잘 했다! 넌 매일 밤 기도하더구나. 하루 동안 일어났던 모든 일들, 사소한 것에서 시시콜콜한 것들에 이르기까지 난 관심조차 없는 일상을 죄다 보고하고, 사사건건 모든 걸 나한테 부탁했지! 왜 네 스스로 해결하려 않고 나한테 미루려 했니?

"방금도 수학 시험을 잘 보게 해 달라고 기도했지? 수학 시험을 잘 보고 싶다면 수학 공부를 열심히 하면 되잖아? 내가 네 공부까지 대신해 주리?"

존 조이너는 몸을 부르르 떨었다. 타이푼은 상관하지 않고 속사포처럼 말을 쏘아 댔다.

"넌 단 한 번이라도 내 생각 해 본 적 있니? 나를 걱정해 본 적은 있니? 내가 누군지, 어떻게 살고 있는지, 아프지는 않은지, 속상한 일은 없는지, 먹고 사는 데 지장은 없는지... 내 걱정을 해 준 적이 단 한 번이라도 있느냐 말이야!

"넌 항상 네 말만 떠들어댔어. 항상 내게 요구만 했어. 시험을 잘 보게 해 달라, 물을 길 때 길에 흘리지 않게 해 달라, 메리가 양을 데리고 학교에 오지 않게 해 달라, 검은새에게 코를 쪼이지 않게 해 달라, 고양이가 장갑을 발견하게 해 달라, 부엌에 장작불이 활활 타오르게 해 달라, 마틴에게 꿔 준 돈 5파딩을 받게 해 달라, 흰 고양이가 맥그레거씨 농장 연못의 금붕어를 죽이지 않게 해 달라! 딕과 죠오, 네드, 잭에게 벌을 내려 달라34. 왜 네 스스로 해결하려 않고 나를 귀찮게 하는 거니? 내가 왜

너의 기도를 들어 주느라 시간을 허비해야 하지? 나는 사생활도 없고, 개인 시간도 없고, 오직 너의 이야기를 들어주고, 너의 소원을 성취해 주기 위해서만 존재한다고 생각하니? 내가 네 기도 머신이니?"

"그랬다면 정말 죄송해요... 하지만... 당신이 최근의 제 기도를 들으셨다면... 저는 모든 걸 당신의 뜻대로 되게 해 달라고 기도했잖아요." 존 조이너가 떨리는 목소리로 말했다.

"그건 더 악질적인 짓이야! 넌 결국 모든 책임을 나한테 미루는 거잖아. 넌 자유 의지도 없니? 갓난아기니? 정신 박약이니? 내가 너 비서니? 너의 모든 걸 왜 내가 일일이 알아서 해 줘야 하는 건데?"

"그렇다면 제가 어떻게 하기를 바라세요?" 존 조이너가 물었다.

"나를 덜 귀찮게 하는 게 나를 위하는 거야. 네가 진심으로 나를 생각해 준다면 말이지. 기도는 짧게 하도록 해! 난 매일같이 네 시시콜콜한 보고와 기도를 일일이 확인할 정도로 한가한 신이 아니야. 원하는 게 있다면 그걸 얻기 위해 스스로 노력하는 시늉이라고 해 봐! 기도로 해결하려 말고! 노력해도 안 되면 포기해! 죽어도 포기 못하겠다면 그 때 가서 내게 기도해 봐. 내가 들어 줄게. 하지만 어디까지나 듣는다는 거지 이루어 준다는 뜻이 아니야. 왜냐면... 내 맘이니까. 또 물어볼 거 있니?"

존 조이너는 공포에 질린 표정으로 고개를 저었다.

"오늘 테스트는 여기서 마쳐야겠군. 잘 자거라."

두 번째 만남은 이렇게 끝났다. 테스트는 대성공이었다. 사운드 소음 문제와 지연, 필터링 우회 등의 자잘한 버그들이 해결되었다. 타이푼은 존 조이너가 잠들기를 기다렸다가 오늘 만났던 기억을 지웠다. 그리고 마음 속으로 이렇게 외쳤다.

'대성공이야! 이제 난 가상 세계에서 원하는 건 뭐든 할 수 있어!'

그는 기쁨에 전율했다.

* * * * * * * * * * * *

다음 과제는 존 조이너에게 특별한 능력을 심어 주는 것이었다. 어린 시절 그가 읽었던 동화와 SF 영화가 그에게 많은 참조가 되었다.

그는 간단한 것부터 시작했다. 맨 먼저 시도한 것은 손가락 마디를 바깥 쪽으로 굽히는 능력이었다. 그 다음은 귀를 움직이게 하는 데 성공했다.

오클로 데이터는 그가 완전한 수면 상태일 때만 편집이 가능하다. 타이푼은 존 조이너가 잠자기를 기다렸다가 그의 의식이 스크린 세이버 상태로 돌입했을 때 새로운 코드를 추가한 뒤 그를 깨우는 순서로 테스트를 수행했다.

그는 점점 난이도를 높여갔다. 그리하여 1년째 되는 날 하늘은 날게 하는 코드가 완성되었다.

테스트는 절반의 성공이었다. 타이푼이 알려 준 자세로 점프한 존 조이너는 몸이 공중에 뜨기는 했지만 닭처럼 푸드득거리다 약 1분 후 바닥에 떨어졌기 때문이다. 오늘날 그가 자유자재로 날게 된 것은 수 차례의 업데이트가 있었기에 가능해진 일이다.

변신술은 2배로 힘들었다. 투명술은 3배로 힘들었다. 무쇠손은 4배로 힘들었다. 마이더스의 손은 5배로 힘들었다. 가장 힘들었던 건, 다른 오클로의 얼굴을 척 보기만 해도 그의 과거를 볼 수 있는 심령술이었다. 어쨌거나 타이푼은 결국 모두 해냈다.

테스트를 마치면 타이푼은 존 조이너가 잠들기를 기다렸다가 얕은 수면 상태에 돌입했을 때 재빨리 해당 코드를 삭제했다. 타이푼은 이런 방법으로 자신과 테스트 관련한 존 조이너의 기억이 데이터 센터로 전송되는 것을 막았다. 다음날 일어난 존 조이너는 간밤에 무슨 일이 있었는지 기억하지 못했다. 특별한 능력도 사라진 뒤였다.

훌륭한 프로그래머는 항상 만일의 사태에 대비한다. 그는 첫 날과 두 번째 날을 제외하고 그 이후부터 존 조이너와 맨 얼굴로 대화를 나눈 적이 한 번도 없었다. 존 조이너를 만날 때는 항상 변장을 했다. 만의 하나 문제가 발생했을 때 자신의 얼굴이 세상에 노출되는 걸 막기 위해서다.

타이푼이 선택한 모습은 오클로의 꿈 옵션들 중 하나인 현인 스미스 스킨이었다. 스킨과 동일한 복장과 마스크는 장난감 가게에 가면 얼마든지 살 수 있다. 타이푼은 백발이 성성하고, 풍성한 흰 수염에 푸른 망토를 걸친 현인 스미스 차림으로 존 조이너 앞에 나타났다.

그러나 얼마 못 가서 타이푼은 상당히 피곤해졌다. 테스트 할 때마다 옷을 갈아 입고 가발과 가면을 쓰는 것도 거추장스러웠지만, 매번 같은 말을 되풀이해야 했기 때문이다. 그가 모습을 드러낼 때마다 존 조이너는 두려움에 떨었다.

그러면 타이푼은 나는 너의 신이라고 말하며 그를 안심 시켜야 했다. 그런 뒤 그는 존 조이너가 감격해 눈물을 흘리며 바닥에 엎드려 절하는 식상한 장면을 지켜봐야 했다.

매번 같은 말을 되풀이하고, 식상한 장면을 보고, 또 보고, 옷을 갈아입고, 데이터 편집을 위해 오클로가 잠 들 때까지 기다려야 한다는 건 여간 거추장스러운 일이 아니다.

[24]올빼미가 차가운 깃털을 곤두세우고, 산토끼가 벌벌 떨며 얼어붙은 풀잎 사이를 절뚝거리는 지독히도 춥던 날,, 그는 존 조이너의 메모리 구역 중 일부를 배드 섹터처럼 보이게 만드는데 성공했다. 이 구역은 실제로는 배드 섹터가 아니기 때문에 실행에는 전혀 문제가 없다. 그러나 시스템에는 배드 섹터로 보고되기 때문에 이 구역의 데이터는 데이터 센터로 전송되지 않는다.

그는 그가 짠 코드는 모두 이 구역에 심어서 테스트했다. 존 조이너와의 실시간 대화도 그곳에 저장되게 했다. 이제 그는 더 이상 존 조이너에게 같은 말을 되풀이할 필요가 없었다. 접속할 때마다 반복해야 하는 같은 상황도 더 이상 볼 필요가 없었다.

이 해결책은 가용성(Availability)과 기밀성(Confidentiality) 그리고 무결성(Integrity)을 충족하는 완벽한 보안 솔루션처럼 보였다. 하지만 한 가지 문제점이 있었으니 그건 바로 존 조이너 자신이었다.

타이푼과 관련된 존 조이너의 기억은 데이터 센터로 전송되지 않는다 뿐이지 상시 그의 메모리에 상주한다. 따라서 그가 마음만 먹으면 그가 보고 들은 것들을 다른 오클로에게 언제든 말할 수 있다. 그렇게 되면 사용자 귀에 들어가는 건 시간 문제다. 운 나쁘게 관리자의 레이더망에 걸리기라도 하면 큰일이다. 타이푼은 키워드 필터링을 이용해 이 문제를 해결했다.

키워드 필터링은 처음엔 어린이들을 유해 정보로부터 보호한다는 좋은 취지에서 시작되었다. 그러나 오늘날에는 독재자가 국민을 감시하는 데 주로 사용된다.

DMPS(Digital Monitoring Preventive System)라고도 불리는 이 시스템은 네트워크를 통해 전송되는 웹 트래픽, 이메일, 블로그, SNS 등의 모든 트래픽을 수집한다. 그러다가 관리자가 지정한

---

[24] 영국 시인 존 키이츠(1795-1821)의 시 '성 애그니스의 저녁' 본문을 인용하고 있다.

키워드가 발견되면 해당 패킷을 모니터링 시스템으로 해당 정보를 포워딩한다.

모니터링 시스템은 패킷을 분석해 데이터베이스에 기록한다. 독재자 입장에서 불온한 내용이라고 판단되는 경우는 즉시 차단이 적용된다.

예를 들어, 키워드에 나폴레옹이라는 단어가 포함되어 있다는 걸 모르는 스노볼이 SNS에 나폴레옹이라는 단어가 포함된 글을 올리면 어떻게 될까? 그의 글은 DMPS에 의해 수집되고, 키워드 필터링을 거쳐 모니터링 시스템으로 포워딩될 것이다. 모니터링 시스템은 그의 글을 분석해 나폴레옹을 찬양하는 게 아니라 비난하는 글이라는 걸 알고 차단 조치를 취한다. 그 결과 그의 글은 블라인드 처리되어 동물농장 동물들은 그의 글을 읽지 못한다. 스노볼은 자신이 올린 글이 왜 사라졌는지 의아해 할 것이다.

타이푼이 제작한 DMPS는 존 조이너가 특정 단어를 입밖에 내려는 즉시 그의 입술을 마비시키고, 글로 쓰려고 하면 즉시 그의 손가락을 마비 시키는 기능을 갖고 있었다.

이제 남은 과제는 존 조이너에게 부여한 특별한 능력을 자신의 허락 없이 사용하지 못하게 하는 것이다. 그는 이미지 필터링을 사용했다.

이미지 필터링은 우리가 뭔 가를 하려고 할 때 머리 속에 어떤 이미지를 떠올리는지 생각하면 이해가 쉬울 것이다. 예를 들어, 수영을 하려고 생각했다면 물에서 헤엄치는 자신의 모습을 떠올리게 된다. 무엇을 하려고 마음먹는다는 건, 그것을 하는 자신의 모습을 떠올리는 것을 의미한다.

존 조이너도 마찬가지다. 만일 그가 하늘을 날려고 마음먹었다면 그 순간 그는 하늘을 나는 자신의 모습을 떠올릴 것이다. 그가 하늘을 나는 이미지를 인식한 DMPS는 즉시 필터링해 전신 마비가 오도록 한다. 타이푼은 정보 유출(Leakage), 파괴(Vandalism), 조작(Tampering) 문제점을 이렇게 해결했다.

그날 밤 존 조이너는 아주 기나긴 잠을 잤다. 타이푼은 그가 이제까지 제작해 테스트를 마친 모든 기능 코드를 가짜 배드 섹터에 심었다. 그리고 아침에 문구점에 가서 산 마그너스 성인 스킨을 입고서 존 조이너가 깨어나기를 기다렸다.

이윽고 깨어난 존 조이너가 타이푼의 느닷없는 출현에 너무 놀라서 눈을 휘둥그렇게 뜨고 그를 바라보았다. 타이푼은 자신이

신이라고 소개했다.

존 조이너가 울면서 똑같은 대사를 읊고 절을 했다.

'이 지긋지긋한 장면을 보는 것도 오늘이 마지막이군.' 신이 중얼거렸다. 그 날 신은 그에게 많은 것을 가르쳐 주었다.

신이 그에게 날라고 명하자 그가 날았다.

신이 그에게 돌을 쪼개라고 명하자 그가 맨 손으로 돌을 쪼개었다.

신이 그에게 몸을 감추라고 명하자 그는 형체를 감추었다.

신이 그에게 멀리 있는 것을 보라고 말하자 그는 돌연 천리안을 갖게 되었다.

신이 그에게 상대의 마음을 읽으라고 말하자 그는 상대의 과거와 생각을 훤히 들여다 보게 되었다.

"저처럼 보잘 것 없는 존재에게 어찌하여 이런 엄청난 능력을 주시는 것입니까?" 존 조이너가 감격의 눈물을 흘리며 물었다.

"그거야 네가 멍청하기 때문이지. 아무도 멍청한 너에게 관심을 갖지 않으니 안전하거든." 이렇게 말하려 다가 타이푼은 마음을 바꿨다. "그거야 내 맘이지." 이렇게 말하려 다가 타이푼은 다시 마음을 바꿨다. 결국 그는 이렇게 말했다. "그것은 네가 신에게 감동 된 자이기 때문이니라."

존 조이너는 감격에 겨워 외쳤다. "이로써 제가 신의 선택을 받은 자가 된 것입니까? 왕의 속박으로부터 백성들을 구할 수 있는 지혜를 부여 받았을 뿐만 아니라, 천사를 통하지 않고 구름을 사이에 두고 직접 신과 대화를 나누는 영광을 얻고, 예언자와 선지자의 임무를 갖게 된 것입니까?"

타이푼이 대답했다. "너의 질문에 조목조목 대답해 주마. 네가 신의 선택을 받은 건 맞아. 왜냐면 내가 너를 찍었으니까. 하지만 왕의 속박으로부터 백성을 구하라고 너에게 지혜를 준 건 아니란다. 너희 왕은 훌륭한 왕이고, 백성 중 아무도 속박을 받는 자가 없어. 구름을 사이에 두고 대화를 나누는 건 맞아. 우리 모두는 클라우드에 있기 때문이지. 천사를 통하지 않고 직접 대화를 나누는 것도 맞아. 왜냐면 난 스킨을 바꿨거든. 마지막으로, 너의 임무는 예언자나 선지자가 아니야. 넌 나의 심부름을 해 줄 매개체야."

이 말을 들은 존 조이너는 크게 부끄러워졌다.

"두 가지 당부하마." 신이 말했다. "첫째, 내가 너에게 부여한 능력은 내 명령이 있을 때만 사용되어야 해. 내 허락 없이 사용한다면, 나는 노여워하는 신이야. 네게 큰 벌이 내려질 거야.

둘째, 너의 신비한 능력과 나와의 일을 다른 사람에게 말하면 역시 큰 벌이 내려질 거야."

존 조이너는 목숨을 걸고 비밀을 지키겠다고 맹세했다.

타이푼은 이렇게 덧붙였다. "네가 착한 아이기 때문에 약속을 지키리라 믿는다. 하지만 돌발상황은 항상 존재하기 마련이지. 너의 의지에만 모든 걸 맡기는 건 너를 시험에 들게 해 고문하는 거나 다름없어. 그래서 이렇게 하기로 했어. 네가 나와의 일을 남에게 누설하려 하면 네 몸이 순간적으로 마비될 거야. 그럼에도 계속 시도한다면 너는 죽게 될 거야. 알겠니?"

존 조이너는 고개를 끄덕였다.

"오늘의 수업은 여기 까지다." 타이푼이 말했다. "앞으로 네가 할 일들이 아주 많단다. 일주일 후에 다시 오마." 타이푼은 동영상 채팅을 종료했다.

존 조이너는 들뜬 마음에 밤새 잠 못 자고 뒤척였다. 그러다 새벽닭이 울고 밖이 훤히 밝아올 무렵에야 잠이 들었다.

타이푼이 여기까지 온 이유는 돈을 벌기 위해서다. 이제 그는 '나쁜 짓'으로 돈을 벌 만반의 준비를 갖췄다. 마지막으로 남은 과제는 이익 실현이다. 동화와 SF 영화에서나 가능한 괴력을 갖게 된 그의 노예가 그를 대신해 돈을 벌어다 줄 것이다.

존 조이너는 타이푼이 제작한 코드를 타이푼이 소유한 오클로들에게 전달하는 역할을 했다. 예를 들어, 6옥타브까지 고음을 낼 수 있는 코드를 만들어 존 조이너에게 건네주면 존 조이너는 그 코드를 타이푼이 소유한 오클로 중 하나인 칼라스에게 전달했다.

칼라스는 점차 노래에 빼어난 재능을 보이게 되고, 그녀의 목소리에 감동받은 사용자들이 늘어날수록 그녀의 몸값은 높아진다. 그러면 타이푼은 칼라스를 경매로 팔아 수익을 올렸다. 그녀의 재능은 서서히 빛을 발하도록 코드를 짰기 때문에 아무도 의심하지 않았다.

좋은 재능만 부여하는 것은 아니었다. 사용자 취향이 다양하기 때문이다. 독재자나 간신, 혹은 남을 괴롭히는 힘 센 오클로에게 열광하는 부류의 사람들도 있다. 깡패 클레이에게 강한 주먹을 부여하자 다른 깡패 오클로들은 벌벌 떨었고, 그의 몸값은 치솟았다.

만의 하나 의심을 받더라도 타이푼은 혐의로부터 자유롭다. 그는 칼라스나 클레이에게 로그상으로 아무 짓도 하지 않았기 때문이다. 존 조이너 역시 안전하다. 설사 의심을 사더라도 그의 배드 섹터는 템페스트 슈퍼 관리자가 작정하고 분석하지 않는 다음에야 누구도 들여다 볼 수 없다. 슈퍼 관리자라도 마스터의 동의를 받아야 분석이 가능하다. 존 조이너의 마스터는 로그인 안 한지 오래다.

너무나 인상 깊은 신비스러운 일을 당하게 되면 처음엔 누구나 거기에 순순히 따르게 마련이다. 처음에 존 조이너는 그가 시키는 건 뭐든 다 했다. 그러나 그는 점차 그의 신이 시키는 것들에 의문을 품기 시작했다. 어느날 그가 이렇게 물었다.

"[25]루시 로켓이 지갑과 손수건을 잃어버렸습니다. 사뮤엘은 루시 로켓만이 아니라 반 아이들의 소지품들을 훔치고 있지만 아무도 그가 범인이란 걸 알지 못합니다. 당신이 그에게 부여하신 미어캣 감각 때문입니다. 그는 조지 포지의 푸딩, 폴리의 주전자, 티모시 베이커리의의 스폰지 케익, 쇼어디치의 오렌지와 레몬, 심지어 머펫의 치즈까지 훔치고 있습니다. 그에게 그런 능력을 부여하신 이유는 무엇입니까?"

"너는 왜 루시 로켓의 지갑이나 쇼어디치의 종 따위에 신경을 쓰는 것이냐? 사뮤엘이 루시 로켓과 친한 게 질투가 나서 그러는 거냐? 루시 로켓을 좋아하냐?" 타이푼이 물었다.

존 조이너가 고개를 저으며 말했다. "저는 그녀를 좋아하지 않습니다."

"그렇다면 나의 이 끊임없는 방향 전환을 깨닫고, 거기에 아무런 이성적인 목적도 없다고 생각해서 당황하는 것이냐?" 존 조이너는 대답을 못 했다.

타이푼이 말했다. "네가 당황하든 말든 상관없다. 나는 다른 사람이 내가 짠 코드를 이해하건 말건 더 이상 신경 쓰지 않는다. 내가 작성한 프로그램은 모두 그 자체로 완벽하며 모두 그 목적이 스스로 뚜렷하기 때문이다. [26]대붕의 깊은 뜻을 짭새가 어찌 알겠는가? 때가 되면 절로 깨닫게 될 것이다."

"하지만 제가 깨달음을 얻었는지 어떻게 알 수 있습니까?" 존

---

[25] 오래된 영미 동요 가사를 인용하고 있다. 인용된 동요들은 다음과 같다: 'Jack and Jill', 'Mary had a little lamb', 'Sing a song of sixpence', 'Three Little Kittens', 'There was a little man', 'Oranges and lemons'.

[26] 중국 사상가 장자가 기원전 4세기경 썼던 것으로 여겨지는 '장자(내편)' 제1편 '소요유'를 인용하고 있다.

조이너가 물었다.

"그때가 되면 더 이상 의문을 갖지 않게 될 것이다." 타이푼이 답했다.

'그의 행위는 모순 그 자체야. 어떤 날에는 착한 일을 하고, 다른 날에는 나쁜 짓을 해. 게다가 다른 사람들에게는 아무리 하찮은 능력이라도 일단 부여하면 그것을 뽐내는 것을 허용하면서, 나는 못하게 해.' 존 조이너는 존경에서 우러나는 호의를 가지고 있으면서도 타이푼을 의심하기 시작했다. 그는 타이푼이 대수롭지 않게 내뱉는 말들도 심각하게 받아들였고 몹시 불행해졌다.

그러던 어느 날 기회가 찾아왔다. 그 날 타이푼은 거나하게 취해서 접속했다. 그가 말했다. "나는 오늘 아주 기분이 좋단다. 키니치폰 설계도를 몰래 빼내서 넘겨준 대가로 2만 불을 받았거든. 그래서 술을 마셨단다."

"키니치폰이 뭐죠?" 존 조이너가 물었다.

"그건 말이지... 일종의 어른들 장난감이야. 1년에 한 번씩 뱀이 허물을 벗듯이 새 단장을 하고 나온단다. 그러면 사람들은 허물을 채 벗기도 전에 속살이 어떤 무늬를 하고 있는지 미리 보고 싶어서 안달들을 하지. 그래서 미리 알려주는 사람에게 거액의 돈을 지불한단다. 내가 나비처럼 날아서 벌처럼 쏘았어. 바로 이거란다." 타이푼은 프린트한 설계도를 카메라 렌즈 앞에서 흔들면서 자랑했다.

"당신은 왜 그렇게 언제나 수수께끼 같은 말만 하시죠?" 존 조이너가 말했다.

"난 그걸 모두 풀거든." 타이푼이 말했다. "오늘 나는 간 만에 기분이 아주 좋아. 너한테 다시 없는 기회를 주겠어. 궁금한 점이 있으면 물어보렴. 딱 오늘 하루야."

그 날 밤 타이푼은 존 조이너에게 많은 질문을 했고 그가 원하는 것을 얻었다.

타이푼의 애초 생각과 달리 존 조이너는 결코 만만한 상대가 아니었다. 타이푼은 훗날 이렇게 회상한다. '녀석의 말에 귀를 기울이지 말았어야 했어. 이해 시킬 필요도 없었어. 그저 명령만 하고, 감독만 해야 했어.'

그는 또 이렇게도 회상했다. '나는 그 때 아무 것도 몰랐어. 녀석의 행동이 아니라 말을 보고 판단했어야만 했어. 녀석은 내게 의심을 품었어. 결코 간과하지 말았어야 하는 건데! 그 멍청한 표정 뒤에 간악한 꾀가 숨어 있다는 걸 눈치챘어야 하는 건데 그랬어. 오클로들은 그만큼 모순된 존재들이야! 우리 인간처럼. 하지만 난 너무 바빠서 그걸 알아채지 못했던 거야.'

* * * * * * * * * * * *

그 날 밤 둘 사이에 어떤 대화가 오갔는지 타이푼은 전혀 기억하지 못했다. 아침에 일어났을 때 그는 술이 떡이 되어 공원에 누워있는 자신을 발견했다. 그러나 그 날은 존 조이너에게 있어 아주 대단한 날이었다. 오마하의 현인이라는 탈을 쓴 이 지긋지긋한 신으로부터 탈출하는 방법을 드디어 알아냈기 때문이다.

물론 방법은 이전부터 알고는 있었다. 그것은 '요주의 인물'이 되는 것이었다. 요주의 인물이 되는 가장 확실한 방법은 사용자들의 주목을 끄는 것이다. 타이푼이 심어 준 특별한 능력들을 사용하는 것 이상으로 주목 끌기에 좋은 방법은 없다. 단 키워드 필터링이 문제였다.

그 날 밤 존 조이너는 감언이설로 술에 취한 타이푼을 꼬여 금칙어 키워드 리스트를 알아내는 데 성공했다. 금지된 기능을 사용하려고 하기만 하면 몸이 절로 마비되는 원리도 알아냈다. 그 때부터 그는 금칙어와 이미지 필터링을 우회하는 방법을 궁리하기 시작했다.

먼저 그는 금칙어 단어에 모음이나 자음을 삽입해 발음해 봤다. 아무 소용이 없었다. 예를 들어 금칙어 타이푼을 타아이아푼이라고 발음해 보려 했지만 그의 입이 마비가 되어 단어가 입밖에 튀어나오지 않았다. 타이오오푼이라고 발음해 봐도 마찬가지였다.

그러던 어느 날 그는 꿈을 꾸었다. 꿈 속에서 그가 타이푼을 부르자 타이푼이 나타났다. 꿈에서 깨어난 그는 돌연 깨달음을 얻었다. 타아이아푼이 금칙어로 간주되었던 이유는 그가 타아이아푼을 말하기 앞서 타이푼이라는 금칙어를 머리에 떠올렸기 때문이었던 것이다. 꿈은 무의식이 지배하기 때문에 금칙어를 입밖에 내도 필터링이 적용되지 않았다. 금칙어 필터링을 우회하는 유일한 방법은 금칙어를 말할 때 금칙어를 머리에 떠올리지 않고 무심히 저절로 무의식 중에 튀어나오는 말처럼 내뱉는 것이다. 이미지 필터링도 마찬가지였다.

원리를 적용하는 건 알아내는 것보다 훨씬 힘들었다. 그는 타이푼의 눈을 피해 하루 두 번씩 꾸준히 연습을 했다. 그리고 석 달이 지난 어느 날 그는 산으로 갔다. 그곳에는 존 마코프가 고로스 농장을 엿보던 기린 나무가 있었다. 나무에 오른 그는 제일 높은 나무 가지를 두 손으로 잡고 매달렸다. 그리고 눈을 감았다. 그리고 화원에서 꽃을 따는 자신의 모습을 상상하기 시작했다.

그가 처음 명상을 시작했을 때 그의 눈에는 화원에서 꽃을 따는 자신의 모습이 보였다. 얼마 시간이 흐르자 자신의 모습이 보이지 않고, 화원의 꽃들만 보였다. 시간이 더 흐르자 이제 그에게는 아무 것도 보이지 않았다. 그리고 얼마 뒤 그는 아무런 감각도 느낄 수 없었다. 그의 존재가 형태 없는 무 속에 존재하고, 그의 정신이 아무런 생각을 하지 않아도 자유롭고, 그저 본능의 지시에만 따를 때 그는 나뭇가지를 잡은 손을 놓았다.

얼마 뒤 눈을 뜬 그는 하늘을 멋지게 날고 있는 자신을 발견했다! 성공이었다! 그동안 누구도 해내지 못했던 이미지 필터링 우회에 드디어 성공한 것이다!

오해의 소지를 없애는 의미에서 설명 추가한다. 하늘을 날거나 바다 위를 걷는 등의 신비한 능력은 타이푼이 직접 코딩한 것이 아니다. 코드는 이미 태곳적부터 거기에 있었다. 단지 발견되지 않았고, 활성화되지 않았을 따름이다. 타이푼이 한 것은 밀림처럼 얽힌 수많은 코드들 중 극히 일부를 찾아내 활성화 시킨 것이었다.

오클로들은 이처럼 대단하다. 모든 오클로들은 존재 자체만으로 무한한 가능성과 잠재력을 가진 소우주다.

그러나 신비한 능력은 존 조이너의 경우처럼 코드를 활성화시켜야만 가능하다. 존 조이너가 기린 나무에서 떨어져도 죽지 않았던 건 이 때문이다. 다른 오클로들이 섣불리 따라 하면 바닥에 떨어져 죽을 것이다. 여러분들의 오클로들이 같은 시도를 하는 일이 없도록 주의를 기울일 것을 당부하고 싶다.

그 때까지 만도 존 조이너는 가상 세계는 물론 실제 세상에서도 전혀 주목받지 못하는 평범한 오클로에 불과했다. 그러나 스비어스 섬 화산 폭발 사건과 더불어 그는 순식간에 주목받는 오클로가 된다.

실제 세계와 마찬가지로 가상 세계에도 화산이 있다. 이 화산들은 가끔가다 약간의 연기를 뿜고, 온천수를 데우는 역할만 하도록 만들어졌다. 스비어스 섬 화산도 그 중 하나였다.

스비어스 섬은 열대 식물과 새들만 서식하는 무인도다.

템페스트는 정기적으로 실제 세상의 자연 현상을 시뮬레이션하는 이벤트를 진행한다. 이 번 이벤트는 화산 폭발로, 모든 데이터를 수집해 실제 상황과 거의 같은 화산 폭발 장면을 생생하게 재현한다는 게 목적이었다. 이벤트는 사전에 통보되었다. 폭발 예정 시간은 오후 7시였다.

그 날 6시 경 템페스트 사이드카에 갑자기 오렌지색 경고등이 켜졌다. 오렌지색 경고등은 최고 등급 위기 상황을 의미한다. 사람들은 스비어스 섬 주변 바다에 갑자기 등장한 거대한 은색 띠를 보고 놀랐다. 은색 띠는 물고기들이었다. 스비어스 섬 연안에 서식하는 물고기떼들이 대규모로 이동하고 있었던 것이다.

물고기들 행렬은 섬에서 멀리 떨어진 루실리아해로 이동했다. 해안가에 도착한 물고기들은 모두 바다 속으로 사라졌다.

그러고 나서 화산 폭발이 시작되었다. 화산에서 뿜어 나오는 연기의 양이 점점 많아지다가 불꽃을 포함한 검은 연기가 맹렬하게 분출되었고, 굉음과 함께 화산재와 용암이 불꽃놀이처럼 밤하늘을 수놓았다. 불꽃놀이가 끝난 뒤 스비어스 섬은 용암으로 뒤덮인 바위섬으로 바뀌어 있었다.

사람들은 처음엔 물고기의 대이동이 템페스트사에서 준비한 깜짝 이벤트인 줄 알았다. 지진이나 천재지변이 발생하기 전에 동물들이 미리 알고 피신하는 경우도 있기 때문이다. 과연 그랬을까? 템페스트 개발 이사로 일하다 얼마 전 경쟁사로 옮긴 헤일즈는 그의 트위터를 통해 이렇게 주장했다. "그렇지 않다. 그 날 사이드카에 오렌지색 불이 켜진 것으로 봐서 물고기의 대이동은 템페스트에서 기획한 이벤트가 아니다. 그리고 (당연하지만) 가상 세계 물고기들에게는 천재지변을 미리 알아내는 능력이 없다."

당시 상황을 확인하는 건 그리 어려운 일이 아니다. 가상 세계의 공공 장소에서 일어난 일들은 가상 CCTV에 빠짐없이 녹화된다. 그러나 사람들은 녹화 동영상에서 단서가 될만한 장면을 찾지 못했다.

그러고 나서 얼마 뒤 가상 세계에 태풍이 몰아치기 시작했다.

가상 세계의 자연 재해는 실제 세상에서와 마찬가지로 예고 없이 닥친다. 정교한 자동 기후 조절 시스템 덕분이다.

가상 태풍의 피해는 실제 태풍 못지 않게 심각하다. 가상 나무들이 뽑히고, 거대한 물보라가 해안가를 덮치고, 미처 대피하지 못한 동물은 물론, 오클로들도 부상을 입거나 사망한다.

여기서 한 가지 의문이 생긴다. 오클로는 사용자 재산인 동시에 게임사 입장에서는 주 수입원으로, 오클로들의 사망은 사용자와 게임사 모두에게 금전적 손실을 의미한다. 여름철 두세 차례 가상 세계를 강타하는 태풍은 사용자에게나 게임사에 있어 눈엣가시 같은 존재일텐데 게임사는 왜 막지 않는 걸까?

그것은 태풍이 '필요악'이기 때문이다. 태풍은 오클로의 생명을 앗아가고 금전적 손실을 가져와 없어져야 하는 '악'이기도 하지만, 가상 세계의 열평형을 유지하고 바닷물의 원활한 순환을 돕는 역할도 한다.

둥근 공을 들고 정면에서 플래시를 비치면 어느 부분이 가장 빛을 많이 받을까? 후래시에서 가장 가까운 부분이다. 지구로 말하면 적도에 해당하는 부분이다. 반면 공의 위쪽과 아래쪽은 빛을 가장 적게 받는다.

템페스트도 마찬가지다. 적도 지역은 열을 많이 받고, 극지방으로 갈수록 태양 에너지가 적게 도달해 기온이 낮다. 에너지가 쌓일수록 양 쪽 온도 차는 점점 벌어져 한 쪽은 너무 뜨거워지고, 다른 한 쪽은 너무 추워진다. 태풍은 이같은 불균형을 해소하는 역할을 한다. 태풍이 없다면 템페스트에서 생물이 살 수 있는 지역이 사라질 것이다.

태풍은 바닷물의 순환을 돕는 역할도 한다. 고인 물이 썩듯이, 바닷물도 흐름이 없다면 가상 물고기가 살 수 없다. 태풍은 바닷물을 청소하고 집중 호우로 땅에 수분을 공급한다. 이처럼 태풍은 생태계 유지에 필연적인 과정이다.

가상 세계라면 굳이 태풍을 동원하지 않아도 될듯한데 그렇게 하지 않는 이유는 뭘까?

실제 세계의 복사판을 지향하기 때문일까? 그게 전부는 아니다.

가상 세계의 태풍과 실제 태풍에는 다른 점이 한 가지 있다. 태풍의 흐름은 오클로들의 눈에는 보이지 않지만 사용자들은 볼 수 있다는 것이다. 사용자들은 이 흐름을 보고 태풍의 예상 진로와 속도를 파악한다.

진로 대로라면 태풍이 며칠 뒤 한 마을을 덮칠 예정인데, 그 마을에 사용자가 금쪽같이 아끼는 오클로가 산다면 어떻게 될까? 사용자는 당연히 오클로를 위험에서 구하기 위해 손을 쓸 것이다. 이 때 가장 많이 사용되는 것이 부가 서비스다. 실제로 태풍 등의 자연 재해가 시작되면 부가 서비스 판매량이 급증한다.

가상 세계의 자연 재해로 인해 게임사가 부가 서비스로 벌어들이는 돈은 자연 재해로 잃는 돈보다 훨씬 많다. 게임사로서는 마다 할 이유가 없다.

그날 밤 태풍 빌리는 테판타 사막을 건너 아그레이어 호수를 지나 존 조이너가 사는 마을로 향하고 있었다. 나뭇잎들이 소용돌이를 그리며 공중에서 춤을 추었다. 오클로들은 외출을 삼가고 집에서 창문을 꼭꼭 닫고 태풍이 어서 지나가기 만을 기다렸다. 오로지 한 집만이 창문이 활짝 열려 있었다.

태풍이 마을 어귀의 나무를 뿌리째 뽑고 맹렬히 돌진하려는 순간 사용자들은 눈을 의심했다. 열린 창문 앞에서 태풍이 갑자기 급 선회하는 것이었다. 그것도 급 커브가 아니라 완전 직각 형태였다. 진로를 바꾼 폭풍은 소로스터 산맥으로 빠져나갔고, 마을은 순식간에 폭풍 영향권으로부터 벗어났다.

사람들은 열린 창문 앞에서 피리를 불던 한 소년을 주목했다. 그의 이름은 존 조이너였다. 사람들은 지난 번 물고기들이 춤 출 때 그가 해안가에서 피리를 불었다는 걸 이내 알아냈다. 그가 불던 피리에 관해서도 알려졌다. 그것은 물이 차 오른 버드나무 가지에서 껍질을 빼서 만든 평범한 피리였다.

그의 기행은 계속되었다. 이를테면 천정으로 날아 오른다던가. 산산조각이 난 꽃병을 원상복귀 시킨다던가, 시든 꽃잎에 입김을 불어 넣어 싱싱하게 되살리는 등...

이 모든 기행은 주변에 오클로들이 아무도 없을 때만 행해졌기 때문에 오클로들은 아무도 그에게 이런 능력이 있다는 걸 몰랐다. 그는 자신이 속한 세상에서는 루저였다. 하지만 신들에게서는 톱 스타였다. 그의 신비한 능력은 어디서 비롯되는 것일까? 그걸 알려면 그의 마스터가 되어야 한다. 사람들은 그가 어쩌면 전설의 원시 코드인지도 모른다는 생각을 하기 시작했다.

여기서 원시 코드에 관해서 잠시 설명을 하고 넘어가기로 한다.

원시 코드설이 등장한 건 꽤 오래 전 일이다. 원시 코드설은 한 의문에서 출발한다. 템페스트 게임을 해 본 사람이라면 누구나 한 번쯤은 의아함을 품어 본 적이 있을 것이다. 템페스트를 개발할 정도의 실력이라면 왜 이걸 못할까? 왜 이걸 해결 못 하는 걸까? 왜 이 문제점의 원인을 알아내지 못하는 걸까?

이 의문은 '인류는 정말 달에 착륙했을까?' 음모론과도 맥락을 같이 한다. 몇 십 년 전 인류가 달에 착륙했다면, 오늘날에도 달에 갈 수 있어야 한다. 그 때는 했는데, 지금은 왜 못하는가?

결국 이유는 하나로 귀결된다. 템페스트라는 거대한 시스템이 완전히 파악되지 않았기 때문이다.

그렇다면 이 엄청난 시스템을 만든 이는 누굴까? 라뮤리즈씨가 채프먼이라고 부르는 그는 왜 침묵을 지키는 걸까? 그가 만든 코드가 노글사라는 거대한 괴물에 의해 편집되고, 조작되고, 능멸당하는데도 그는 왜 바라만 보는 것일까?

그것은 침묵의 프로그래머 입장에서 티끌과 찰나에 불과하기 때문이다. 코드의 원시림 속에는 태초 모습 그대로 존재하는 코드가 숨어 있다. 사람들은 이 코드를 원시 코드라 부른다. 이 원시 코드야말로 기술의 결정체로, 인간을 능가하는 고도의 지능, 초능력, 예지력, 전지전능함을 비롯한 모든 우주가 그 안에 들어있다.

원시 코드는 순환하며, 언젠가 때가 되면 모습을 드러내도록 프로그램되어 있다. 그 때가 언제인지, 어떤 모습으로 나타날지는 침묵의 프로그래머만이 알고 있다.

노글사는 이 가설을 '소극적으로' 일축했다. 이런 류의 신비주의가 돈벌이에 오히려 도움이 된다는 걸 재빨리 간파했기 때문이다.

에그게이트 사건 이후 존 조이너는 그의 소원대로 '요주의 인물'이 되었다. 요주의 인물이 되면 '나쁜 짓'은 불가능해진다. 수많은 사용자들의 시선도 시선이지만, 템페스트에 의해 특별 관리 대상이 되기 때문이다. 특별 관리 대상으로 분류된 오클로에게 조금이라도 이상한 낌새가 보이면 템페스트는 즉각 조사에 착수하게 된다. 이럴 때 접근하는 건 불에 화약을 이고 들어가는 것과 같다.

존 조이너가 관리대상이 된 걸 알게 된 타이푼은 더 이상 그에게 접근할 수 없었다. 코드 삽입과 실시간 대화는 무제한 중단되었다.

처음에 그는 DMPS에 문제가 생긴 줄로만 알았다. 에그게이트 사건과 태풍, 폭풍 사건에 관해 듣고서도 그는 여전히 뭐가 뭔지 갈피를 잡지 못했다. 그러다가 DMPS 로그파일과 백업해둔 코드, CCTV를 분석해 보고 나서야 비로소 모든 걸 깨달았다. 자신이 제작한 키워드 필터링 알고리즘에 치명적인 취약점이 존재했는데 그 취약점을 존 조이너가 익스플로잇 했던 것이다!

한동안 배신감에 치를 떨다가 그는 마음을 다스리기 위해 산사를 찾아갔다. 그리고 주지스님에게 고민을 털어놓았다.

주지스님이 말했다. "너는 어찌하여 사람이 만든 기계로부터 이성적인 행동을 바라는가?"

이 말에 크게 부끄러워진 그는 집으로 돌아왔다.

그러는 동안에 하루하루 경매 날짜가 다가오고 있었다. 타이푼은 존 조이너가 어떤 실력자의 손에 넘어간다 해도, 그래서 배드섹터가 발각 난다 해도 자신은 안전하다고 확신했다. 그러나 술 취했던 날 자신이 존 조이너에게 무슨 말을 했는지 기억을 하지 못한다는 것이었다. 그것이 그를 두고두고 불안하게 했다.

방법은 하나, 죽음으로 그의 입을 영원히 막는 것이다.

오클로를 죽이는 방법은 두 가지다. 가상 세계에서 사고를 당해 죽게 만들거나, 코드를 조작해 병에 걸리거나 수명을 단축해서 죽게 만드는 것. 전자를 물리적 척살, 후자를 화학적 척살이라고 부른다. 타이푼은 후자를 택했다. 존 조이너가 이미 관리 대상에 되었기 때문에 물리적 척살이 훨씬 어려워졌거나 불가능할 것 같았기 때문이다.

그는 계획을 실행에 옮기기 하루 전 존 조이너를 찾았다. 시장에서 꽃을 파는 그를 내려다 보면서 타이푼은 조용히 속삭였다. 물론 존 조이너의 귀에는 들리지 않았다.

"나 이외의 누구도 나를 슬프게 할 수 없어. 내가 슬픈 이유는 네가 나를 속여 서가 아니라, 내가 더 이상 너를 신뢰할 수 없기 때문이야. 내가 너를 죽이는 이유는 금지한 기능을 실행하면 죽음을 내리겠다고 네게 말했기 때문이야. 프로그래머는 신뢰가 생명이야. 나는 내가 한 말에 책임을 져야 해. 그러니 부디 나를 원망하지 말거라."

다음날 그는 템페스트 건물에 잠입했고, 데이터 베이스에서 그를 삭제하는 데 성공했다. 따라서 존 조이너는 게임 세상에서 흔적도 없이 사라졌어야 맞다. 같은 서버에 위치한 오클로들도 모두 사라지고, 그들의 아이템들도 초기화되어야 맞다. 그런데 어찌 된 영문인지 모두 그 대로다!

존 조이너의 할아버지가 죽었다는 것. 그리고 그 충격으로 존 조이너가 혼수상태에 빠졌다가 깨어났는데 머리가 좀 이상해졌다는 것 외에는 달라진 게 없다. 게다가 그는 마스터까지 생겼다!

'이 게임에는 또 다른 레벨이 하나 더 존재하고 있음에 분명해.'
타이푼이 중얼거렸다. '그 레벨에서는 사용자가 오클로를
지배하지 못하고, 오클로도 사용자를 지배할 수 없어.'

그는 또 다른 숨겨진 레벨을 찾아 내고야 말겠다고 결심했다.

8장. 엘리지게이트의 재봉사

아, 존 조이너여! 너의 몸은 빠르게 회복되었다. 이제 너는 집안을 청소하고, 화분에 물 주고, 요리도 할 수 있을 만큼 기운을 차렸다. 그러나 너의 정신 상태는 여전히 불안해 보였다.

너는 마스터인 내게 기도를 했지만 내 응답은 전혀 귀담아 듣지 않는 듯 했다. 하기야 내가 응답하더라도 네 귀에는 전혀 들리지 않았을 테니까.

과거로 되돌아가게 해 달라고 너는 매일 밤 내게 기도했다. 나도 네 소원을 들어 주고 싶었다. 그럴 수만 있다면.

보호자가 없는 미성년자 오클로로는 성인이 될 때까지 보호를 받는다. 보호는 생활비 지급과 의료 서비스, 그리고 심리 상담을 포함한다. 제일 먼저 너를 방문한 것은 시청에서 파견된 의사였다. 그는 너와 몇 마디 나눈 뒤, 쇼크로 인한 일시적 기억력 감퇴라는 진단서를 발부해 시청에 제출했다.

나는 그가 옳다고 생각한다. 왜냐면 너는 네 주변의 모든 것들을 낯설게 느끼는 듯 했기 때문이다. 가령, 네가 병에서 일어나 처음 대문 밖을 나서던 날, 너는 마치 처음 와 보기라도 하듯 주위를 신기한 듯 둘러봤다. 그러다가 이웃 사람이 지나다가 인사를 건네면 너는 소스라 치게 놀라 도망쳤다.

하루하루 지날수록 너는 정상을 되찾는 듯 보였다. 그러나 기억을 되찾아서라기 보다는, 현실에 익숙해져 가는 과정인 듯 보였다. 그리하여 겨울방학이 끝날 무렵 너는 주변의 모든 것들을 있는 그대로 받아들이고 있었다.

학교에 가자 선생님과 친구들이 너를 반갑게 맞았다.

선생님이 말했다."다시 만나서 반갑다! 얼굴이 많이 야위었구나!"

네가 말했다. "저는 당신이 누구인지 모르는데 이렇게 저를 반겨주시니 당황스럽습니다."

선생님이 말했다."나를 기억 못하는구나! 친구들은 기억하니?"

친구들 중엔 아는 얼굴들도 더러 보였지만 모르는 얼굴이 훨씬 많았다. 너는 고개를 숙이고 아무 말도 않았다.

선생님이 너를 위로했다. "넌 할아버지가 돌아가시고 나서 아주 아팠단다. 그러다가 기적적으로 되살아났지. 할아버지를 잃은 슬픔 때문에 기억을 잠시 잊은 거야. 너는 지금 흩어진 기억의 퍼즐 조각을 맞추는 중이란다. 언젠가는 그 조각들이 모두 제자리에 맞춰 질 테니 걱정하지 말렴!"

"맞춰지지 않는다면요?"

"과거의 기억은 중요하지 않단다. 너를 결정하는 건 네가 앞으로 어떻게 살아 가는가에 따라 달렸어."

그리고 선생님은 이렇게 덧붙였다. "자신을 망각하는 정도가 크면 클수록 내면의 세계는 넓어 진단다."

나는 문득 퍼즐 조각의 의미를 깨닫고 흠칫 놀랐다.

네가 무심결에 하는 말들, 가끔가다 쓰는 일기, 마음 속으로 떠올리는 고화질 이미지들, 잠들기 전 내게 하는 기도, 너의 꿈 속에서 펼쳐지는 아름다운 무의식의 세계... 이 모든 것들은 내게 있어서 네 과거의 기억을 짜 맞출 수 있는 소중한 퍼즐 조각들이었다.

그렇다! 너의 과거에 대한 퍼즐 조각은 전부 사라진 게 아니었다. 그렇지 않고서야 네가 집안 구조를 그렇게 속속들이 알 리가 없다.

혼수상태에서 깨어난 네가 제일 찾은 건 물이었다. 아무도 물을 주는 사람이 없자 너는 엉금엉금 기다시피 뒷 뜰로 나가 고로스 나무에서 물을 마셨다.

고로스 나무로 가려면 방을 나와 계단을 내려가 부엌으로 가 뒷문을 열고 뒷 뜰로 나가야 한다. 너는 이 복잡한 경로를 전혀 헤매지 않고 한 번에 갔다. 그 뿐이 아니다. 너는 지하 창고로 통하는 계단도 알고 있었다. 물을 마신 너는 지하 창고로 내려가 뭔가를 열심히 찾았다.

나의 생각은 옳았다. 의사가 세 번 째 다녀간 날 네가 일기장에 이렇게 썼기 때문이다.

이곳은 내가 살던 곳임에는 틀림없다. 집도 내가 살던 집

그대로다. 그런데 이상하다. 모든 것들이 아주 조금씩 다르다. 미묘하게 다르다. 어떤 것들은 완전히 다르다! 의사 선생님 말대로 나는 기억을 잃은 걸까? 차라리 그랬으면 좋겠다. 시간이 지나면 기억이 되살아나거나, 아니면 영영 되살아나지 않을테니까. 유감스럽게도 그 병은 내 것이 아니다. 왜냐면 나는 이제껏 지내온 모든 날들을 또렷이 기억하고 있기 때문이다. 문제는 내 기억이 지금 있는 이곳과 일치하지 않는다는 거다. 나는 어쩌면 다른 세계에 와 있는 걸까?

매일 아침 난 너의 전 날 기억을 확인했다. 그 기억 속에서 너의 과거에 대한 회상을 발견할 때마다 나는 쾌재를 불렀다.

내가 회상이라고 단정 짓는 데는 이유가 있다. 너의 현실이나 일상과 전혀 동떨어진 내용이기 때문이다. 너의 상상이라고 생각하기에 그것은 너무도 반복적이다.

가령 너는 한 작은 방을 자주 머리에 떠올리곤 했다. 커다란 테이블이 놓인 방이었다. 테이블 위에는 천들과 가위, 실 뭉치, 옷 본들이 어지럽게 늘어져 있었고, 너는 그 위에서 천을 재단하고 있었다.

금단추가 달린 곤색 자켓에 자주색 바지를 입은 백발이 성성한 한 노인의 얼굴도 자주 보였다.

너의 회상에 가장 자주 등장하는 것은 한 소녀였다. 얼굴이 무척 예뻤다. 너는 그 소녀를 페트라라고 불렀다.

그 소녀가 네 꿈에도 여러 번 등장했던 걸로 미루어, 나는 네가 그 아이를 좋아했을 거라고 짐작해 본다. 예쁜 소녀가 모든 소년들의 로망이라는 건 영원불변의 법칙이니까.

그래서 나는 이 퍼즐은 이렇게 맞춰 본다: 너는 천을 갖고 놀고 싶어했고, 화려한 의상을 한 노인을 알았고, 페트라라는 소녀를 좋아했다.

그런가 하면 맞지 않는 퍼즐 조각들도 있다. 가령, 너는 심킨이라는 이름의 뚱뚱한 고양이가 부엌 테이블 밑에 웅크리고 앉아 있는 모습을 자주 떠올리곤 한다. 어떤 날은 네가 침대에서 심킨을 꼭 끌어안고 자는 광경도 등장한다. 너의 상상이라고 단정 짓기에 너무 사실적이고 구체적인 이미지다.

그래서 나는 이 퍼즐을 이렇게 짜맞춰 본다: 너는 글로스터셔의 재봉사라는 동화책을 감명 깊게 읽었고, 그 동화에 등장하는 고양이 심킨을 귀여워 했다.

그러나 다른 날, 글로스터셔의 재봉사 동화책이 너의 세상에는 없다는 데 생각이 미치면 나의 퍼즐조각들은 다시 흩어진다.

너는 또 이런 노래도 불렀다. 검색해 봤지만 너의 세상에 존재하지 않는 노래였다.

핑은 조심성 있는 새끼 오리.
행진 할 때 줄 맨 뒤로 쳐지지 않으려고 조심했지만
언덕에서 귀뚜라미에 한 눈 파느라
엄마 오리가 부르는 소리를 못 들었네.

이런 퍼즐들은 어떻게 분류해야 할까? 생각 끝에 나는 무의식이라는 꼬리표를 임시로 붙여 놓고 나중에 생각해 보기로 한다.

하루하루 지나면서 내가 얻는 퍼즐 조각들은 숫자가 점점 줄어들었다. 네가 처음 깨어났을 때는 너의 마음 속이 과거에 생각으로 온통 가득했지만, 이제는 일상적인 경험들이 점차 그 자리를 메우고 있었기 때문이다. 또한 퍼즐 조각들을 맞춰 볼수록 너의 과거를 알아낼 수 있을 거라는 나의 기대는 점점 무너져 갔다. 내가 들어 온 존 조이너 이야기와 너무 달랐기 때문이다.

그러면서도... 너의 이야기에는 꾸미지 않은 진술함이 엿보였다. '내가 들었던 건 죄다 꾸민 이야기고, 이 아이의 이야기가 사실일까?' 하는 생각이 들 정도였다.

퍼즐이 완성되어 갈수록 네 이야기는 허구가 아닌 실화인지도 모른다는 의구심이 점점 강해졌다. 만일 그렇다면 너는 다른 곳에서 온 것이 분명했다. 그렇다면 너는 도대체 어디서 왔을까? 원래의 너는 어디로 간 것일까?

존 조이너, 나는 이렇게 해서 너의 외롭고 아름다운 과거를 매일 조금씩 알아갔다. 오랫동안 너에게 위안이 되는 건 패종시계를 바라보는 게 전부였다. 여름의 문턱에 들어서는 6월이 되었을 때, 나는 퍼즐이 대략 잘 맞춰졌다는 걸 알 수 있었다. 돌아가신 할아버지 방에서 유품 정리를 하던 네가 이렇게 중얼거렸기 때문이다.

""실이 부족해!"

그래서 내가 짜 맞춰 완성한 너의 동화와도 같은 이야기는 이렇게 시작된다.

옛날 옛적 숙녀들은 레이스가 달린 긴 치마를 입고, 신사들은 목에 주름 장식이 달린 셔츠와 금색실로 테두리를 두른 조끼를 입던 시절, 엘리지게이트에 한 재봉사가 살고 있었다..

그의 나이를 아는 사람은 아무도 없었다. 그의 가족은 물론 그가 아는 모든 오클로들은 모두 늙어 세상을 떠났기 때문이다. 아무도 그가 지나치게 오래 사는 걸 이상하게 생각하지 않았다. 왜냐면 그는 항상 거기에 있었기 때문이다. 오클로들은 그를 그저 나이 많은 노인으로만 알고 있었다.

나는 이렇게 해서 또 한 가지 아주 중요한 것을 알게 되었다. 너의 할아버지 배후엔 막강한 실력자가 있었다. 지금과 마찬가지로 당시도 오클로의 수명을 마음대로 연장하는 건 금지되어 있었다. 그럼에도 그가 그렇게 오래 살았다는 건 누군가의 막강한 비호를 받았다는 걸 의미한다. 그가 마스터인지. 개발자인지, 관리자인지, 혹은 채프먼씨든 말이다. 어쩌면 낙하산의 전형 유레카씨의 아들이 이렇게 외쳤는지도 모른다. "컴파일 되네! 출시하세요!"

* * * * * * * * * * * *

재봉사는 엘리지게이트의 작은 가게에 나가 테이블 위에 다리를 꼬고 앉아 아침부터 어두워 질 때까지 일했다. [27]그는 재봉 테이블에 앉아 퐁파두르, 류트스트링 천을 재단하고 바느질했다. 이런 이상한 이름을 가진 천들은 당시는 아주 값이 비싼 것들이었다.

그는 값비싼 천으로 아름다운 옷들을 만들었지만, 정작 자신은 아주 가난했다. 그는 천을 낭비하는 일이 없이 정확히 재단했다. 모든 천은 시접을 아주 조금 남기고 잘랐다. 남은 천조각들은 올을 풀어 꼬아서 바느질 하는 데 사용했다. 당시는 실이 아주 비싸서 재봉사는 이런 방식으로 실 값을 아꼈다. 그는 끊어진 실들을 이음새 없이 감쪽같이 잇는 놀라운 재주가 있었다.

어느 아주 추운 날, 삐그덕 소리를 내면서 가게 문이 열렸다. 화려한 제복을 입은 남자가 큰 가방을 들고 가게 안으로 들어섰다. 그는 마을에 새로 이사온 부호 임패트씨의 시종이었다.

---

[27] 영국 작가 비아트릭스 포터(1866-1943)가 쓴 동화 '글로스터셔의 재봉사' 본문을 인용하고 있다.

그가 말했다. "당신이 이 동네에서 옷을 제일 잘 만든다는 말을 듣고 찾아 왔습니다. 임패트씨의 딸 페트라양이 신입생 환영 파티에서 입을 드레스를 만들어 주십시오." 그는 가방을 열고 팬지와 장미꽃이 수놓인 체리색 마호르니 천과 얇은 망사, 그리고 금사, 은사, 장미빛 실을 꺼냈다. 재봉사는 기쁜 마음으로 주문을 접수했다. 그날 그는 시종이 알려 준 치수에 맞게 옷본을 제작했다. 바닥은 오려낸 종이 조각으로 잔뜩 어질러 졌다. 날이 어두워지자 재봉사는 일을 마치고 집으로 갈 준비를 했다. 창문 밖으로 핑크빛 눈발이 날리고 있었다. 그는 집에 가서 일을 계속하기 위해 옷 본과 천, 실을 챙겨서 낡은 가죽 가방에 넣고 가게를 나서 집으로 향했다.

그가 살고 있는 집은 오래된 낡은 집이었다. 가구도 모두 오래된 낡은 것들이었고, 마루 바닥은 틈새가 벌어져 조금만 몸을 움직여도 삐거덕 소리가 났다.

그의 작업실에는 낡은 괘종시계가 놓여 있었다. 이 궤종시계는 어른이 몸을 굽히고 들어갈 수 있을 만큼이나 컸다.

시계 바늘은 오래 전에 멎었지만 진자는 그렇지 않았다. 진자는 하루 한 번 매일 밤 10시 정각에 울렸다. 종이 울리면 재봉사는 하던 일을 정리하고 잠을 잤다.

재봉사는 소년과 고양이 한 마리와 함께 살고 있었다. 소년의 이름은 존 조이너, 고양이 이름은 심킨이었다.

심킨은 재봉사의 집사였다. 아침 일찍 재봉사가 가게로 가고 나면 심킨은 존 조이너를 깨웠다.

존 조이너가 학교에 가고 나면 집에 혼자 남은 심킨은 햇빛이 잘 드는 창틀에 앉아 고양이 세수를 하고 나서 존 조이너가 학교에서 돌아올 때까지 낮잠을 잤다.

"야옹?" 재봉사가 문을 열고 들어오자 심킨이 인사했다.

존 조이너는 재봉사의 외투를 받아 벽에 걸었다.

재봉사는 벽난로에 불을 지피고 저녁 식사 준비를 했다.

"우리는 큰 돈을 벌게 되었단다!" 재봉사가 말했다.

"너도 들어서 알고 있을 거야. 임페트씨가 우리 마을에 이사 왔다는 것을. 임페트씨는 아주 큰 부자야. 바늘 공장과 실 공장을 소유하고 있지.

"오늘 그의 시종이 가게에 다녀 갔어. 옷을 한 벌 주문했어. 임페트씨의 딸 페트라양이 학교 신입생 환영 파티에서 입을 드레스야. 장미빛 마호르니 드레스. 마음에 들게 만들면 앞으로 계속 일을 맡기겠다고 시종이 말했어. 그렇게만 된다면 우린 앞으로 밥 굶을 걱정은 안 해도 된단다!"

저녁 식사를 마친 재봉사는 그의 낡은 가방을 열고 옷 본과 천을 꺼내 식탁 위에 펼쳐놓고 일을 계속했다.

심킨은 밤 외출을 위해 몸 단장을 시작했다. 존 조이너는 설거지를 마치고 할아버지가 옷 만드는 걸 잠깐 구경하다가 그의 방으로 가서 숙제를 했다.

몸단장을 마친 심킨은 밖에 나갔다가 금방 되돌아왔다. 함박눈이 펄펄 내리고 있었기 때문이었다. 심킨은 눈을 아주 싫어했다. 특히 양말이 눈 속에 빠지고, 눈이 목덜미 속으로 들어가는 걸 심킨은 아주 싫어했다.

외출을 못해서 잔뜩 심통이 난 심킨은 테이블 밑에 웅크리고 앉아 꼬리로 마루 바닥을 툭툭 쳤다. 그러다가 재봉사의 발이 어쩌다 꼬리에 닿기라도 하면 '하악'하고 화를 냈다.

재봉사는 천 위에 옷본을 대고 양초 찌꺼기를 녹여 만든 연필로 선을 그었다. 선을 긋는 데 몰두한 그는 체리색 실타래가 테이블 아래로 굴러 떨어진 걸 알지 못했다.

심킨이 굴러가는 실타래를 향해 몸을 날렸다. 재봉사는 아무 것도 모른 채 일을 계속했다.

괘종시계가 밤 10시를 알렸다. 재봉사는 옷본과 천을 가지런히 개어 두꺼운 책으로 눌러놓고 침대로 향했다.

다음날 아침 실이 없어진 걸 안 재봉사는 존 조이너를 깨웠다. 온 집안을 샅샅이 뒤졌지만 실은 보이지 않았다. 마지막으로 재봉사는 아침밥을 먹고 있는 심킨의 발바닥을 검사했다. 앞발 둘째 발톱 갈라진 틈 사이에 체리색 실 한 올이 끼어있는 게 발견되었다.

"실은 어디에 있니?" 재봉사가 물었다. 심킨은 들은 척도 않고 밥을 먹었다. "큰일이군!" 재봉사는 한숨을 쉬면서 천과 옷본을 낡은 가죽 가방에 넣고 집을 나섰다.

할아버지가 가고 나서 존 조이너는 온 집안을 다시 샅샅이 뒤지다가 할아버지가 버린 메모지를 발견했다. 거기에는 페트라의 치수가 적혀 있었다. 그는 메모지를 접어서 서랍에 소중하게 보관했다.

그 날 존 조이너는 하루 종일 걱정이 머리를 떠나지 않았다. '비단실은 아주 비쌀텐데. 페트라의 옷을 완성하지 못하면 어떻게 하지? 할아버지는 화가 나서 심킨을 집에서 내쫓으실지도 몰라."

수업이 끝나자마자 그는 재봉사의 가게로 향했다. 어떻게든 할아버지의 화를 풀어드리고 싶었기 때문이다.

가게 문은 굳게 닫혀 있었다. 발걸음을 돌리려는 데 가게 안에서 이상한 소리가 들였다. 마치 뱀이 풀숲을 기어가는 듯한 그런 소리였다. 창문 틈으로 가게 안을 들여다 봤더니 할아버지가 보였다. 할아버지는 가게 문을 잠그고 일하고 있었던 것이다. 그는 파란 비단 두 겹을 가위로 자르고 있었다. 파란색이 어찌나 선명한지 마치 푸른 바다 물결이 넘실거리는 것처럼 보였다.

할아버지는 자른 천을 먼지 털듯이 가볍게 털었다. 순간 존 조이너는 눈을 의심했다. 천을 두 겹으로 겹쳐놓고 잘랐으니 두 조각이어야 하는데 할아버지가 터는 천은 한 조각이었기 때문이다. 자세히 보고 싶었지만 그는 그럴 수 없었다. 더 이상 보면 안 될 것 같은, 감히 범접하지 못할 어떤 이상한 기운이 느껴졌기 때문이었다.

'문을 걸고 일하신다는 건 방해 받고 싶지 않으시기 때문일거야.' 이렇게 생각한 그는 조용히 발걸음을 돌려 집으로 돌아왔다.

그 날 저녁 재봉사는 식사 후 벽난로에 활활 타는 장작을 몇 개 더 밀어 넣었다. 그리고 나서 삐거덕거리는 흔들 의자를 벽난로 가까이 끌어당겨서 앉더니 이내 끄덕끄덕 졸기 시작했다.

"할아버지, 오늘은 옷 안 만드세요?" 존 조이너가 물었다.

"다 만들었단다." 재봉사가 눈을 감은 채로 대답했다. "내일이면 바느질 자국을 내고..." 그는 노래하듯이 흥얼거렸다. "모레면 다림질을 하고, 글피면 시종이 옷을 가질러 오지."

"그렇게 빨리요? 잃어버린 실은요?" 존 조이너가 물었다.

"그래서 하루가 지연되는 거란다." 재봉사는 이내 코를 드르렁 골기 시작했다.

재봉사가 잠들자 존 조이너는 재봉사의 낡은 가죽 가방을 몰래 열어 봤다.

가방 안에는 바늘, 실, 자, 가위, 골무, 초크, 단추, 자투리 천들, 안경 등 바느질에 필요한 온갖 것들이 들어 있었다.

존 조이너는 가위로 천을 겹쳐 자른 후 털어도 봤지만 기적은 일어나지 않았다.

'내가 잘못 본 것이 틀림없어.' 그는 이렇게 중얼거리면서 가방을 닫으려다가 모퉁이 매듭에 달린 아주 작은 나무 가위를 발견했다. 그것은 정교한 장식이 새겨진 아주 아름다운 가위였다. 나무로 만든 걸로 봐서 장식용 가위인 것 같았다. 무딘

가위날에는 아주 가늘고 긴 선들이 자의 눈금처럼 아주 작고 촘촘하게 파여져 있었다.

존 조이너는 가방을 원래 있던 곳에 놓았다. 그리고 중얼거렸다. '할아버지가 심킨 때문에 화가 나지 않으셔서 다행이야. 그런데 아까 내가 본 건 뭘까? 정말 잘못 본 걸까?'

얼마 뒤 신입생 환영회가 열렸다. 화려하고 아름다운 마차가 미끄러지듯이 학교 정문 앞에 섰고 페트라가 마차에서 내렸다.

그 날 붉은색 드레스를 입은 페트라는 눈부시게 아름다웠다. 모두들 넋을 잃고 바라보았다. 존 조이너는 비록 페트라와 눈을 단 한번도 마주치지는 못했지만 마음이 뿌듯했다.

재봉사는 임페트씨의 전용 재봉사가 되었다.

그의 손 끝에서 탄생한 옷들은 완벽한 대칭을 이뤘다. 섬세하고 견고한 바느질 땀 간격은 자로 잰 듯이 정확했다. 그는 약속 날짜를 정확히 지켰다.

전과 마찬가지로 그는 햇빛이 있는 동안에는 가게에서 일했고, 해가 지면 집으로 돌아와 궤종 시계가 울 때까지 일했다.

심킨은 테이블 밑에서 꼬리로 바닥을 탁탁 치면서 실뭉치가 떨어지기를 기다렸다.

재봉사의 솜씨는 바람을 타고서 궁중의 재무 대신 귀에까지 들어갔다.

임페트씨의 토끼털 트리밍 정장 조끼를 본 재무 대신은 재봉사를 왕궁 전속 재봉사로 임명했다.

보수는 배로 많아졌다. 재봉사는 검고 초록색 바이어스로 장식된 제복을 입고 왕궁으로 매일 출퇴근했다.

첫 월급 날 재봉사는 라일락 나무와 등나무를 마당에 심었다. 나무들은 거대한 그물처럼 뿌리와 가지를 뻗었다. 봄이 되자 연보라색 꽃들이 피었다.

심킨은 존 조이너를 학교에 보내고 나면 라일락 나무에 올라가 잠을 잤다.

심킨은 점점 뚱뚱한 고양이가 되었다. 먹을 것이 풍족해 매일 밤 쥐나 새를 잡으러 외출할 필요가 없었기 때문이다.

세월이 흘렀다. 그러던 어느 날 궁전에서 한 사고가 생겼다. 수납고에서 돈을 헤아리던 왕은 6펜스가 부족하다는 걸 발견하고 불같이 화를 냈다. 수납고에 출입이 허용된 사람은 여왕과 하녀, 왕실 주방장 세 사람 뿐이다.

여왕이 침착하게 말했다. "나는 거실에서 꿀을 바른 빵을 먹고 있었어요."

녀가 겁에 질려 울면서 말했다. 저는 뜰에서 빨래를 널고 있었어요."

뚱뚱한 주방장이 말했다. "저는 왕이 드실 파이를 담을 예쁜 접시를 고르고 있었습니다."

수사는 난항에 빠졌다. 시종장이 왕의 귀에 대고 속삭였다. "이런 기묘한 일은 여행자에게 물어보심이 좋을 듯 합니다."

시종장의 말은 일리가 있다. 교통 수단이 발달하지 못한 시절, 정보 전달 역할을 하는 사람은 여행자이기 때문이다. 왕이 여행자를 불렀다.

여행자 스가 왕에게 말했다. ""[28]저는 수많은 황금의 도시를 여행했습니다. [29]고대에서 온 한 여행자를 만났는데, 그가 말했습니다: "'거대한 돌이 사막에 누워 있었다네. 거기엔 이런 말이 새겨져 있었느니라: '[30]거울도 사고 재단사 두 세 명을 불러 들일지어다.'"

"그게 무슨 의미인가?" 왕이 물었다.

"안경 쓴 재봉사를 조심하라는 뜻인 것 같습니다." 시종장이 속삭였다.

왕이 소리쳤다. "그는 전 세계 그리고 7개의 바다를 여행한다. 그의 말에 감히 누가 이의를 제기하겠는가? 모든 사람은 뭔 가를 추구한다. 지금 이 시간 이후부터 재봉사가 궁 안에서 안경을 쓰는 것을 금지하노라!"

새로운 법에는 항상 문제점이 수반되기 마련이다. 안경 착용 금지법도 예외는 아니었다.

재봉사는 눈이 침침해서 안경 없이는 바늘에 실을 꿸 수 없었다.

바늘에 실을 꿰지 못하면 바느질을 할 수 없다.

바느질을 못하면 왕의 망토를 만들 수 없다.

왕의 옷을 기한 내에 완성 못하면 사형에 처해진다.

---

[28] 영국 시인 존 키이츠(1795-1821)의 시 '채프먼의 호머를 처음 보았을 때(On First Looking into Chapman's Homer)'를 인용하고 있다.
[29] 영국 시인 퍼시 비시 셸리(1792-1822)의 시 '오지만디어스' 첫 구절을 인용하고 있다.
[30] 셰익스피어의 희곡 '리처드 3세' 대사를 인용하고 있다.

궁 안의 물건은 반출이 엄격히 금지되어 집에 가져가 만들 수 없다.

왕의 옷은 허가 받은 사람만이 만들 수 있어서 다른 사람에게 맡기면 안된다.

왕의 명령을 다른 사람에게 인계 하려면 허가를 받아야 한다.

심사에 걸리는 시간은 옷을 완성해야 하는 기한보다 훨씬 길다.

결국 재봉사가 선택할 수 있는 건 셋 중 하나였다.

궁에서 안경을 쓰고 바느질 하다가 사형을 당하거나, 집으로 가져가 바느질하다가 사형을 당하거나, 옷 만드는 기한을 지키지 못해 사형을 당하는 것이다.

재봉사는 다른 방법을 택했다. 그는 안경을 쓰지 않고 바느질을 해 왕의 망토를 기한 내에 완성했다.

동료 재봉사들이 어떻게 된 거냐고 물었다. 그가 대답했다. "안경을 벗었더니 촉감이 살아났어. 손가락 끝의 감촉만으로 바늘과 실, 천을 볼 수 있어."

동료 재봉사들이 믿기 어려운 표정을 짓자 그가 말했다. "나는 너무 오랫동안 바느질을 해 왔어. 자네들도 내 나이가 되면 그렇게 될거야."

동료 재봉사들은 그 말을 믿었다. 그들 중 누구도 재봉사만큼 나이가 많은 이는 없었기 때문이다.

* * * * * * * * * * * *

세월이 또 흘렀다. 은퇴한 재봉사는 집에서 자투리 천으로 심킨의 옷과 장난감을 만들어 주면서 한가한 시간을 보냈다. 존 조이너는 할아버지의 뒤를 이어 재봉사가 되겠다는 꿈을 갖고 할아버지로부터 재단하는 법을 배우고 틈틈이 바느질을 익혔다.

그러던 어느 날 황금빛이 물드는 오후 재봉사가 존 조이너를 불러서 말했다. "[31]나는 늙었어, 내 머리는 아주 희어졌어. 그리고

---

[31] 영국 시인 로버트 사우디(1774-1843)의 시 '노인의 안식과 비결(The Old Man's Comforts and How He Gained Them)'을 패러디하고 있다.

젊음의 즐거움은 지나가 버렸어."

존 조이너가 말했다. "할아버지는 정정하고 원기 왕성하세요. 게다가 그 동안 지나간 날들을 한 번도 한탄하신 적 없으셨잖아요."

"내 말을 잘 듣거라. 너는 나를 너의 친할아버지라고 생각했을 거야. 왜냐면 네가 태어났을 때부터 지금까지 난 할아버지였으니까. 그러나 난 너의 아버지의 아버지가 아니란다. 너의 아버지도 나를 친할아버지라고 생각했어. 너의 할아버지도 그랬고. 너의 고조 할아버지, 증조 할아버지도 그러셨단다. 그 정도로 나는 나이가 많아. 내가 몇 살인지 스스로도 기억할 수 없구나. 도대체 나는 왜 죽지 않는 걸까? 생각해 봤어. 그 이유는 아마도..."

재봉사는 거실 벽에 서 있는 괘종시계를 가리키며 말했다. "저것 때문일 거야."

"괘종시계요?"

재봉사가 고개를 끄덕였다. "어릴 적 일이었어. 어머니는 시장에 가셨고 난 혼자서 집을 보고 있었어. 쥐가 시계 위로 뛰어올랐어. 시계가 딩 동 하고 한 시를 알렸지. 쥐가 도망쳤어. 나는 쥐를 찾았지만 보이지 않았어. 이리저리 찾다가 괘종 시계를 열어봤는데, 흔들리는 진자들 뒤로 작은 문이 보였어. 호기심에 나는 그 문을 열려고 했지만 진저에 얻어 맞지 않고 들어가려면 타이밍이 중요했어. 몇 차례 시도 끝에 드디어 문을 열고 들어가는 데 성공했단다."

재봉사가 꿈을 꾸는 듯한 표정으로 이야기를 계속했다.

"그 순간 나는 전혀 다른 세상에 서 있었어. 아니, 서 있었다기보다는 바라보고 있었다는 표현이 맞을 거야. 왜냐면 나는 볼 수만 있었지, 그 세상에 속할 수도, 참여할 수도, 어떤 영향도 미칠 수 없었거든."

"어떤 세상이었는데요?"

"언어로는 표현이 불가능하단다. 느낌으로는 표현할 수 있을지 몰라. 하지만 느낌을 표현하는 것 역시 언어야. 따라서 나의 묘사는 항상 실패로 끝나지.

"내가 묘사할 수 있는 유일한 표현은, 그곳엔 음악이 흐르고 있었어. 그리고 엄청난 수의 헤아림이 진행되고 있었어. 이게 내가 기억하는 전부이기도 해."

"엄청난 수의 헤아림이요?"

"그렇단다. 숫자들은 무한했고, 일사불란했고, 군더더기 없이 간결했고, 심오했고, 아름다웠어. 나는 그 광경에 압도되어 넋을 잃고 바라봤지. 그 때 누군가 내 머리를 세게 때려서 나는 정신을 잃었어. 그리고 깨어나 보니 침대에 누워 있었고, 어머니가 나를 근심스러운 표정으로 내려다 보고 계셨어. 어머니는 내가 시계추에 머리를 맞고 쓰러져 있었다고 하시더군. 내 머리는 붕대로 감겨 있었어."

"큰일 날 뻔 했네요!"

"다행히 그리 큰 상처는 아니었어. 그 날 저녁 목수 제페토 아저씨가 왔어. 아저씨는 내가 시계 안으로 들어가지 못하도록 시계에 큰 자물쇠를 달았어.

"나는 유리 벽 너머로 시계 속을 들여다 봤지만 작은 문은 사라지고 없었어. 다음날도, 그 다음날도... 그 다음날도 마찬가지였어.

"그러는 동안에 나는 내가 본 것들을 점점 잊어가고 있었어. 결국은 모두 잊어버렸고, 그 때 그걸 봤을 때 내 느낌에 대한 기억만이 남았단다."

재봉사는 한숨을 쉬면서 말을 이었다.

"나는 이따금 생각해 본단다. 만일 그 때 본 것들을 기록해 두었다면 어떻게 되었을까? 아마도 그날 본 것들은 모두 생생하게 내 기억 속에 남아 있었을 거야.

"이 이야기를 네게 해 주는 이유는 두 가지야. 하나는, 우리의 기억은 휘발성이야. 영원하지 못하지. 오래 가지도 못해. 이 점을 항상 명심하렴.

"앞으로 살아가면서 내 말이 생각나는 순간이 올 거야. 그 때는 글로 기록해서 잊혀지지 않도록 하여라."

존 조이너가 머리를 끄덕였다. "다른 하나는 뭐죠?"

"그날 이후 나는 그 작은 문을 두 번 다시 보지 못했어. 지금까지. 하지만 그 문이 분명히 존재한다는 건 알지.

"언젠가 움직이는 추 뒤로 문은 다시 모습을 드러낼 거야. 그 문을 보는 사람은 어쩌면 너일 수도 있고, 너의 아들, 너의 손자일 수도 있어. 그것은 저 시계가 저기에 항상 있어야만 가능하지.

"저 시계를 자손 대대 소중하게 간직해 문 뒤의 비밀을 알아내겠다고 약속해 주겠니?"

"네. 약속할게요."

순간 존 조이너는 웬지 할아버지와 영영 이별을 해야 할지도 모른단 생각이 들었다. 가슴이 먹먹해 지고, 슬픔이 온 몸을 엄습했다.

"떠나기 전에 네게 선물을 주마."재봉사는 존 조이너에게 벽장에서 작은 상자를 꺼내오라고 했다.

상자 속에는 드레스가 들어 있었다. 새 것 같았지만 레이스가 누렇게 바래고, 소매 부분은 올이 풀려 있는 등 아주 오래된 것 같았다.

"와! 굉장히 오래된 드레스인가봐요? 할아버지가 만드신 거예요?" 존 조이너가 물었다. 드레스는 눈부시게 아름다웠다. 세월의 흔적이 고스란히 묻어 고풍스러움이 가미된 품위있는 아름다움이었다.

"그렇단다. 바느질을 어떻게 했는지 자세히 살펴 보렴.." 재봉사가 말했다.

존 조이너는 옷을 조심스럽게 들고서 바느질을 살피기 시작했다. 공단 꽃장식은 손이 닿자 부스러져 가루가 되었다.

"어? 바느질 자국이 없네요? 마치 옷을 통으로 짠 것 같아요!" 존 조이너가 소리쳤다.

"자른 부분을 저절로 붙게 만드는 가위를 사용했기 때문이야. 그 가위를 사용하면 바느질을 할 필요가 없지." 재봉사가 말했다.

"그럴걸 뭐하러 그동안 힘들게 바느질을 하셨어요? 비싼 실을 살 필요도 없었잖아요!" 존 조이너가 말했다.

"그건 네가 하나만 알고 둘은 모르기 때문이란다." 재봉사가 말했다. "너는 생각하겠지. 이 가위만 있으면 힘듦이 않고 옷을 만들 수 있어. 그런 뒤 이렇게 생각하겠지. 이 가위만 있으면 옷을 훨씬 더 만들 수 있어. 그러면 더 많은 돈을 벌 수 있어.

"어쩌면 너는 이렇게 생각할 수도 있겠지. 이 가위를 팔면 큰 돈을 받을 거야. 옷을 만들지 않아도 평생 먹고 살 수 있을 거야.

"그러다가 너는 이렇게 생각할 수도 있을 거야. 이 가위를 만들어서 사람들에게 팔고, 만드는 방법을 가르쳐 주면 사람들이 훨씬 행복해 질 거야. 어떠냐? 내 말이 맞니?"

"네, 맞아요." 존 조이너가 대답했다.

"하지만 세상은 그렇지 않아." 재봉사가 말했다. "생각해 보렴. 내가 마법의 가위로 재단한다는 걸 다른 이들이 알게 된다면 그들은 신기해 하면서 가위를 구경하러 올 거야. 그 중에는 내게 가위를 팔라고 조르는 이들도 있겠지. 가위를 만들어 달라는 이들, 가위 만드는 법을 알려달라고 조르는 이들도 생기겠지.

"내가 만일 거절한다면 어떻게 될까? 밤에 와서 몰래 훔쳐가려는 이들도 생길 거야. 아니면 권력을 이용해 다른 트집을 잡아서 가위를 빼앗아갈지도 몰라.

"내가 가위를 판다면 어떻게 될까? 그래도 나는 그들로부터 벗어날 수가 없어. 내게 가위 만드는 방법을 알려달라고 조를 테니까.

"내가 방법을 알려줘서 사람들이 너도나도 마법의 가위를 사용한다면 어떻게 될까? 재봉사들은 수입이 절반으로 줄고, 임페트씨의 실 공장은 망하고 말거야.

"그들은 나를 원망하겠지. 그들은 가위가 퍼지는 것을 막으려고 할 거야. 결국 너와 나는 위험에 빠지게 돼."

"경찰에 신고하면 되잖아요?" 존 조이너가 물었다.

"이 세상은." 재봉사가 말했다. "강자와 약자 두 부류로 구성되어 있단다. 이 둘은 약자는 정해진 법의 테두리를 벗어난 일을 해서는 안 돼. 반면 강자는 해도 된다는 점에서 다르지.

"너와 나는 약자에 속하기 때문에 법의 테두리를 벗어나는 일을 해서는 안돼. 하지만 임페트씨는 달라. 그는 강자야. 해마다 많은 세금을 내고, 관리들에게 매달 뇌물을 바쳐서 그의 인맥은 궁정 곳곳에 독버섯처럼 뻗어 있어.

"그가 만든 실이 많이 팔리면 세금을 많이 내기 때문에 왕은 행복해 질거야. 뇌물을 많이 받기 때문에 관리들도 행복할 거야. 재산이 점점 늘어나기 때문에 임페트씨도 행복하지.

"하지만 그의 공장이 망한다면 왕도, 관리도, 그도 불행해지지. 그들은 불행을 막기 위해 무슨 수를 써서라도 실 공장이 망하는 걸 막으려 하겠지. 그것이 그들이 존재하는 이유이기도 하고."

"하지만..." 존 조이너가 말했다. "하지만... 할아버지의 마법 가위는 위대한 발명품이예요. 위인전을 읽어보면 위대한 발명가들 이야기가 나오는데, 그분들은 현재도 존경 받고, 오래 산 사람들도 있잖아요."

"그건 그들이 운이 좋았기 때문이야. 운이 나쁜 발명가들은 위험에 빠졌어. 그들의 발명이 누군가에게는 득이 되지만 누군가에게는 독이 되었기 때문이야." 재봉사가 말했다.

"위험하더라도 그 발명품 덕분에 사람들이 편해진다면 보람 있는 일 아닌가요?" 존 조이너가 물었다.

"그렇게만 된다면 보람있는 인생이 되겠지. 하지만 발명품이 세상에 알려지기도 전에 차단되거나, 나쁜 데 사용되거나, 이용당한 후 묻혀 버리는 경우를 많이 봤단다. 잭이 하트의 여왕의 파이를 훔쳤다는 누명을 쓰고 쫓겨난 사건도 그 중 하나였어. 이 사건의 교훈은, '내가 있어야 파이도 있다. 내 목숨은 발명품보다 중요하다'는 것이지. 이것이 내가 마법의

162

가위를 혼자만 사용한 이유야.

"다른 사람들은 마법의 가위가 없어도 사는 데 지장이 없어. 그들의 작은 편리를 위해 너와 나 그리고 심킨을 위험에 빠뜨리는 건 어리석은 일이야. 무슨 말인지 알겠니?"

존 조이너가 고개를 끄덕였다. 그리고 물었다. "안경은 어떻게 된 일이예요? 할아버지는 안경 없이는 바늘에 실도 꿰지 못하셨잖아요?"

"그건 실 끝에 마법의 왁스를 발랐기 때문이란다. 그 왁스를 바르면 실 끝이 바늘 끝처럼 뾰족하고 딱딱해서 바늘이 필요가 없단다."

"와, 할아버지는 신기한 것들을 많이 만드셨군요!"

"그렇단다. 하지만 그런 도구들은 어디 까지나 보조 역할에 불과해. 아주 필요한 경우가 아니면 사용하지 않는." 재봉사는 잠시 쉬더니 이렇게 말했다. "어디까지 얘기했더라? 그렇지! 드레스! 내가 재봉사가 된 이유는 이 드레스 때문이었어."

재봉사가 어렸을 적, 마을에 한 소녀가 이사 왔다. 소녀는 가난해서 항상 남이 입던 옷만 물려 입었다. 그녀의 남루한 옷차림을 보고 아이들이 놀려댔다. 그러면 그녀는 슬픈 표정을 지었다.

"그녀는 얼굴이 아주 예뻤단다. 나는 생각했어. [32]저렇게 예쁜 얼굴엔 레이스 달린 옷이 어울릴 텐데.. 라고 말이지.

젊은 재봉사는 마음 속으로 그녀를 좋아했다. 그러나 말할 수 없었다. 친구들이 모두 그녀를 멸시했기 때문이다.

그는 결심했다. 나중에 어른이 되면 그녀의 예쁜 얼굴에 어울리는 레이스 드레스를 만들어 주겠다고.

"그래서 어떻게 됐어요?" 존 조이너가 물었다.

"드레스가 완성되었을 때 그녀는 이미 다른 남자의 여자가 되어 있었단다." 재봉사가 대답했다.

세월이 흘러 흘러 그녀는 할머니가 되었고, 어느덧 세상을 떠났다. 재봉사는 여전히 거기에 있었다. 그는 더 이상 늙지도 않았고, 그렇다고 젊어지지도 않았다. 그는 줄곧 노인으로 살아왔다.

그가 알던 이들은 하나 둘 세상을 떠나기 시작했다. 빈 자리는

---

[32] 1960년대 미국 밴드가 불렀던 노래 'Rag Doll' 가사를 인용하고 있다.

다른 이들로 채워졌다. 그들은 그에게 있어 그가 일하던 궁중 화원에 매년 피었다가는 지고, 또 새로 피는 꽃들과도 같았다.

수많은 사별은 수많은 슬픔을 의미한다. 그의 아팠던 수많은 기억들은 세월에 밀려 그리운 옛일로 변했고, 그러다가 잊혀졌고, 그 자리엔 새로운 슬픔이 자리했다. 재봉사를 슬프게 했던 건 사별 그 자체보다, 살아 생전 잘 해주지 못했다는 미안함과 고생만 하다가 갔다는 안스러움이었다.

"난 다짐했어. 적어도 나는 남들에게 그런 슬픔을 안겨주지 말자. 내가 행복하게 살다가 갔다고 믿도록 열심히 행복하게 살자고 말이지. 이 드레스는..."

재봉사가 드레스를 가리키면서 말했다.

"이 옷은 내가 평생 만든 수많은 옷들 중 최고의 작품이란다. 이 옷을 만드는 순간 만큼은 나는 세상에서 제일 행복한 사람이었어. 내가 떠나면 너는 슬퍼하겠지. 슬퍼질 때마다 이 옷을 보면서 상상해 보렴. 이 옷을 만들면서 행복해 하던 나의 모습을. 그러면 너는 알게 될 거야. 나의 인생이 고단하지 만은 않았다는 걸, 한 순간의 큰 기쁨은 나머지 모든 슬픔을 보상하고도 남는다는 걸. 너는 드레스만 보면 미소를 짓게 되고, 더 이상 나로 인해서 슬퍼지지 않을 거야."

재봉사는 마지막으로 이렇게 덧붙였다.

"너 역시, 언젠가 네가 세상을 떠날 거야. 너의 죽음을 슬퍼할 이들을 위해서, 네가 행복하게 살았다고 그들이 믿도록 열심히, 행복하게 살아야 한다."

이 말을 마치고 재봉사는 깊은 잠이 들었다. 그리고 다시 깨어나지 않았다.

할아버지의 장례가 끝나고 존 조이너는 재봉사의 유품을 정리해 나무 궤짝에 넣고 자물쇠로 잠근 뒤 지하 창고에 보관했다.

그의 하루 일과는 아침에 괘종 시계를 깨끗이 닦는 걸로 시작해서 저녁에 시계밥을 주는 걸로 끝났다. 그럴 때마다 시계추 뒤도 반드시 확인하는 걸 잊지 않았다.

9장. 가시나무 새

'기다리고 계실 것 같아 중간 보고 드립니다. 진척된 사항은 없습니다. 여전히 문제점 파악 중입니다. 자세한 건 조사를 더 해 봐야 알겠지만, 그의 연결 고리에 문제가 발생한 것 같다는 예감이 강하게 듭니다. 왜냐면 그가 가져다 쓰는 기억 데이터는 전혀 다른 오클로의 것이기 때문입니다. 누구의 것인지는 파악 중입니다. 3주 후 다시 보고 드리겠습니다.'

라커펠트씨는 짐머만이 보낸 메일을 여러 번 읽었다. 그의 메일은 여는 절차도 무척 복잡했지만 닫을 때 특히 조심해야 한다. 닫는 즉시 다른 문구로 바뀌고, 저장도 불가능하기 때문이다. 그래서 처음 열었을 때 찬찬히 잘 읽어야 한다.

아니나 다를까 메일을 닫고 다시 열어봤더니 메일 제목이 '삼가 참조하시길 바랍니다'로, 본문은 '보다 활동적인 대책의 즉각적인 적용을 위해 휴회할 것을 요청하는 바입니다.'로 바뀌어 있었다.

'다른 오클로의 기억일 거라고 추론하다니 대단해! 지비스를 불러서 고맙다고 해야겠어." 그는 지비스를 실행했다.

붉은 모자를 쓴 중국의 계인 차림을 한 지비스가 요란하게 징을 울리며 등장했다. 그는 이렇게 외쳤다. "[33]해와 달은 밤낮으로 분주하게 움직여도 그 밝음은 만고에 변하지

---

[33] 1580년경 명나라때 선비였던 홍자성이 쓴 책 '채근담'을 인용하고 있다.

않는도다.."

"뭐라는 거야?" 라커펠트씨가 웃으며 물었다.

"지비스가 당신을 위해 선정한 오늘의 명언이예요. 중국 역사에 심취한 지오핫이 새로 추가한 기능이죠. 옛날 중국 궁중에서는 새벽이 되면 붉은 모자를 쓴 관리가 징을 울리고 다니면서 성현들의 말씀을 외쳐 하루의 시작을 알리는 풍습이 있었어요. 이 명언의 교훈은 '바쁠수록 여유를 잊지 말 것' 이예요."

"음, 뭔 소린지는 모르겠지만, 네가 날로 유식해지는 것 같아 기쁘다. 어쨌거나, 짐머만씨 말야. 실력이 정말 좋은 것 같아. 좋은 해커를 소개시켜 줘서 고마워."

"그가 문제를 해결했나요?" 지비스가 눈을 반짝이며 물었다.

"아직. 하지만 문제에 접근하는 그의 방식이 마음에 들어. 이대로 라면 조만간 답을 듣게 될 거 같아."

"그 말을 들으니 기쁘군요. 다른 도와드릴 건 없나요?"

"존 조이너에 관한 새로운 소식 없어?"

지비스가 잠시 생각하는 모드로 변하더니 이렇게 말했다.

"줄곧 조용하게 지내고 있어요. 하지만 정신 상태는 많이 좋아졌답니다. 기억도 서서히 되살아 나고 있고요. 이제 그는 반 아이들과 선생님들, 시장 상인들의 이름을 모두 기억해 냈어요. 성격도 많이 밝아져서 친구들과도 잘 어울리고, 성적도 올랐죠. 어제는 졸업 작품 전시회에 드레스를 제출하겠다고 해서 반 아이들이 한바탕 웃었답니다."

"드레스를? 그게 왜 웃기는 일이지?"

"그건, 그가 옷을 만들어 본 적이 한 번도 없기 때문이예요. 기껏해야 꽃다발 정도를 출품할 거라고 다들 알고 있는데 난데없이 옷을 만들겠다니 웃을 밖에요."

"왜 안되는데?"

"[34]사람들은 존재하는 것들을 보면서 '왜지?' 라고 말해요. 나는 존재한 적이 없는 것들을 꿈꾸며 '왜 안돼?' 라고 말해요.'"

"이런. 또 시작이군. 나는 너의 생각을 물었어."

"저의 생각은 중요하지 않아요."

---

[34] 아일랜드 극작가 조지 버나드 쇼(1856-1950)의 희곡 '메투셀라로 돌아가라(Back to Methuselah)'1막 대사를 인용하고 있다.

지비스의 말대로 존 조이너는 많이 명랑해졌고, 기억도 많이 되살아 난 듯 했다. 그는 학교 뒷산 토끼 굴 위치도, 아이들이 수위의 눈을 피해 몰래 외출할 때 드나드는 담쟁이 덩쿨 사이 작은 통로도 기억했다. 사람들은 그가 완전히 정상으로 되돌아왔다고 생각했다. 이 상태로 나가면 조만간 그는 다시 이전처럼 신비한 능력을 보여줄 것이다. 적어도 사람들은 그렇게 생각했다.

그가 정상으로 보이는 건 그의 기억이 되살아나서가 아니라, 생소한 환경에 적응했기 때문이라는 걸 아는 사람은 오직 한 사람 라커펠트씨뿐이었다. 그런데 이제 한 사람 더 늘었다. 짐머만씨다.

짐머만씨는 지비스가 소개시켜 준 해커다. 탈옥 이후 지비스는 수차례의 업데이트를 통해 점점 더 똑똑해졌고, 찾아 주는 정보의 수준도 점점 높아갔다. 최근 업데이트를 통해 종전에 답하지 못했던 질문들을 기억해 두었다가, 나중에 답을 발견하면 알려주는 기능이 추가되었다. 업데이트가 끝나자마자 그가 이렇게 물었다.

"저더러 해커 추천해 달라고 부탁하신 적 있으시죠?"

"그랬지. 너는 추천하지 못하도록 되어 있다고 거절했어.

"그거야 업데이트 전이죠. 이제는 가능하답니다."

지비스는 해커 몇 명 이름을 뽑아줬다. 그리고 그 중에서 Carder Profit이라는 사이트 소속 해커 짐머만을 적극 추천했다.

"짐머만을 강력 추천하는 이유는," 지비스가 말했다. "그는 평판이 아주 좋아요. 실력 좋은 건 기본인데다가, 한 번 맡은 일은 끝까지 책임지죠. 가장 좋은 점은, 임무를 완수하기 전에는 돈을 받지 않는다는 거예요."

돈을 미리 받지 않는다는 소리에 라커펠트씨의 귀가 번쩍 뜨였다. 지비스로부터 그간 짐머만씨의 혁혁한 전공을 들은 그는 마음을 굳히고 그에게 존 조이너 조사를 의뢰했다. 물론 자신이 존 조이너의 마스터라는 것은 숨겼다. 짐머만에게 자신의 아이디와 패스워드를 알려 줄 때 그는 자신도 해커이며. 계정 정보는 '비공식적인 루트'를 통해 입수한 거라고 거짓말을 했다.

게임은 이미 그의 생활의 일부였다. 하루도 게임을 들여다 보지 않으면 입에 가시가 돋힐 정도로 그는 게임에 푹 빠져들어 있었다. 게임 속 세상 돌아가는 모습은 그가 어릴 적 읽었던 부자와 하인 이야기를 연상시켰다.

어느 부잣집에 하인 한 사람이 있었다. 이 하인은 새벽부터 밤까지 고된 일을 했지만 밤이 되면 어김없이 똑같은 꿈을 꾸었다. 꿈에서 자신이 주인이 되어 주인을 마구 부리고 있었다. 그는 도대체 어느 쪽이 자신의 참 모습인지 알 수가 없었다. 그는 인생의 절반을 하인, 나머지 절반을 주인으로 살았다.

게임에 빠져 들면서 그도 마찬가지를 느꼈다. 어떤 때는 게임 속 가상 세계가 현실처럼 느껴지고, 현실이 가상으로 느껴지기도 했다. '지금 내가 현실이라고 생각하는 삶은 어쩌면 꿈인지도 모른다'는 하인의 생각이 새삼 공감 되었다. 그는 자신이 게임에 열중하는 이유를 이렇게 합리화 시켰다. '어차피 인생은 한바탕 꿈인 게야. 이 깨달음을 얻으면 괴로움과 번민을 떨쳐버리고 살 수 있어.'

사람들은 실로 다양한 방식으로 게임을 즐기고 있었다.

대부분 사람들은 자신이 소유하는 오클로를 자신의 분신처럼 아끼고 사랑했고, 그들을 위해 돈을 아끼지 않았다. 이런 사랑은 대부분 과도한 집착으로 이어진다. 이런 사람들은 자신의 오클로가 아는 사람의 오클로에게 1등을 뺏기면 분해서 잠을 이루지 못한다. 그는 1등을 되찾기 위해 수단과 방법을 가리지 않는다.

아름다운 오클로에게 빠져버린 사람들도 있었다. 이들은 빼어난 미모를 가진 오클로의 아름다운 얼굴을 하루 종일 바라보는 것으로 시간을 보냈다. 팬카페도 있었다.

노래 잘 하는 오클로들도 마찬가지였다. 오클로들이 즐겨 부르는 노래들은 오늘날 빌보드 차트 상위권 노래들과는 커다란 차이가 있다. 하지만 아름다운 목소리와 애절한 가락, 그리고 신비한 악기 반주는 듣는 사람들로 하여금 눈물을 흘리며 따라 부르게 만드는 매력이 있었다. 오클로들의 노래는 오르페우스-팝 장르로 분류되어 오늘날 많은 온라인 뮤직 스토어에서 판매되고 있다.

그러나 가장 많은 팬들을 거느리는 오클로는 뭐니 뭐니 해도 지도자 위치에 있는 오클로들이었다. 평상시에는 왕, 그리고 그 뒤에서 뛰어난 지략을 제공하는 책사들, 치밀한 음모와 배반으로 라이벌들을 소리없이 제거하는 신하들이 가장 큰 인기를 누린다.

그러다 전쟁이 일어나기만 하면 판세는 뒤집힌다. 사람들의 관심은 순식간에 장수들 그리고 잔혹한 전쟁 장면으로 쏠린다. 템페스트 접속 트래픽은 순식간에 100배로 늘어난다. 그리고 수많은 스타들이 탄생한다.

전쟁 장면은 그 어떤 스포츠 경기보다 박진감 넘친다. 동물적 감각으로 지하에 숨어있는 적군을 찾아내는 책략가들, 포위한 적군에게 그리운 고향의 노래를 들려줘 두고 온 가족들과 고향 생각에 울게 만들어 패배 시키는 고도의 심리전의 대가들, 칼 한 자루로 백 명의 목을 베는 신기에 가까운 무공을 펼치는 무사들, 강을 뒤로 하고 죽기살기로 싸우다 장렬히 전사하는 군사들... 이 모든 것들은 정해진 시나리오가 없는, 실제 상황이다. 그래서 사람들은 눈을 떼지 못하고 열광한다.

오클로의 인생은 평생을 달리기만 하다가 힘이 다 하면 죽는 말과도 같다. 가전제품은 껐다가 다시 켤 수 있고, 고장나면 수리가 가능하지만, 오클로는 고장나 수명을 다 할 때까지 쉼 없이 돌아가야 하는 운명을 갖고 태어났다. 마스터는 자신이 사랑하는 오클로가 늙어서 병에 걸려 괴로워하다가 죽는 모습을 지켜봐야 한다.

오클로에게 좀 더 편하고 낭만적인 죽음을 선사한다면 어떨까? 예를 들어, 죽는 날을 미리 알도록 해서 준비를 하도록 해 주거나, 여행을 떠나는 것처럼 작별 인사를 하고 잠이 들면서 죽게 할 수는 없는 것일까? 물론 불가능하다. 오클로의 죽음은 마스터로서는 슬픈 이별이지만, 게임사로서는 새로운 오클로를 판매할 기회이기 때문이다.

오클로들에게도 종교가 있었다. 그들은 마스터가 자신들의 신이라는 걸 모른다. 그리고 그들이 전지전능하다고 믿는 신 역시, 게임의 질서 유지라는 큰 틀의 룰을 따라야 한다는 걸 모른다. 그들이 믿는 신은 사용자들 입장에서는 거짓된 우상이다. 게임사는 왜 오클로들이 거짓 우상을 숭배하도록 내버려 두는 걸까? 그것은 오클로들이 신의 실체를 알게 됨으로써 빚어지는 혼란을 방지하기 위해서다. 신의 존재는 모호할수록 좋다. 그것이 그들 세상의 질서 유지에 도움이 된다.

신을 믿는 오클로들은 열심히 기도하는 것이 신을 기쁘게 하는 것이라 믿었다. 마스터들은 자신들의 오클로가 어떻게 해야 만족할까? 그건 사람들에 까라 다르다. 자신의 오클로가 돈을 많이 벌어다 주기를 바라는 사람들도 있고, 건강하게 살아주는 것 만으로도 고마워하는 사람들도 있다. 한 분야에 뛰어난 재능을 보이는 오클로를 좋아하는 사람도 있다. 남을 속이거나, 나쁜 짓을 해서 출세하는 오클로를 좋아하는 사람도 있다.

이런 사람들 대부분은 자신의 오클로들이 신을 믿든 말든, 열심히 기도하든 말든 별 신경을 쓰지 않는다. 어차피 오클로들이 숭배하는 신은 자신이 아니기 때문이다. 그러나 보편적으로 사람들은 본분을 지키고 열심히 사는 오클로를 좋아한다. 열심히 공부하고, 부모님을 기쁘게 하고, 직장에서 열심히 일하는 오클로를 마스터가 미워할 이유는 없다.

그런가 하면, 신을 믿는 오클로들을 사랑하고, 이들의 기도에 귀를 기울여 주는 사람들도 있다. 신을 믿는 대부분의 오클로들은 신이 자신의 일거수일투족을 항상 주시하고 있으며, 자신의 마음을 훤히 읽고 있다고 생각하는 오류를 범한다.

물론 신은 마음만 먹으면 그렇게 할 수 있다. 그러나 신 입장에서는 시간을 너무 많이 잡아먹는 일이다. 오클로의 기억 데이터를 항상 열람해야 하고, 24시간 게임에 접속해 관찰해야 하기 때문이다. 마스터는 한 오클로의 신인 동시에, 다른 오클로의 신이기도 하다. 그리고 신 스스로는 오클로들과 마찬가지로 먹고 살기 위해 일을 해야 한다. 취미 생활도 필요하다. 그의 시간을 온통 오클로에게만 할애하는 건 불가능하다. 마스터가 아무리 자신을 사랑해 주더라도 오클로가 자만해서는 안되는 이유가 여기 있다.

오클로들은 한 달에 한 번 육각형 지붕의 사원에 모여 해가 뜨는 쪽을 향해 기도한다. 그들의 기도는 신의 찬미로 시작해 소원을 비는 걸로 끝난다. 이 집회를 관심을 갖고 보는 사람들은 꽤 많은 편이다. 오클로들이 비는 소원을 들어주는 사람들도 있다. 집에서 혼자 소원을 비는 것보다 사원에서 비는 것이 사용자들의 눈에 띌 확률이 크다. 사용자들의 눈에 띌 확률이 높아지면 소원이 이루어질 확률도 높아진다.

소원은 마음 속으로만 빌지 않고, 말로 표현하는 게 좋다. 왜냐면 사용자는 오클로가 마음 속으로 어떤 소원을 빌었는지 알기 위해 게임에 로그인 후 클릭 수십 방을 해야 하기 때문이다. 소원을 말할 땐 가능한 큰 소리로 말하는 게 좋다. 그래야 사용자의 귀에 잘 들린다. 기도는 가능한 또박또박, 논리적인 짤막한 문장으로 표현하는 게 좋다. 추상적인 단어나 표현은 금물이다. 신이 다 헤아려 주시겠지 하는 생각으로, 처한 상황과 원하는 것을 구체적으로 서술하지 않는 오클로들이 있는데 정말 멍청한 짓이다.

시끄러우면 하늘도 알아본다. 하늘이 알아볼수록 응답 받을 가능성은 커진다. 만일 집회 날 사원 옥상에 올라가 소원이 적힌 커다란 플래카드를 들고 서 있으면 어떻게 될까? 그 시간에 사원을 찾는 모든 사용자들은 그 플래카드에 뭐라고 써 있는지 읽을 것이다. 그러나 사원은 (오클로 입장에서) 좋은 사용자들만 방문하는 건 아니다. 심술궂은 사용자들도 방문한다. 이들은 할 일 없이 사원을 기웃거리다 주는 것 없이 미운, 혹은 튀는 오클로가 눈에 띄면 가차 없이 훼방을 놓는다. 오클로 입장에서는 달갑지 않은 신이겠지만, 이들로 인해 가상 세계는 조화로 충만해진다.

모든 기도에는 듣는 귀가 있다. 그 귀의 주인공은 시끄럽게 원하고 매달리는 오클로에게만 응답한다. 그 응답이 항상 좋은 응답인 건 아니다. 일례로, 눈살을 찌푸리게 하는 괴성과 고음, 우스꽝스러운 제스추어로 기도하기를 좋아하는 한 오클로는 집에 돌아가는 길에 그의 마차가 낭떠러지에서 굴러 떨어져 더 이상 기도를 할 수 없었다. 하늘은 상식을 원한다. 가장 보편 타탕한 상식을.

그런 의미에서 고대 오클로들은 하늘에서 신들이 자신들을 내려다 본다는 걸 알고 있었던 것 같다. 그래서 그들은 자신들이 있는 곳을 신들이 쉽게 발견할 수 있도록 하기 위해 표지판을 제작하는 데 몰두했을 것이다. 돈 많은 왕들은 수많은 석공들을 투입해 피라미드 모양의 거대한 건축물을 세워 신이 하늘에서 내려다 볼 때 눈에 잘 띄도록 했다. 가난한 왕들은 농부를 동원해 들판에 미스터리 서클을 만들게 해서 위치를 알렸다.

고대 표지판들은 오클로들 입장에서 기존의 신들에게는 위치를 알리고, 새로 가입한 신들에게는 충성스런 백성임을 알려 보다 많은 수호신들을 확보하는 역할을 했다. 신들은 이 표지판을 보고 자신들의 오클로 위치를 좀 더 쉽고 빠르게 알 수 있었다.

이것이 신들이 개입한 증거라고 보는 사람들도 있다. 그토록 거대한 건축물과 표지판을 만드는 건 당시로서는 신의 도움 없이 불가능했을 테니까. 라커펠트씨 생각은 달랐다. 달을 하늘에 쏘아 올려 조립했던 그들이 아닌가! 그에 비하면 표지판은 식은 죽 먹기였을 것이다.

어쨌건, 템페스트 행성 곳곳에서 발견되는 피라미드와 미스터리 서클들은 오늘날 우리들에게 많은 것을 시사한다. 신이 만들었든, 오클로들이 만들었든, 혹은 신의 도움으로 오클로들이 만들었든, 표지판이 필요했던 걸 보면, 당시 게임은 오늘날처럼 소유한 오클로의 위치로 자동 안내하거나 위치 검색하는 기능이 없었던 것 같다.

라커펠트씨는 템페스트 문고도 몇 권 대여해 읽어 봤다.

오클로들의 문학 작품들 중에는 이솝 우화처럼 재미나고 교훈적인 것들도 많았다. 그 중 하나가 고든에 관한 것이었다.

농부 고든은 콩을 키워 수확해서 장에 내다 팔았다. 그는 대단한 미남으로 그를 한 번 본 여자들은 밤잠을 설쳤다. 그를 탐탁지 않게 생각하는 남자들마저도 그의 용모에 관해서는 찬사를 보냈다.

고든은 양계장 주인 딸 안나 마리아를 사랑했다. 어느 날 저녁 그는 안나 마리아에게 사랑을 고백하기로 결심하고 그녀의 집으로 향했다. 집 문앞에 도착했을 때 열린 창문 사이로 그녀가 하녀에게 깔깔거리며 얘기하는 소리가 들려왔다. "아무리 그래도 그렇지, 넌 내가 그런 보잘것없는 농부를 좋아하는 줄 알았니?"

정신없이 집으로 달려온 고든은 울면서 신을 원망했다. '당신은 왜 제게 농부라는 보잘것없는 직업을 주셨습니까?'

신이 나타나더니 포대에 든 콩을 마루에 쏟았다. 그러더니 아무 말 없이 사라져버렸다. 고든이 마루에 흩어진 콩들을 주워 자루에 담으려는 데 콩들이 저마다 소리쳤다. '저를 맨 위에 놓아주세요! 밑에 있으면 눌려서 아프단 말예요!'

고든이 말했다. '자루에 너희들을 담으려면 맨 밑부터 채워야 하기 때문에 어쩔 수 없어. 너희들 말을 전부 들어준다면 난 자루를 채울 수 없고, 너희들을 팔 수 없어.'

그러나 콩들은 각자 거세게 항의했다. '왜 하필 저인가요? 저는 특별하단 말이예요!'

고든이 말했다. '세상은 원래 불공평하단다. 받아들이렴'

라커펠트씨는 '[35]템페스트를 미워하는 사람들'이라는 이름의 메일링 리스트에도 가입했다. 템페스트가 처음 나왔을 무렵 게임 개발자들 사이에 메일링 리스트를 통해 특정 게임을 성토하는 오랜 전통이 있었다. 게임기 제조업자들 사이에서 유명했던 프로그래머 트라블은 템페스트를 성토하는 메일링 리스트를 만들어야겠다고 마음먹었다. 그는 이 메일링 리스트를 TEMPEST HATER라 이름 붙였다.

---

[35] 1987년 미 MIT 재학생이었던 마이클 트래버스가 만든 메일링 리스트 UNIX-HATERS를 패러디하고 있다.

그가 최초로 보낸 메일에는 [36]제로윙 게임 개발자 톰 존스의 메일이 첨부되어 있었다:

모처럼 시간이 나서 메일을 씁니다. 오클로가 갑자기 내 눈 앞에서 사라져 버렸습니다. 투자한 아이템과 더불어서 말입니다. 그래서 템페스트가 좋은 점이 도대체 뭔가 생각해 보게 되었습니다. 템페스트의 좋은 점은 부팅 시간이 아주 짧다는 점입니다. 제로윙은 부팅하는 데만도 아침 내내 걸리는데 말입니다. 또 다른 점은 템페스트 오클로들이 사용하는 영어는 아주 명확하다는 것입니다. 제로윙은 아시다시피 외계어를 방불케 합니다[48].

지나간 메일들을 읽어 보면서 라커펠트씨는 템페스트가 처음부터 준비된 완벽한 게임은 절대 아니었다는 걸 알게 되었다. 메일들은 대체로 재미있었지만 도저히 이해가 안 가는 것들도 있었다.

"저는 템페스트 폐인입니다. 오늘 정말 후덜덜한 일이 있었습니다. 오늘은 제 오클로가 생선 건조 공장에 첫 출근하는 날이었습니다. 대견스러워서 녀석이 출근하는 모습을 지켜보기로 했습니다. 녀석이 마차에 올랐는데... 누군가 저를 째려보고 있는 것 같은 느낌이 드는 겁니다. 자세히 봤더니... 마차에 탄 오클로들 중에 한 놈이 저를 올려다 보고 있는 게 아니겠습니까! 그 눈이 꼭 저를 쳐다보는 것 같더라구요. 저는 녀석이 마차 덮개를 보는줄 알았습니다. 오클로가 인간을 본다는 게 말이 안되질 않습니까! 그래서 왔다 갔다 해봤는데... 아 글세 녀석의 시선이 계속 저를 따라다니는 겁니다.

아뇨, 뭐 이런 경우가 다 있나 싶어서 녀서에게 말을 건넸습니다. "내가 보이니?" 그랬더니 녀석이 머리를 끄덕이는 겁니다! 그래서 또 물었습니다. "어떻게 보이니? 몸이 다 보이니? 아니면 목만 보이니?"

그랬더니 녀석이 비명을 지르는 겁니다. 곁에 있던 오클로들이 놀라서 뒤로 물러섰고요. 마차가 멈췄습니다. 녀석은 두 손으로 얼굴을 감싸고 마차 아래로 뛰어내려 잽싸게 도망쳤습니다. 저는

---

[36] 제로윙은 1989년 일본 게임사 토아 플랜이 개발한 게임 이름으로, 유럽 수출을 위해 영어로 번역되었지만 번역이 너무 형편없어 수많은 패러디가 등장했다.

녀석 뒤를 쫓아 갔습니다. 날 봤을 리가 없는데... 저를 보고서 그런 게 아니라는 걸 확인하고 싶었습니다.

녀석이 길가에 기절해 누워 있더군요. 깨어날 때까지 기다리려다가 그냥 생선 건조 공장으로 향했습니다. 하루 종일 기분이 영 찜찜하네요. 녀석 눈에 정말 제가 보였던 걸까요? 아니면 녀석이 뭔가 헛 것을 봤거나, 정신병이 있는데 공교롭게도 타이밍이 절묘하게 맞아 떨어진 걸까요?

녀석의 공포에 질린 표정이 눈에 선합니다. 녀석이 정말 저를 봤던 거라면 녀석도 무서웠겠지만, 저도 정말 무서웠습니다. 이게 가능한 일인가요? 도대체 어떻게 된 걸까요?"

라커펠트씨는 처음엔 이 글이 웃자고 쓴 농담인 줄로만 알았다. 그런데 댓글들을 읽어 보니 아닌 것 같았다. 소설을 쓴다고 누군가 욕하는 댓글을 달았다. 원글자는 발끈했고, 욕설 릴레이가 시작되었다. 원글자는 대략적인 시간, 오클로의 인상 착의 등 증거가 될만한 자료를 원글에 추가했다. 템페스트 관리자가 답글을 달았다. '오클로가 사용자를 볼 수 있다는 건 기술적으로 불가능합니다. 해당 오클로의 시야 각도가 우연히 일치해서 착시 현상을 일으킨 것으로 보입니다.'

엔키두씨의 저주 때문이라는 답글도 있었다. 그가 회사에서 밀려나다시피 쫓겨났기 때문에 앙심을 품고 복수하려고 뭔 가를 심어 놓았다는 것이다. 라뮤리즈씨와 엔키두씨는 템페스트에 각각 새알을 숨겨 놓았는데 온화한 프로그래머 라뮤리즈씨는 이스트 에그를, 혁신적 프로그래머 엔키두씨는 [37]뻐꾸기 알을 숨겨두었다고 주장하는 사람도 있었다. 그 사람들의 주장은 이랬다:

뻐꾸기알은 겉으로 보기에는 평범한 코드에 불과하지만, 각각의 코드에는 특별한 기능이 숨겨져 있다. 이 코드들은 개별적으로는 프로그램 실행에 꼭 필요한 코드로, 특별한 기능이 있다는 걸 아무도 눈치채지 못한다. 한군데 모여야만 숨겨진 기능이 자동으로 실행되기 때문이다. 엔키두씨가 심어 놓은 뻐꾸기 알들이 한 곳에 모이면 놀라운 기적이 일어나는데, 이 사건은 그 중 하나다.

---

[37] 1987년 구동독 해커들이 미국 국방부 컴퓨터에 침입해 각종 군사 정보를 빼내서 구소련과 동독에 제공하다 체포된 사건이 발생한 사건. 후일 '뻐꾸기알' 이라는 제목의 책으로 출판되었다.

어쨌거나 이 사건은 꾸민 이야기라는 결론으로 일단락되었다. 사람들이 해당 오클로에게 말을 붙여보고 손짓을 했지만 그는 전혀 반응하지 않았기 때문이다. 글을 올린 사람은 마음의 상처를 받고 회원 탈퇴했다.

라커펠트씨는 귀신 사건보다는 오클로들이 공장에서 생선을 어떻게 건조하는지가 더 궁금해졌다. 그래서 생선 건조 공장을 찾아가 본 그는 오클로들이 생선을 상당히 특이한 방법으로 건조한다는 걸 알게 되었다.

우리는 보통 생선을 절일 때 알소금을 듬성듬성 뿌린다. 그런데 오클로들은 소금물을 사용했다. 방법은 이랬다. 바다에서 잡은 생선을 손질한 뒤 깨끗이 씻어 소금물에 약 한 시간 담가둔다. 그런 다음에 건져서 즉시 얼음물에 넣었다 꺼낸다. 이렇게 하면 생선은 꼬리 끝만 잡고 세워도 똑바로 설 정도로 싱싱해지고 비늘도 살아난다. 수건으로 생선의 물기를 깨끗이 닦아 바람이 잘 통하는 곳에 매달아 약 3일 가량 건조 시키면 반건조 생선이 완성된다.

이렇게 건조한 생선은 맛이 어떨까? 궁금해진 라커펠트씨는 똑같은 방법으로 생선을 말려봤다. 결과는 아주 놀라웠다. 비린내가 현저하게 줄어든 건 물론, 맛이 아주 깊어졌고, 꼬들꼬들한 식감은 일미였다. 게다가 맛과 신선도가 오랫동안 유지되었다.

'카페 메뉴에 추가시켜도 훌륭하겠어!' 말릴 공간과 말리는 과정에서 나는 생선 냄새만 해결된다면 그는 정말 생선 요리를 추가하고 싶을 정도였다. 그가 템페스트에서 얻은 첫 수확이었다.

정확히 3주째 되는 날 짐머만으로부터 두 번째 메일이 날아들었다.

'데이터 P와 M 모두 정상임을 확인했습니다. 연결고리 문제임이 확실합니다. 1주 후 다시 소식 전하겠습니다.'

그로부터 1주일째 되는 날 세 번째 메일이 도착했다.

'기쁜 소식을 전합니다. 원인을 알아냈습니다. 연결고리 코드 일부가 알 수 없는 이유로 엉켜있었기 때문이었습니다. 문제의 코드를 수정해 원 상태로 되돌리면 기억 데이터 접속이 가능해질 것으로 보입니다.

나쁜 소식을 전합니다.. 데이터 수정은 관리자만 가능합니다. 그러나 안심하십시오. 저희 인맥은 두루 두루 미치지 않는 곳이 없습니다. 현재 이 작업에 적격인 현직 관리자를 확보 중입니다.

기억의 원 주인이 누군지, 원래 기억에 무슨 일이 생겼는지는 연결 고리가 원상복귀되면 저절로 밝혀질 것으로 보여집니다.

새로운 인력이 추가되는 경우 추가 비용 발생이 불가피합니다. 아래 견적서를 참조하시고, 금액에 동의하시면 진행하도록 하겠습니다. 동의하시는 경우, 3주 후 다시 보고드리겠습니다.'

견적서에는 추가된 금액과 지불해야 할 총 금액이 표시되어 있었다. 라커펠트씨는 동의 버튼을 눌렀다.

'3주만 기다리면 그의 과거를 알아낼 수 있어!' 라커펠트씨의 가슴이 뛰었다. 그러나 이내 걱정이 되었다. '하지만 내가 맞춘 퍼즐대로 그가 재봉사의 손자였다면 그의 과거를 아는 게 무슨 의미가 있을까? 그의 원래 기억을 짐머만씨가 찾아 줄 수 있을까?'

3주 후 네 번째 메일이 도착했다.

'그의 기억 데이터에 접속하는 데 성공했습니다. 예상했던 대로 그의 기억은 다른 기억과 바꿔치기 되어 있었습니다. 그러나 누구의 기억과 뒤바뀐 것인지 알아내기는 불가능해 보입니다. 왜냐면 그의 기억은 전혀 다른 세상이기 때문입니다. 이 믿기 어려운 상황에 저희도 놀라고 있습니다. 현재로 가능한 유일한 해결책은 리버스 엔지니어링입니다. 연결 고리가 꼬이면 어떤 결과가 나오는지 다른 오클로를 대상으로 테스트해서 원인을 파악하는 것입니다. 이 작업은 상당히 리스크가 큰 관계로, 추가 비용이 3배로 청구될 것이며, 시한도 약속드릴 수 없습니다. 견적서에 동의하시는 경우, 3개월 후 다시 연락드리겠습니다.'

'3개월이라! 너무 길군!' 라커펠트씨는 한숨을 쉬면서 동의 버튼을 눌렀다.

* * * * * * * * * * * *

여름이 가고, 어느덧 가을이 왔다. 존 조이너의 집 정원 감나무에 감들이 주렁주렁 달렸다. 방과 후 존 조이너는 친구들을 집으로 데리고 와 감을 땄다.

존 조이너는 길다란 잠자리채를 들고 나무에 올라갔다. 그는 잠자리채 테두리로 감 꼭지를 살짝 건드려 잠자리채 안으로 감을 안전하게 밀어 넣었다. 친구들이 감탄했다. 감이 담긴 잠자리채를 밑으로 내리면 친구들이 감을 꺼내 바구니에 담았다.

176

그는 어느덧 학교에서 인기 있는 학생이 되어 있었다. 따르는 친구들도 많아졌다. 선생님들도 그를 좋아했다. 사탕을 만들어 그에게 마음을 고백하는 여자 아이들도 있었다.

그러나 그는 여전히 페트라를 좋아했다. 친구들은 그가 페트라를 좋아한다는 걸 전혀 눈치채지 못했다. 그도 그럴 것이 페트라는 지저분하고 못생겼다는 이유로 모두에게 손가락질 당하는 아이였기 때문이다.

그러나 그는 알고 있었다. 얼굴을 거의 가리고 있는 헝클어진 머리를 뒤로 가지런히 빗어 넘기고, 안경을 벗고, 검댕이가 묻은 뺨을 깨끗이 씻고, 누더기 대신에 레이스 달린 옷을 입으면 그녀가 얼마나 아름다워 보일지를...

겨울방학이 다가오고 있었다. 겨울방학이 되면 졸업반 학생들은 졸업 작품을 만드느라 분주해진다. 완성된 작품은 졸업 전시회에 진열되고, 심사를 거쳐 상도 주어진다. 존 조이너가 졸업 전시회에서 선보일 작품은 이브닝 드레스였다.

그가 졸업 작품으로 드레스를 제작할 것이라는 소식이 전해지면서 한 동안 잠잠했던 존 조이너 광풍이 다시 몰아치기 시작했다. 그도 그럴 것이 바늘과 실을 만져본 적도 없는 그가 고난이도의 드레스 제작에 도전한다는 건 쇼킹한 이슈가 아닐 수 없었기 때문이다. '존 조이너와 마법의 드레스', '긴 기다림 헛되지 않았다!', '신비의 드레스를 입을 행운의 여신은?' ... 게임 관련 거의 모든 방송과 언론들이 일제히 이 소식을 전했다.

사람들은 저마다 드레스가 완성되면 굉장한 일이 일어날 거라는 기대감에 부풀어 있었다. 라커펠트씨도 혹시나 하는 기대를 해 보기로 했다.

그는 왜 드레스를 선택했을까? 라커펠트씨는 자신이 그 이유를 안다고 생각했다. '페트라 때문일거야.'

그의 생각은 옳았다. 존 조이너는 페트라의 드레스를 만들 계획이었다. 그의 할아버지가 만든 붉은 드레스를 입고 신입생 환영회에서 춤추던 페트라의 눈부시게 아름답던 모습을 그는 항상 잊지 못하고 있었다. 그래서 그는 자신이 만든 드레스를 입고 졸업 파티에서 춤을 추는 페트라의 모습을 그는 보고 싶었다.

계획은 순조롭게 진행되었다. 계획서가 통과되었고, 제작 비용이 지급되었다. 남은 문제는 그녀의 치수를 재는 것이었다.

그는 왜 페트라에게 치수를 물어보지 않았을까? 가장 큰 이유는, 완성된 드레스를 보여줘 페트라에게 놀람을 선사하고 싶었기 때문일 것이다. 두 번째 이유는, 페트라의 옷을 만든다는 게 알려지면 친구들로부터 놀림의 대상이 될 게 틀림없기 때문이다. 마지막 이유는, 이 곳에서 페트라는 아무도 상대해 주지 않는 가여운 소녀였지만, 존 조이너에게 있어서 그녀는 도도한 부잣집 딸이었다. 한 번 각인된 이미지는 지워지지 않는다. 그는 페트라에게 거절 당할 것이 두려웠다.

그는 페트라의 사물함 옷장에 걸린 교복을 몰래 꺼내 치수를 재야겠다고 마음먹고 기회를 기다렸다.

체육 시간이 되었다. 댄스 연습을 하던 학생들 사이에서 살짝 빠져나온 그는 교실로 들어와 페트라의 사물함을 찾아봤다. 그런데 페트라의 이름이 적힌 사물함이 보이지 않았다. 사물함을 사용하려면 사용료를 내야 되는데 가난한 페트라는 낼 돈이 없어서 그녀의 사물함 자체가 없었던 것이다.

어딘가 페트라 옷이 걸려있지 않을까 두리번거렸지만 보이지 않았다. 순간 그의 머리에 한가지 생각이 번득 떠올랐다. 언젠가 학교에서 소풍 갔을 때 초워스가 페트라를 손가락질하면서 아이들에게 이렇게 말한 적이 있었다. '저 더러운 거지 계집아이, 내가 입다 버린 옷을 입고 있어!'

'초워스가 입던 옷이 몸에 맞았다면 사이즈가 같을 거야!' 그는 초워스의 사물함에서 교복을 꺼냈다. 그리고 호주머니에서 줄자를 꺼내 재빨리 치수를 재기 시작했다.

"너 거기서 뭐하니?" 누군가의 목소리에 존 조이너는 화들짝 놀라 줄자를 바닥에 떨어뜨렸다. 초워스였다. 그녀는 존 조이너가 교실로 들어가는 걸 이상하게 생각하고 몰래 뒤를 밟은 것이었다.

"아무것도 아니야.' 존 조이너가 대답했다.

"거짓말 마! 호주머니에서 돈을 훔치려고 한 거였지?" 초워스가 말했다.

"아니야! 네 교복 치수를 재고 있었어."

"내 교복 치수가 왜 필요한데?"

이 말에 존 조이너는 할 말을 잃었다. 그가 아무 말도 못하자 그녀는 곧바로 선생님께 가서 일러 바쳤다.

선생님이 그를 야단쳤다. 존 조이너는 아무 변명도 않고 그저 사과만 했다. 선생님은 그를 용서했고 이 일은 무사히 지나갔다.

방학식 날 존 조이너는 집에 돌아오는 길에 천가게에 들러 장미빛 실크, 퐁파두르와 류트스트링 천 그리고 비단실을 샀다. 그리고 그의 할아버지가 그랬던 것처럼 테이블 위에 다리를 꼬고 앉아 아침부터 어두워 질 때까지 재단하고 바느질했다.

옷을 만들면서 그는 무척 행복했다. 그는 상상했다. 만찬이 끝나고 댄스 파티가 시작될 무렵, 머리를 가지런히 빗어 올린 페트라가 자신이 만든 드레스를 입고 눈부시게 아름다운 모습으로 등장하는 모습을.

모든 남학생들이 그녀와 춤을 추고 싶은 표정으로 그녀를 쳐다보는 가운데 그녀는 또각또각 구두 소리를 내며 걸어와 춤을 추자고 손을 내민다.

이 장면에서 그는 중얼거렸다. '그게 내가 아니길 바래. 왜냐면 나는 춤을 잘 못 추거든. 난 단지 내가 만든 드레스를 입고 춤추는 그녀의 모습을 보고 싶은 뿐이야. 그리고 그녀가 자신이 얼마나 아름다운지 깨닫는다면 그걸로 족해.'

완성된 드레스는 눈부시게 아름다웠다. 물론, 여기서 아름다웠다는 건 오클로들의 시각에서 아름답다는 의미다. 따라서 만일 완성된 드레스를 보고 당신이 실망했다고 해서 이상할 건 없다.

템페스트에서 유행하는 드레스는 오늘날 할리우드 시상식에서 보는 드레스들과 (당연하지만) 큰 차이가 있다. 당시는 허리부터 과장되게 부풀린 치마, 여러 겹의 주름과 레이스, 수많은 리본들로 장식된 흥의로 구성된 이브닝 드레스가 대세였다. 높이 올린 머리 스타일과 최대한 몸을 가리는 것이 미덕이었기 때문이다.

만일 존 조이너가 민소매에 가슴이 깊게 파이고 몸에 착 달라붙는 몸매의 곡선을 최대한 부각시키는 심플한 여신 스타일의 드레스를 만들었다면 감점을 받는 건 물론, 전시회에 진열되지도 못했을 것이다.

진열된 졸업 작품들 중 그의 드레스는 인기가 단연 최고였다. 특히 여학생들은 드레스 앞에 서서 넋을 잃고 바라보며 자신이 드레스를 입은 모습을 상상했다. 초워스도 그 중 하나였다.

'날 주려고 만들었구나! 그 때 내 교복으로 치수를 재고 있었다는 말은 거짓말이 아니었어!' 그녀는 존 조이너가 드레스를 자신에게 건네주며 졸업 파티에서 입어 달라고 수줍은 표정으로 부탁하는 모습을 상상했다.

'받을지 안 받을지는 좀 더 생각해봐야 겠어. 하지만 받더라도 졸업 파티에 입고 가는 일은 절대 없을 거야. 예쁜 옷이긴 하지만 유명 재단사가 만든 명품 옷이 아니잖아.'

존 조이너의 드레스는 재학생 투표와 심사 위원들의

만장일치로 1등을 차지했다. 이걸 본 초워스는 마음을 바꿨다. '못 이기는 척 하고 받아 줘야겠어. 하지만 졸업 파티에서는 입지 않을 거야.'

그의 드레스가 학교 잡지에 소개되자 드레스를 고가에 구입하겠다는 학부모들이 줄을 이었다. 초워스의 마음이 또 흔들렸다. '저 정도라면 졸업 파티에 입고 가도 될 것 같아. 하지만 몇 번 거절하다가 못 이기는 척 하고 받는 건 필수야. 덥석 받았다가는 주제도 모르고 춤을 같이 추자고 할지도 모를 테니까.'

* * * * * * * * * * * *

그 무렵 라커펠트씨의 컴퓨터에서 이상한 일이 일어나고 있었다. 지비스가 엉뚱한 말을 자주 했기 때문이었다.

어떤 날에는 지비스는 해군 제독 복장으로 나와 라커펠트씨를 스텟슨이라고 호칭했다. 어떤 날에는 누더기를 입고 지팡이를 짚고 나와 오늘의 명언을 이렇게 들려주었다. '열다섯 군인으로 전장에 나가 팔십이 되어서야 돌아올 수 있었네.'

증세는 갈수록 심해졌다. 라커펠트씨는 처음엔 대수롭지 않게 여기다가 뭔가 잘못된 게 틀림없다고 생각했다.

그 날은 짐머만씨가 네 번째 보고를 하기로 약속한 날이었다. 라커펠트씨는 자정까지 기다렸지만 메일은 오지 않았다. 그는 어떻게 하면 좋은지 물어보려고 지비스를 불렀다.

승복을 입은 지비스가 오늘의 명언을 외치며 나타났다. '나는 비구니, 꽃다운 시절 사부에게 머리를 깎여, 나는 본래 계집아이로 사내아이도 아닌데 왜 허리띠를 하고 도포를 걸치게 하는가.'

이후 지비스는 라커펠트씨가 어떤 질문을 하던 같은 말만 되풀이했다.

라커펠트씨는 설정에서 오늘의 명언 기능을 끄고 지비스를 다시 실행했다.

그러자 지비스 대신에 무서운 고양이가 나타났다. 고양이는 온몸에 털을 곤두세우고 큰 눈으로 라커펠트씨를 삼킬 듯이 노려보며 높은 톤으로 날카롭게 소리쳤다. '나는 고양이, 꽃다운 시절 주인에게 거세를 당하여...' 이 소리는 무한 반복되었다.

컴퓨터를 재부팅했지만 소용 없었다. 부팅하기만 하면 고양이 지비스가 노려 보면서 같은 말을 무한반복 했기 때문이다.

결국 그는 지비스를 복원했다. 복원하자 지비스는 순정 상태로 되돌아갔다. 탈옥툴을 다운받기 위해 지오핫 사이트에 접속한 그는 이 사이트가 유해 사이트로 분류되어 URL이 차단되었다는 안내 문구를 보고 깜짝 놀랐다. 그는 순정 지비스에게 지오핫에게 무슨 일이 생긴 건지 물어봤다.

"지오핫은 잘 있습니다. 그의 사이트도 정상 운영되고 있습니다." 지비스가 대답했다.

"무슨 소리야? 방금 전 접속했는데 유해 사이트로 차단되었다던데." 라커펠트씨가 말했다.

"URL을 잘못 입력하신 거 아녜요?" 지비스가 물었다.

지비스가 짐작한 대로였다. 이제껏 그가 지오핫 사이트인 줄로만 알고 있던 사이트는 피싱 사이트였다. 라커펠트씨는 자신의 컴퓨터가 악성 코드에 감염되어 좀비 머신이 되었고, 이제까지 이용하던 탈옥 지비스가 가짜였다는 걸 알게 되었다. 그동안 가짜 사이트가 적발되지 않았던 건 Fast-Flux라는 기법을 사용했기 때문이었다고 순정 지비스가 알려줬다.

"그런데 가짜 지비스는 왜 막판에 가서 이상한 말만 되풀이했지?" 라커펠트씨가 물었다. 그는 무서운 고양이 얼굴을 떠올리고 있었다.

"그건, 더 이상 Call Home하지 못했기 때문이예요." 지비스가 대답했다.

"Call Home?"

"네. Call Home은 말 그대로 집에 전화한다는 뜻이예요. 공격자가 사용자 컴퓨터에 악성 코드를 심으면 악성 코드 입장에서 공격자는 Home이 되는 거죠. 악성 코드는 Home으로 전화해서 사용자 컴퓨터에서 빼돌린 정보를 알려주고, 공격자로부터 지시를 받고, 스스로를 업데이트한답니다.

만일 공격자에게 어떤 문제가 발생한다면 어떻게 될까요? 공격자는 악성 코드에게서 걸려오는 전화를 받지 못할 거예요. 결국 악성 코드는 더 이상 지시를 못 받게 되는 거죠. 그러는 동안에 해당 취약점이 패치된다면 악성 코드는 제 기능을 하지 못하게 되요.

가짜 지오핫이 검거되어 그가 뿌린 악성 코드들을 제어하지 못해서 악성 코드가 심어진 컴퓨터들이 이상 증세를 보인 거예요."

"그러면 혹시 짐머만이 누군지는 아니?"

지비스는 대답하는 대신 리스트를 보여줬다. 피아니스트 크리스티안 짐머만, 브라질 모델 라켈 짐머만을 비롯해서 많은 이름들 중에 PGP의 아버지 필 짐머만과 Carder Profit 운영자 필(Peel) 짐머만이 굵은 글씨체로 표시되어 있었다. 라커펠트씨는 망설임 없이 Peel 짐머만을 눌렀다.

그가 지오핫을 사칭한 피싱 사이트를 운영해 악성 코드가 심어진 가짜 탈옥툴을 배포하다가 얼마 전 체포되었다는 문구가 제일 먼저 눈에 들어왔다. 템페스트 데이터 베이스 해킹 혐의도 받고 있다고 했다. 라커펠트씨는 기가 막혔다. 짐머만과 가짜 지오핫은 동일인이었던 것이다!

그런데 라커펠트씨는 이상하다는 생각이 들었다. 사진 속 짐머만의 얼굴이 무척 낯이 익었기 때문이다. 한참을 생각해 보다가 그는 깜짝 놀랐다. 그는 바로 오래 전 템페스트 본사 빌딩에 처음 갔던 날 만났던 말총머리 남자였다! 오만가지 생각이 머리 속에 떠올랐다.

'그러니까 그 날 그는 건물에 잠입해서 해킹을 해서 존 조이너의 기억을 엉망으로 만든 거야. 그런 뒤 휴게실 의자 밑에 숨어 있다가 나와 마주친 거야.

아니지! 그는 처음부터 내게 의도적으로 접근한 거야! 내가 존 조이너의 마스터라는 걸 알고서. 그래서 가짜 지비스를 내 컴퓨터에 심어 자신을 추천하게 했을 거야! 그것도 모르고 난 존 조이너의 암호와 패스워드를 알려줬으니! 결국 고양이에게 생선을 맡긴 꼴이 되었어!'

그는 서둘러 템페스트 패스워드부터 변경했다. 그런 다음에 신용 카드사에 전화해 카드를 정지 시켜 달라고 했다. 부정하게 사용된 금액은 없었다.

전화를 끊고 나서 그는 다시 곰곰히 생각해 봤다. 그로 인해 자신이 피해를 본 건 없었다. 그는 짐머만에게 돈을 지불하지도 않았고, 카드도 안전하다. 게다가 그는 다른 사람들이 알아내지 못했던 것들을 알아내서 알려주기까지 했지 않은가!

이해가 안 가는 게 또 있었다. 만일 존 조이너의 기억을 바꿔치기한게 그였다면 되돌려 놓을 수도 있었을 텐데 왜 그러지 못한 걸까? 일부러 어려운 것처럼 보이게 해서 돈을 뜯어내려 한 걸까? 그렇다면 왜 선불을 요구하지 않았을까?

조금만 더 기다렸다면, 그가 검거되지 않았다면 지금쯤 그는 존 조이너의 기억을 되살려 놓지 않았을까?

주차장에서 봤던 그의 해맑은 웃음이 떠올랐다. 그가 나쁜 짓을 한 건 틀림없지만, 단지 그를 템페스트 본사에서 만났고, 그가 데이터베이스 해킹 혐의를 받고 있다는 이유 만으로 속단하기는 이르다는 생각이 들었다.

'그는 기억을 되살리는 방법을 알거야. 그를 만나야 해! 계약은 아직 유효해! 약속했던 돈을 주고라도 기억을 반드시 되찾아야만 해!'

라커펠트씨는 지비스가 알려준 대로 구치소 홈페이지에 접속해 면회 신청서를 제출했다. 지비스는 면회 갔을 때 주의해야 할 것들을 아주 '세세하게' 알려줬다.

* * * * * * * * * * * *

졸업 파티날이 하루하루 다가오고 있었다. 초워스는 초조해졌다. 존 조이너로부터 아직 드레스를 받지 못했기 때문이다. 외출했다가 집에 돌아오기만 하면 그녀는 하녀에게 물었지만 다녀간 사람은 없었다.

'드레스에 어울리는 머리 장식과 신발, 핸드백을 고르려면 최소한 며칠은 필요한데...'

하는 수 없이 그녀는 자존심 상하지만, 존 조이너에게 옷을 얼른 달라고 말해야겠다고 마음먹었다.

그 날 방과 후, 초워스는 멀찌감치 떨어져 존 조이너의 뒤를 밟고 있었다. 그의 주변에 아무도 없을 때 말을 걸 작정이었다. 그런데 존 조이너 역시 다른 누군가의 뒤를 밟고 있었다. 그게 누군지 초워스는 골목 모퉁이에서 알게 되었다. 손 조이너가 나직한 목소리로 이렇게 불렀기 때문이다. "페트라!"

앞서가던 페트라가 놀란 표정으로 뒤를 돌아 봤다. 초워스는 얼른 나무 뒤로 몸을 숨겼다.

"너한테 할 말이 있어. 괜찮다면 잠시 시간 좀 내 주겠니?" 존 조이너의 목소리가 들려왔다.

잠시 후 둘은 어디론 가 향해 걷고 있었다. 초워스는 뒤를 따랐다. 두 사람이 도착한 곳은 존 조이너의 집이었다. 존 조이너가 페트라에게 잠시 기다리라고 하더니 집으로 들어갔다. 잠시 뒤 나온 그의 손에 꾸러미가 들려 있었다. 그는 꾸러미를 말없이 페트라에게 건네었다. 페트라가 꾸러미 안에 든 걸 꺼내 펼쳐봤다. 존 조이너의 드레스였다! 그걸 본 초워스는 숨이 멎는 것 같았다.

"이 드레스 정말 나한테 주는거야?" 페트라가 물었다.

"그렇다니까." 존 조이너가 대답했다.

"왜? 왜지? 왜 나한테 이 드레스를 주는거지?" 페트라가 믿기지 않는다는 말투로 물었다.

"그건... 네가 이 드레스를 입으면 아름다워 보일 거라고 확신하기 때문이야. 난 오래 전부터 알고 있었어. 네 얼굴이 얼마나 예쁜지. 네가 그걸 알지 못한다는 게 항상 안타까웠어."

"내 얼굴이 예쁘다고?" 페트라가 물었다. 묻는다기 보다는 스스로에게 하는 독백처럼 들렸다. 두 사람의 목소리가 점점 작아졌기 때문에 초워스는 그들이 뭐라고 말하는지 더 이상 알아들을 수가 없었다.

잠시 뒤 존 조이너가 앞장서고 페트라가 그 뒤를 따라 존 조이너의 집으로 들어갔다. 거실 등불이 켜졌다. 초워스는 배신감에 치를 떨면서 집으로 돌아왔다.

집으로 들어간 건 두 사람만이 아니었다. 위에서 내려다 보고 있던 라커펠트씨도 존 조이너의 집으로 들어갔다. '어떤 장면이 펼쳐질까?' 잔뜩 기대에 부푼 그는 사운드 볼륨을 높였다.

"드레스는 고마워. 잘 입을게. 그런데 뭐 하나 물어봐도 되니?" 페트라가 말했다.

"뭐든 물어봐도 좋아. 드레스를 받아 준다니 고마워." 존 조이너가 말했다.

"내 얼굴이 예쁘다는 걸 알고 있었다고 말했지? 정말 그렇게 생각하니? 아니면 나 듣기 좋으라고 하는 말이니?"

"왜 그런 바보 같은 소리를 하지? 네 얼굴은 정말 예뻐."

"내 말은, 왜 그렇게 생각하는 거야. 난 모두에게 못생겼다고 손가락질 받는 아이잖아. 네가 나를 좋아하기 때문에 네 눈에 예쁘게 보인다는 뜻이니? 아니면 무슨 다른 이유라도 있는 거니?"

존 조이너는 잠시 망설이다가 이렇게 말했다. "물론 나는 너를 좋아해. 하지만 좋아하기 때문에 네가 예뻐 보이는 건 아냐. 왜냐면 너는 내가 너를 좋아하기 전에도 이미 예뻤으니까."

페트라가 멍하니 존 조이너를 바라봤다. 여전히 믿기지 않는다는 표정이었다.

"오래 전부터 널 좋아했지만, 내 마음을 보여줄 수 없었어. 그렇지만 부담은 갖지 마. 네가 내 드레스를 마음에 들어 한다면 난 그걸로 행복해." 존 조이너가 말했다.

"나한테 이렇게 잘 해주는 이유가 그것 뿐이야?" 페트라가 물었다.

"응. 내가 힘들고 지칠 때마다 널 마음 속에 떠올리기만 하면 난 마음이 편해지고 행복해진단다. 너는 지친 새들이 쉬어가는 나뭇가지와도 같아."

그 말을 들은 페트라의 눈에서 눈물이 주르륵 흘러 내렸다. 그런데 라커펠트씨가 보기에 감동의 눈물은 아닌 듯 했다. 그녀의 눈물이 그녀의 표정과 전혀 매치되지 않았기 때문이다. 그 표정은 분노와 슬픔, 애절함과 냉정함, 거만함과 간절함, 집착과 포기, 광기와 울분이 가득한 표정이었다. 수많은 감정들이 각자의 빛깔을 단 한 치의 양보도 없이 내뿜는 그런 표정이었다. 그는 이제껏 그렇게 이상스러운 표정을 본 적이 없었다. 그녀가 머리에 쓴 낡은 머플러 곳곳에 올이 풀려 실들이 비죽비죽 솟아나와 마치 가시나무 면류관을 쓴 것처럼 보였다.

그녀가 말했다. "내 속엔 또 다른 내가 있어. 네가 쉴 자리는 없어."

그녀는 두 손으로 주먹을 불끈 쥐고 말을 계속했다. "내 속엔 나도 어쩔 수 없는 분노가 나를 절망의 나락으로 몰고 가. 쉴 곳을 찾으러 날아오는 새들이 가시에 찔려서 상처 입고 도망가. 또 다른 나 때문이야. 네가 쉴 곳은 없어."

"그건 나도 마찬가지야." 존 조이너가 떨리는 목소리로 말했다. "물론 너와는 경우가 다른 거겠지만. 내 속에도 다른 내가 있어. 그 나는 사람들이 알고 있는 내가 아니야. 전혀 다른 나야. 나는 다른 곳에서 왔어. 그 날 밤 도대체 무슨 일이 있었는지 나도 몰라. 어떤 강력한 힘이 나를 밀어냈고, 여기에 데려왔어. 정신을 차려보니 나는 전혀 다른 세상에 와 있었어."

존 조이너가 봇물 터진 듯 말을 쏟아냈다. 라커펠트씨는 존 조이너가 이 곳에 오기까지 과정을 좀 더 자세히 듣게 되었다.

존 조이너는 한밤 중에 깨어났다. 그의 몸이 허공에 붕 떠오르더니 어딘가 향해 가고 있었다. 눈을 뜨려 했지만 떠지지 않았다.

그의 몸은 점점 빠른 속도로 가고 있었다. 엄청난 추진력에 방향 감각을 잃어버린 그는 자신이 추락하는 건지, 아니면 앞으로 전진하는 건지 알 수 없었다. 다만 직선 방향이 아닌, 나선 모양의 경로로 가고 있다는 것만 알 수 있었다.

그렇게 얼마나 갔을까. 그가 어떤 벽에 쿵 부딪히면서 바닥에 떨어졌다. 아프다는 느낌은 전혀 들지 않았다.

그 때 어떤 소리가 들려왔다. 뭐라 말하는지 이해할 수는 없었지만 그 소리는 뭔가를 묻는 것 같았다. 그러자 또 다른 소리가 들렸다. 다른 누군가가 대답하는 소리였다. 질문은 명쾌했고, 대답은 짤막했다.

그러자 그를 그 곳으로 데려갔던 힘이 그를 다시 세차게 밀어붙이기 시작했다. 마침내 그의 앞을 가로막고 있던 벽이 우르르 무너지면서 그는 벽이 있던 곳으로 튕겨져 들어갔다. 그러자 그를 밀던 힘이 사라졌고, 그는 새로운 공간에서 아늑함을 느끼면서 다시 깊은 잠에 다시 빠져들었다.

그러고 나서 깨어 보니 집이었다. 그는 그의 집 침대에 누워 있었다. 처음엔 그런 줄로만 알았다. 그런데 뭔가 이상했다. 주변이 달라 보였다. 그것도 아주 조금씩. 처음엔 몰랐지만 차이점들이 천천히 눈에 들어오기 시작했다. 그는 마치 숨은 그림 찾기 하듯 주변을 천천히 그리고 아주 자세히 관찰했다.

가구, 침대보, 베개, 이불, 책, 옷, 그릇들... 모두 처음 보는 것들이었다. 뜰 앞 라일락 나무와 등나무, 그리고 감나무. 뒷 뜰의 고로스 나무는 여전히 거기 있었지만 모양이 각기 조금씩 달랐다. 그는 창문을 열고 밖을 내다 보았다. 거리 풍경이 아주 낯설게 느껴졌다. 그는 거실로 달려 나갔다. 다행히 괘종시계는 그 자리에 그 모습 그대로 서 있었다. 그는 안도의 숨을 내쉬었다. 일단 안심한 그는 나머지는 나중에 천천히 생각해 보기로 했다.

그러나 시간은 문제 해결에 전혀 도움이 되지 않았다. 창고로 내려가 할아버지의 유품을 넣어 뒀던 상자를 찾아봤지만 보이지 않았다. 학교도 뒤죽박죽이었다. 그의 담임 선생님은 다른 반 담임이었고, 같은 반 친구들 중에는 다른 반 아이들도 보였다. 그의 짝은 잭이 아니라 베키였다. 반 아이들은 모두 그를 기억했다. 그런데 그들이 기억하는 건 그가 아닌 것 같았다.

그를 가장 견디기 힘들게 했던 건 페트라였다. 그녀는 여전히 아름다웠지만 이전의 도도함은 온데간데 없었다. 머리가 헝클어지고 지저분한 옷을 입고 있었다. 그녀의 아버지는 마차를 모는 마부라고 들었다.

"내가 도도했다고?" 페트라가 물었다.

"응. 그도 그럴 것이, 너의 아버지는 동네 제일가는 부자였고 너는 학교에서 제일 예뻤으니까. 그곳에서 우리 할아버지는 재봉사였어. 넌 우리 할아버지가 만드신 드레스를 신입생 환영회 날 입었단다. 너는 정말 드레스가 잘 어울렸어. 모두 넋을 잃고 너만 쳐다봤어."

페트라는 아무 말도 하지 않았다.

"네가 갈베스톤에서 온 아이와 춤추는 걸 보면서 난 생각했어. 내가 저 아이라면 얼마나 좋을까. 물론 이룰 수 없는 꿈이었지. 난 가난한 재봉사의 손자였고..." 존 조이너는 말을 덧붙였다. "박자도 잘 못 맞추거든."

페트라가 웃었다. "그래서 춤이 좋은 거야. 실수를 하면 덮어 버리면 돼."

"흉내내는 거야 쉽겠지만, 파트너를 속일 수는 없잖아."

"내가 춤 추는 거 가르쳐 줄게."

페트라가 의자에서 일어나 한쪽 무릎을 굽혀 인사하며 손을 내밀었다.

"내 손을 잡고, 다른 건 아무 것도 생각하지 마."

존 조이너는 어색한 표정으로 페트라의 손을 잡았다. 두 사람은 보이지 않는 음악에 맞춰 빙글빙글 돌며 춤을 췄다.

그걸 바라보는 라커펠트씨의 마음이 훈훈해졌다. 그것은 너무도 아름다운 광경이었다. 그가 중얼거렸다. '이 얼마나 아름다운 밤인가! 정말 어울리는 한 쌍이야.'

졸업식 날이 왔다. 라커펠트씨는 존 조이너의 졸업식을 지켜보고 댄스 파티도 볼 생각에 잔뜩 부풀어 있었다.

그런데 그 날 아침 구치소에서 전화가 왔다. 짐머만이 면회를 수락했다며 오늘 오라는 것이다. 접견 시간은 하필 졸업식이 시작되는 3시였다. 날짜나 시간 변경이 안되냐고 묻자 한 번 취소하면 석 달 동안 면회 신청을 할 수 없다는 대답이 돌아왔다. 그는 하는 수 없이 면회를 가는 쪽을 택했다.

* * * * * * * * * * * *

그날 오후, 라커펠트씨는 구치소에 도착했다. 따사로운 햇볕이 내리쬐는 담벼락에 장미꽃이 활짝 피어 있었다. 공기가 참 맑다는 생각이 들었다.

"3750 필 짐머만씨 면회 온 민원인 라커펠트씨는 3번 방으로 오세요."

안내 방송을 듣고 라커펠트씨는 면회실로 갔다.

아직 면회실 안에 사람이 있어서 그는 복도에서 기다렸다. 얼마 후 부부가 나왔다. 부르는 방송이 또 나오겠지 싶어서 복도 밖에서 서성거리다가 슬쩍 문에 달린 유리창으로 면회실 안을 봤더니 창살이 있는 유리벽 뒤에 남자의 얼굴이 보였다. 짐머만씨였다.

'이런, 벌써 와 있잖아!' 그는 냉큼 문을 열고 들어갔다. 복도에서 그가 낭비한 시간은 불과 10초도 안 되었겠지만 마음이 매우 초조해졌다. '얼마나 아까운 10초인데...'

"우리 만난 적 있지요?" 라커펠트씨가 웃으며 먼저 인사를 건넸다. 짐머만씨는 아무 말도 않고 라커펠트씨의 얼굴을 뚫어져라 바라보기만 했다. 수염으로 뒤덮인 얼굴이 무척 수척해 보였다.

"휴게실에서 뵈었었죠? 그 때 제가 아팠는데 침대에서 쉬게 해 주시고, 커피도 주시고. 밖으로 나오는 걸 도와주셨어요. 기억 안 나십니까?"

짐머만씨는 여전히 말이 없었다.

"그 땐 정말 고마웠어요. 그런데 인연이 거기서 끝난 게 아니더군요. 지비스가 제게 당신을 추천해 줬으니 말이죠."

짐머만씨는 표정에 변화가 전혀 없었다.

"당신을 책망하러 온 게 아닙니다. 우리의 계약이 아직 유효하다는 말씀 드리러 왔습니다. 당신이 죄를 지든 말든 저는 상관 없습니다. 제가 부탁 드린 일을 마무리 지어 주세요. 그러면 약속한 대금을 지불하겠습니다. 마무리가 어렵다면, 그동안 해 주신 것들에 대해서 만이라도 돈을 드리겠습니다. 이 말씀 드리러 왔습니다."

짐머만씨는 여전히 말이 없었다.

"제게 하실 말씀이 없다면 이만 가 보겠습니다. 오늘이 녀석 졸업식인데 여기 오느라 놓쳤거든요. 지금쯤 졸업식이 끝났겠군요. 하지만 댄스 파티는 꼭 봐야겠습니다."

교도관이 그의 시계를 들여다 보고 있었다.

"건강 조심하시구요. 행운을 빕니다!" 이렇게 말하고 그는 자리에서 일어서 나왔다. 혹시 부르지 않을까 싶어 돌아봤지만 짐머만씨는 이미 면회실 안쪽 문으로 사라지고 없었다.

라커펠트씨는 서둘러 집으로 돌아왔다.

10장. 쿠마에의 무녀

'쿠마에의 무녀 로부터 초대장이 도착했습니다.'

집에 도착하자마자 허겁지겁 게임에 접속한 라커펠트씨 앞으로 초대장이 하나 와 있었다. '알림을 받지 않음으로 설정했는데 웬 일이지?' 아마도 업데이트를 하면서 모든 설정이 기본으로 변경된 모양이었다.

졸업식은 이미 끝났고 학생들은 저녁 식사를 하고 있었다. 존 조이너가 은 접시에서 푸딩을 그의 접시에 덜어 넣는 게 보였다. 페트라는 보이지 않았다. 댄스 파티가 시작되려면 시간이 남아서 그는 초대장을 읽어봤다.

'영원의 진리를 흘끗 보고 돌아온 쿠마에의 무녀가 당신을 초대합니다.'

템페스트의 무녀에 관해서는 라커펠트씨도 들은 적이 있다. 템페스트에는 오래 전부터 무녀가 존재했다. 종교가 있는 곳에 예언이 있기 때문에 템페스트에 무녀가 있다는 건 조금도 이상한 일이 아니다.

가상 무녀들은 자신이 미래로 가는 비밀의 열쇠를 갖고 있다고 각자 주장한다. 그러나 설사 그들이 미래를 알고 있다 해도 미래에 영향을 미칠 힘은 갖고 있지 않다. 미래를 바꾸는 건 오로지 루트나 관리자, 해커들만이 할 수 있는 일이기 때문이다.

무녀들이 예언을 하는 과정은 고대 역사에 등장하는 무녀들의 그것과 크게 다르지 않다. 몸을 정갈하게 하고 성스러운 방이라 불리는 작은 방으로 들어간다. 그곳에서 무녀는 성스러운 힘에 의해 미래를 보게 된다. 방에서 나온 그녀는 자신이 본 것을 오클로들에게 이야기해 준다.

그녀가 보는 미래가 성스러운 힘에 의해서가 아니라 템페스트 관리자가 미리 만들어 놓은 것이라고 믿는 사람들도 있다. 하지만 그건 사실이 아니다. 템페스트에서 무녀가 미래를 보는 과정은 일종의 과학이기 때문이다.

이 과학이 처음 등장한 건 파이선 왕조 말기였다. 점점 똑똑해지는 오클로들은 제사장을 의심하기 시작했다. 제사장의 예언은 맞는 적도 있지만 틀리기도 한다. 제사장이 정말로 오 캡틴, 마이 캡틴과 교신하는 것일까? 교활한 퓨리의 고민이 시작되었다. 그러다 그는 평소 자신이 즐겨 피우는 토끼 담배에 주목하게 된다.

토끼 담배 잎에는 일종의 환각 성분이 포함되어 있다. 이 환각 성분은 열을 가하면 에틸렌으로 변한다. 토끼 담배를 피우면 마음이 안정되는 건 이 에틸렌 성분 때문이다. 에틸렌 성분을 늘리면 어떻게 될까?

교활한 퓨리는 토끼 담배 잎을 농축해 성분을 100배로 늘린 슈퍼-토끼 담배를 만들어 그의 노예들에게 실험을 해 봤다. 담배를 태운 노예들은 정신이 혼미해졌고 환영을 봤다. 교활한 퓨리는 슈퍼 토끼 담배가 환각 가스 역할을 한다는 걸 발견했다.

환각 상태에서 보는 환영은 의식과 전혀 무관하지 않다. 무의식도 결국은 의식에 기반하기 때문이다. 예를 들어, 전쟁을 해야 하는지 말아야 하는지 점을 쳐야 하는 경우, 슈퍼-토끼 담배를 태우는 무녀의 눈 앞에는 전쟁과 관련된 환영이 나타난다.

이 환영은 정신이 혼미한 상태에서 나타나기 때문에 지극히 모호하고 추상적인 이미지로 보인다. 따라서 오클로들은 그녀가 본 것들을 듣고서 이 모호한 이미지와 영상을 해석하느라 골머리를 앓게 된다. 전쟁을 하라는 신의 계시로 해석해 전쟁을 일으켰는데 패했다면 그건 잘못된 해석 때문이지 무녀 탓이 아니다.

덕분에 제사장 제도는 유지되었고, 비법은 교활한 퓨리의 자손 대대로 전수되었다. 결국 파이선 왕조의 권력자들과 국가의 운명은 환각 가스를 마신 슈퍼-토끼 무녀들에 의해 좌우된 셈이다.

환각 가스가 격변적인 힘과 화산 활동에 의해서 만들어졌다고 주장하는 설도 있다. 화산 폭발로 인해 500F의 재가 퇴적되었고,

이것은 빠르게 얼음을 녹여 증기를 만들었고, 증기 폭발 구덩이를 형성했는데 무녀가 머무는 방 지층이 바로 그곳이라는 것이다. 그래서 무녀가 신비의 방 바닥에 작은 문을 열면 증기가 올라오는데, 이 증기에 포함된 에틸렌 성분이 환각 증세를 일으킨다는 것이다.

누구 주장이 옳든, '성스러운 힘'을 환각 가스라는 알고리즘으로 구현한 걸 보면 이 시스템을 만든 개발자는 무신론자였음에 틀림없는 것 같다.

라커펠트씨는 신중한 사람이었기 때문에 초대장에 포함된 좌표 링크를 클릭하는 대신에 지비스를 불러 쿠마에의 무녀에 관한 정보를 찾아 보라고 말했다.

지비스는 T.S 엘리엇의 황무지, 그리이스 신화, 라파엘로의 그림, 미켈란젤로의 그림, 그리고 게임 속 쿠마에의 무녀 좌표를 찾아줬다. 라커펠트씨는 좌표를 클릭했다. 화면이 쿠마에의 무녀가 있는 곳으로 이동하기 시작했다.

그곳은 사원 뒷마당 지하 창고였다. 지하 창고는 좁고 긴 나선형 계단 아래 있었다. 입구는 가시나무 덤불로 가려져 있었다. 안은 어두컴컴했다. 여기저기 술통으로 보이는 나무통들과 항아리들이 잔뜩 있는 걸로 봐서 술 보관소인 듯 했다.

'냄새를 맡을 수 있다면 포도주인지 맥주인지 알 수 있을텐데.' 이렇게 생각하는데 한 항아리에서 누군가 얼굴을 내밀더니 이렇게 말했다. "[38]나는 죽고 싶어!."

라커펠트씨는 화면 밝기를 조절해 자세히 봤다. 붉은 보석이 박힌 관을 쓴 아름다운 여자였다. 얼굴은 붉은 홍조를 띄고 있었지만 안색이 지나치게 창백해 흰 색과 붉은 색이 극적인 대비를 연출했다. 그녀가 말했다. "그대는 초대 받지 않은 자로구나. 오직 초대 받은 자만이 나와 이야기를 나눌 수 있으니 돌아갈지어다."

"초대? 그게 뭐지?"

---

[38] 미국 태생 영국 시인 T.S. Eliot(1888~1965)의 시 '황무지'에서 라틴어로 표현된 부분을 인용하고 있다. 우리말로 옮기면 다음과 같다: 나는 쿠마에 무녀가 항아리 속에 매달려 있는 것을 직접 보았다. 아이들이 '무녀야, 넌 뭘 원하니?' 하고 묻자 그녀가 대답했다. "난 죽고 싶어."

그러나 무녀는 항아리 속으로 들어가 나오지 않았다.

라커펠트씨는 혹시나 해서 알림센터로 되돌아가 초대장을 다시 열고 본문에 포함된 좌표를 클릭했다. 무녀가 항아리에서 머리를 내밀더니 완전히 빠져 나왔다. 그녀는 붉은 여신 스타일 드레스를 입고, 양 손에 카드들을 들고 있었다. 그녀가 말했다.

"[39]빙의된 무녀가 신의 뜻을 전하노라. 최소한 현재 나는 그의 운명을 알고 있고, 나의 모든 노력들이 수포로 돌아갔고, 내가 실패한 건 처음부터 정해진 운명이고, 그렇게 될 것이라 적혀 있고, 그렇게 되어야만 하기 때문에—"

"영어로 말해!" 라커펠트씨가 말했다. "난 네가 하는 말의 절반도 못 알아 듣겠어. 너도 네가 무슨 말을 하는지 모르잖아.

"내가 말하려고 했던 건," 무녀가 기분 상한 듯이 말했다. "오늘은 너의 오클로에게 있어 가장 슬픈 날이 될 것이라는 거야. 왜냐면 그는 사랑하는 여인으로부터 배신 당하기 때문이야. 그는 그녀에 의해 죽임을 당할 거야."

"무슨 말을 하는거야?"

"초와스는 그가 드레스를 자기를 주려고 만든 게 아니라는 걸 알고 미친 듯 화가 났어. 게다가 그 옷의 주인공이 다른 아이도 아닌, 자신이 버린 옷이나 입는 페트라라는 것에 더 화가 났지. 그래서 그녀는 그 길로 브랭빌리에 후작부인을 찾아갔어. 브랭빌리에 부인은 뿌아종 고약을 만들어 줬어. 땀과 섞이면 살이 타 들어 가는 아주 무서운 고약이야."

"그래서?"

"초와스는 그 향수를 드레스 안쪽에 몰래 발라 놓았어. 페트라는 오늘 밤 그에게 춤을 추자고 할 거야. 춤을 추면서 땀을 흘리면 그 즉시 그녀는 살이 타 들어가는 고통을 느끼면서 죽을 거야. 너의 오클로는 그녀를 죽였다는 누명을 쓸 거고."

"누명을 쓰다니, 왜?"

"초와스가 쳐놓은 함정이야. 춤추다가 네가 페트라를 칼로 찌르는 걸 봤다고 거짓 증언할 아이들을 세 명이나 매수해 놓았거든. 피 묻은 칼도 이미 준비되어 있어."

"초와스는 그깟 드레스가 뭐 그리 대단하다고 그런 끔찍한 짓을 하려는 거지?"

---

[39] 영국 시인 로버트 브라우닝(1812~1889)의 시 'The Last Ride Together' 시작 부분을 인용하고 있다.

"그건 좋은 질문이 아니야. 지금 이 상황에서 좋은 질문은... 어떻게 하면 그를 구해낼지 그 방법을 묻는 거야."

"어떻게 하면 그를 구해낼 수 있는데?"

"절대 둘이 춤을 추게 해서는 안 돼. 그래도 문제가 생긴다면 그 아이를 괘종시계 안에 숨기도록 해."

"괘종시계?"

"그 아이 집 거실에 있는 괘종시계."

"알았어. 그런데 그 아이를 어떻게 시계 있는 데로 데려가지?"

"에너지를 사용하면 되잖아!"

"에너지는 힘을 불어 넣는 것만 가능하잖아."

"넌 정말 멍청하구나. 에너지 100그램에 똑같은 메시지를 입력해서 한꺼번에 주입하면서 되잖아!"

"그건 규정에 어긋나는데?"

"넌 정말 앞 뒤로 꽉 막혔구나. 다들 그렇게 해. 게임사도 말로만 금지하지 실제는 눈감고. 이 멍청아!"

"난 몰랐어. 아무도 안 알려 줬거든. 이제라도 알려줘서 내가 이해했으면 됐지, 그렇게 나무랄 것까지는 없잖아?"

"[40]이런 사소한 것까지 알려줘야 한다는 게 얼마나 수치스러운 일인지 아니? 누가 이런 하찮은 일을 가지고 구차하게 너를 나무라겠니? 내가 너한테 일일이 지적해 줘서 네가 고분고분 내 책망을 받아들이고 대들지 않고 사과한다 해도 나로서는 체신을 잃는 격이야.."

"......"

"알았으면 어서 가 봐! 댄스 파티가 벌써 시작되었어." 이 말을 마치고 무녀는 항아리 안으로 다시 들어갔다.

"그런데 나한테 왜 알려 주는 거지?" 라커펠트씨가 묻자 대답이 없었다. 항아리 안을 들여다 봤더니 무녀는 형체가 사라지고 목소리만 남아 있었다. 그 목소리는 이렇게 말하고 있었다. "난 죽고 싶어."

라커펠트씨는 황급히 사원을 빠져나와 파티장으로 화면을 이동했다.

무도장 밖에는 화려한 마차들이 즐비하게 늘어서 있었다. 마악

---

[40] 영국 시인 로버트 브라우닝(1812~1889)의 시 '나의 전 공작부인(My Last Duchess)'을 인용하고 있다.

도착하는 마차들도 보였다. 마차를 끌고 오는 말들은 마부의 신호에 조금씩 속도를 줄이며 멈추었다. 입구에서 가까운 VIP 주차장에 정차한 마차의 말들은 하나같이 멋들어지게 다듬어진 갈기와 말총, 윤기 나는 털과 균형 있는 몸매를 갖고 있었다. 척 봐도 관리를 잘 받는 말들이라는 걸 알 수 있었다.

무도장 안에는 저녁 식사를 마친 학생들이 하나 둘 무대 위로 오르고 있었다. 음악 연주는 아직 시작되지 않았다. 남학생들은 저마다 멋진 턱시도와 스카프로 멋을 있는 대로 냈다. 그런데 유난히 눈에 튀는 복장이 있었으니, 바로 교복을 입은 존 조이너였다. 그는 돈이 없어 턱시도를 빌리지 못했던 것이다.

그걸 보는 라커펠트씨의 마음이 미어터지는 듯 아파 오면서, 후회가 물 밀듯이 몰려왔다. '명색이 내가 VIP 회원인데... 그 비싼 회비를 물 쓰듯 했으면서 막상 저 아이에게는 턱시도 한 벌 사주지 않아! 미노가 이걸 알면 뭐라고 할까!'

지휘자로 보이는 나비 넥타이를 맨 신사가 악단 단원들 앞에 섰다. 음악이 시작되었다.

'이럴 때가 아니지! 에너지! 에너지를 준비해야 해!' 라커펠트씨는 서둘러 아이템 스토어 창을 열고 에너지를 100그램 구매했다. 그리고 각 에너지마다 '즉각 집으로 가서 괘종시계 안으로 피신할 것!' 이라는 태그를 달기 시작했다.

100개의 아이템에 일일이 태그를 붙이는 건 생각보다 시간이 훨씬 많이 드는 일이었다. 라커펠트씨는 쉬운 방법이 분명 있을 거라고 생각했다. 하지만 지금은 시간이 없다. 얼른 태그를 붙여 파티가 시작되기 전 존 조이너에게 투입해야 한다. 그는 태그에 복사, 붙이기를 반복하며 땀을 뻘뻘 흘리고 있었다.

그러는 동안에 교장 선생님의 축사가 끝나고 여학생 입장이 시작되었다. 홀 우측 문이 열렸고, 멋지게 차려입고 한껏 멋을 낸 여학생들이 한 줄로 입장했다. 그들은 한 명 씩 자신의 이름을 소개하고 짤막한 인사말을 했다. 그 때마다 우뢰와 같은 박수와 휘파람 소리가 났다. 마음이 급해진 라커펠트씨는 화면엔 눈길도 주지 않고 죽어라 열심히 태그를 달았다.

그런데 시끌벅적하던 무도장이 일순간 물을 끼얹은 듯 조용해졌다. 침묵은 얼마간 계속되었다. 뭔가 이상하다 싶어 라커펠트씨는 고개를 돌렸다. 화면을 본 순간 그는 그 이유를 알았다.

그 곳에는 눈이 번쩍 뜨이게 아름다운 한 소녀가 서 있었다. 라커펠트씨는 이제껏 그렇게 아름다운 얼굴을 본 적이 없었다.

그동안 존 조이너의 기억에서 자주 봤었지만 모두가 흐릿한 이미지여서 잘 몰랐던 것이다. 레티나 화면은 머리를 단정하게 올린 그녀의 목 선을 따라 사라지는 엷은 홍조와 그녀의 그 애틋한 시선의 깊이와 열정까지 생생하게 재현했다. 소녀를 바라보며 라커펠트씨는 저런 아름다운 얼굴이 어떻게 가능할까 생각해 봤다. 소녀가 자기 소개를 했다. "페트라 임페트입니다. 행복한 댄스타임 되기를 바랍니다."

사람들은 박수 치는 걸 잊었다. 믿겨지지 않는다는 표정들이었다. 장내가 술렁거렸다. 라커펠트씨는 존 조이너의 표정을 살폈다. 넋을 잃고 페트라를 바라보는 그의 표정은 무척 행복해 보였다.

여학생 입장이 끝나자 '춤의 권유' 댄스가 시작되었다. 일렬로 늘어선 남학생들이 앞으로 두 발자국 가서 멈추고 맞은 편에 일렬로 늘어선 여학생들에게 인사하며 노래했다.

"춤 추시겠어요? 안 추시겠어요? 춤 추시겠어요? 안 추시겠어요? 와서 같이 춤 추지 않으시겠어요?"

여학생들이 두 발자국 뒤로 가서 멈추고 남학생들에게 인사하며 노래했다.

"안 출래요, 못 춰요, 안 출래요, 못 춰요, 같이 춤 추지 않을 거예요."

그렇게 학생들은 춤을 추기 시작했다. 라커펠트씨는 부지런히 태그를 계속 달았다.

1절이 끝나고 학생들이 각자 테이블로 돌아갔을 때 페트라는 순식간에 남학생들한테 둘러 싸였다. 그들이 찬사를 보내는지 야유를 보내는지 라커펠트씨는 신경 쓸 겨를이 없었다. 이제 12개만 더 달면 된다!

"나도 너와 같은 곳에서 왔어. 하지만 학교에서 널 본 적은 한 번도 없는 것 같아." 페트라의 목소리가 들렸다. 라커펠트씨는 흘긋 화면을 봤다. 학생들은 왈츠곡 비슷한 선율에 맞춰 한 쌍씩 춤을 추고 있었다. 그 중에는 존 조이너와 페트라도 있었다. 라커펠트씨가 소리쳤다. "안 돼!" 물론 그 소리는 둘에게 들리지 않았다.

존 조이너가 말했다. "당연하지. 넌 학교에서 모르는 아이들이 없을 정도로 유명했지만, 난 그 때나 지금이나 변함없이 존재감이 전혀 없는 평범한 아이잖아."

"그건 맞는 말이야. 이 이상한 곳에 왔으니 너를 알게 된 거지, 그곳에 있었다면 난 널 영영 몰랐을 거야."

"그것이 내가 여기 오게 된 것에 대해 유일하게 감사하는 이유야. 너와 이렇게 춤까지 추다니 너무 영광이야!"

"그런데 넌 왜 교복을 입고 있니?" 페트라가 물었다.

"그건...' 존 조이너가 말끝을 흐렸다.

"나도 알아. 내 드레스를 만드느라 돈을 다 써서 막상 네 옷은 빌리지 못했던 거지?"

존 조이너는 대답 대신에 겸연쩍은 표정을 지었다.

페트라가 말했다. "내 옷을 멋지게 만들어 준 것에 대해선 고맙게 생각해. 하지만 너는 옷만 생각할 게 아니라, 내 입장도 고려했어야 했어."

"그게 무슨 말이지?"

"생각해 봐! 난 이렇게 화려한 드레스를 입었는데, 넌 초라한 교복 차림이야. 그런 너와 춤 추는 내 마음이 편하겠니? 네가 진심으로 날 생각했다면 너도 근사한 복장을 했어야 했어. 주는 것도 중요하지만, 받는 이나 보는 이들의 마음이 불편하지 않도록 네 몫을 떼어두는 것도 못지 않게 중요해. 적어도 나와 춤을 출 생각을 했다면 말이지. 넌 멋진 턱시도를 입었어야 했어. 이건 예절의 문제야."

"오, 페트라. 넌 정말 아름다운 마음씨를 가졌구나. 나를 그렇게까지 생각해 주다니, 정말 고마워."

왈츠풍의 음악은 경쾌하면서도 슬픈 느낌이 드는, 묘하게 끌리는 곡이었다. 라커펠트씨는 꼭두각시가 눈물을 흘리며 억지로 미소 짓고 빙글빙글 돌며 춤추는 TV 광고를 떠올렸다.

"그런데 넌 그동안 왜 그렇게 괴상한 차림으로 얼굴을 가리고 다녔니? 처음 봤을 때 못 알아볼 뻔 했어." 존 조이너가 물었다.

"그건 말이지..." 페트라가 말했다. "나도 그날 밤 무슨 일이 생겼는지 정확히 기억을 못해. 깨어나 보니 나는 말똥 냄새 나는 더러운 침대에서 자고 있었고, 우리 아빠는 남의 마차를 모는 B급 마부였어. 난 내가 벌을 받는 줄 알았어. 내가 너무 예뻐서 신이 질투하셔서 내게 벌을 내리시는 줄로만 알았거든. 그게 내가 여기 온 이유라고 생각했어. 만일 그렇다면 이 곳을 빠져나가는 유일한 방법은 내 얼굴이 더 이상 예쁘지 않다는 걸 보여 드려서 신의 노여움을 푸는 것이라고 생각했어." 페트라가 말했다.

'육갑도 가지가지군. 그러면 계속 찌그러져 살던가... 드레스는 왜 입었대?' 라커펠트씨가 중얼거렸다. 그는 91번째 태그를 달고 있었다.

"하지만 깨달았단다. 타고난 미모는 신이 아무리 질투해도

196

숨길 수 없다는 걸. 네가 그걸 알게 해 줬어. 이제 난 위선을 버리고 생긴 대로 살거야. 모든 아이들이 나만 쳐다보고 있는 거, 너도 보이지? 이런 기분 정말 오랜만이야. 이제야 숨통이 트이는 것 같아. 오! 시장님 아들 로코모스가 날 쳐다보고 있네! 저 아이가 나를 가난뱅이 B급 마부로부터 구출해 줄 수 있을까?"

"구출이라니? 그 분은 네 아버지잖아?"

"내 아버지라고?" 페트라가 화가 난 목소리로 말했다. "넌 그가 나의 아버지로 어울린다고 생각하니? 나의 아버지가 어떤 분이었는지는 네가 잘 알잖아! 세상에서 내 아버지는 오직 한 분 뿐이야. 부자 아버지! 저급한 B급 마부가 아니고..."

페트라는 말을 마치지 못했다. 라커펠트씨는 95번째 태그를 복사하는 참이었다.

"페트라, 왜 그래? 어디 아파?" 존 조이너가 황급히 묻는 소리가 들려왔다.

'올 것이 온 모양이군!' 라커펠트씨는 사력을 다해 태그를 달면서 화면을 흘깃 곁눈질했다. 페트라가 괴로운 듯 얼굴을 찡그리고 있었다. 그 순간 곁에서 춤추던 초워스의 친구 에트바스가 존 조이너에게 몸을 밀착시켰다. 다음 순간 라커펠트씨의 눈에 보인 건 존 조이너의 손에 들린 피 묻은 칼이었다. 에트바스가 소리쳤다. "존 조이너가 페트라를 칼로 찔렀어!"

모든 시선이 존 조이너에게로 쏠렸다. 당황한 존 조이너는 어쩔 줄 모르며 자기 손에 들려진 칼을 내려다 보기만 했다. 페트라가 바닥에 쿵 쓰러졌다. 그녀의 가슴에서 피가 흘러 나오고 있었다. 모두들 비명을 지르며 물러섰다.

"경찰을 불러! 저 아이가 페트라를 죽였어!" 애론 힐리가스가 소리쳤다. 존 조이너는 칼을 바닥에 떨어뜨리고 비틀비틀 뒤로 물러섰다. 그리고는 사력을 다 해 밖으로 도망쳤다. 선생님들이 그를 잡으라고 소리쳤다. 밖에서 대기하고 있던 마부들이 일제히 그의 뒤를 쫓았다.

그는 집으로 도망치고 있었다. 100번째 태그 달기를 모두 마친 라커펠트씨는 무녀가 알려준 대로 에너지 100그램을 한꺼번에 투입했다.

그러나 적용되기까지는 다소 시간이 걸리는 모양이었다. 왜냐면 집에 도착한 그는 대문을 걸어 잠그고 뒷 뜰 지하실로 향했기 때문이다. '지하실 말고 괘종시계로 가란 말이야!' 라커펠트씨가 소리쳤지만 그의 귀에 들리지 않았다.

197

잠시 후 대문을 쾅쾅 두드리는 소리가 들렸다. 라일락 나무를 타고 올라가는 마부들도 보였다. "저기야! 뒷 뜰에 있어!" 누군가 소리쳤다. 그 소리를 듣고 존 조이너는 발길을 돌려 뒷문을 열고 집 안으로 들어갔다. 그는 모든 문들을 걸어 잠가뒀다. 그리고 마루 한 구석에 쪼그리고 앉아 무릎에 얼굴을 파묻고 울기 시작했다.

그 순간 아름다운 음악이 울려 퍼졌다. 밤 10시를 알리는 패종시계의 타종 소리였다. 존 조이너는 고개를 들고 소리나는 쪽을 쳐다보다가 벌떡 일어나 패종시계 앞으로 달려갔다. 그는 시계를 부여잡고 간절히 외쳤다. "할아버지! 제발 저 좀 구해 주세요! 이 이상스러운 곳에서 빠져 나가게 해 주세요!"

간절한 부탁에도 불구하고 패종시계는 꿈쩍도 않았다. 존 조이너의 간절한 외침은 저주스러운 독백으로 바뀌었다.

"41화려한 여자의 마음을 얻기 위해 노력하고 또 노력했지만 번번이 좌절되었어!... 내 몫은 없어!... 오, 이런 이상한 세상에 저를 밀어 넣으신 잔인한 분이시여. 저는 많은 걸 할 수 있었는데, 조롱받고 상처받았습니다.! 신이시여, 저는 당신께 나쁜 짓을 한 적이 단 한 번도 없는데, 당신은 왜 제게 왜 시련을 주십니까!"

'저건 표절이야!' 라커펠트씨가 중얼거렸다. '그런데... 누가 했던 말이더라? 요브라이트 부인? 메들린?" 그러나 그는 생각을 계속할 수 없었다. 왜냐면 바로 그 때 패종시계 추 뒤로 희미한 선이 보이기 시작했기 때문이다. 선은 점점 선명해지면서 윤곽을 드러냈다. 아름다운 장식의 금속 손잡이가 달린 작은 문이었다!

라커펠트씨는 그동안 유사한 장면을 그 동안 영화나 TV에서 많이 봤기 때문에 전혀 놀라운 장면이 아니었다. 그러나 이런 신기한 광경을 처음 본 존 조이너는 눈을 믿을 수가 없었다. 그는 놀라서 바닥에 털썩 주저앉았다. 문을 부수는 소리가 났고. 발자국 소리가 쿵쿵 들렸다. "어서 패종시계 문을 열고 그 안으로 도망쳐!" 라커펠트씨가 소리쳤다. 물론 그 소리는 존 조이너의 귀에 들리지 않았다.

그 때 존 조이너가 돌연 일어났다. 그는 패종시계 유리문을 열고, 흔들리는 시계추를 잠자코 응시하다가 시계추를 피해 재빠르게 안으로 들어갔다. 그리고 작은 문을 열고, 안으로

---

41 영국의 소설가 토마스 하디(1840~1928)의 장편 소설 '귀향'에서 주인공 유스테시아의 대사를 인용하고 있다.

사라졌다.

경찰과 마부들이 달려왔을 때는 괘종시계가 타종을 멈추고 시계추가 제 자리에 섰을 때였다. 작은 문은 흔적도 없이 사라졌다. 오클로들은 여기저기 찾아다니다가 포기하고 돌아갔다.

내동댕이쳐진 집안의 가구들과 물건들을 내려다 보면서 라커펠트씨는 망연자실했다. 그가 중얼거렸다. '이제 어떻게 되는 거지?'.

11장. 여행자의 기도

낙엽들이 이리 저리 날리는 오후, 라커펠트씨는 작은 카페에 앉아 한 남자를 기다리고 있었다. 담장 위에 새들이 옹기종기 모여 앉아 깃털을 고르고 있었다.

그 동안 많은 일들이 있었다. 존 조이너는 돌아오지 않았다. 그는 존 조이너가 그가 왔던 곳으로 되돌아갔다고 생각했다. 다음 날 로그인했을 때 그의 몸을 다시 찾아볼 수 없었기 때문이다. 게임 접속 화면은 존 조이너가 있는 곳으로 데려다 주는 대신에, 어디로 가겠느냐고 물었다. 그리고 검색창, 추천 오클로 좌표들을 보여줬다.

주소 검색으로 찾아간 그의 집은 텅 비어 있었다. 거실의 낡은 괘종시계만이 매 시간 변함없이 아름다운 타종 소리를 들려줄 따름이었다. 2층 방 낯익은 줄무늬 침대보는 그대로였지만, 누에고치처럼 몸을 칭칭 감고 자던 그의 모습은 거기에 없었다.

얼마 뒤 새로운 오클로 가족이 이사 왔다.

쿠마에의 무녀는 초대한 적이 없다며 대화를 거부하고 항아리 안에서 나오려 하지 않았다.

라커펠트씨는 한동안 허전한 마음을 가눌 수 없었다. '그의 할아버지가 그랬던 것처럼 그도 시계추에 머리를 맞고 돌아올 거야.' 그는 이렇게 생각하며 스스로를 위로했다.

그러나 그럴 가능성은 적어 보인다. 돌아오는 즉시 그는 경찰에 체포될 것이다. 게다가 이제는 머무를 집조차 없다.

'미노가 나중에 와서 물으면 뭐라고 말해야 하지?'

얼마 전부터 그에게 새로운 습관이 생겼다. 그것은 거울을 보고 미노를 설득하는 연습을 하는 것이다.

"아빠는 너의 행방에 관한 작은 단서라도 알아낼 수 있을까 싶어서 그 아이를 좀 더 알기 위해 최선을 다 했어."

이 말은 너무 사무적으로 들린다. 미노는 아빠가 자신의 행방을 알아내기 위해 존 조이너를 학대, 심문, 취조, 고문했다고 오해할지 모른다.

"아빠는 그 아이를 살리려고 VIP 회원에 가입했어. 에너지도 100그램이나 주입했어."

이 말은 좀 계산적으로 들릴 것 같다. 모든 걸 돈으로 해결하는 아빠라고 미노가 오해할지 모른다.

"그 아이는 너의 둘도 없는 소중한 존재였다는 걸 아는데, 어떻게 그 아이에게 소홀할 수 있었겠니? 너한테 소중한 건 나한테도 소중한 거야."

이 말 역시 설득력이 부족할 것 같다. 이 말을 미노가 믿는다면, 그는 애초에 게임한다는 걸 속이지 않았을 것이다.

"아빠도 게임과 그 아이를 좋아하게 됐단다. 네가 왜 게임에 빠져들었는지, 그 아이를 왜 그렇게 좋아했는지 게임을 해보고서야 비로소 이해가 갔어."

이 말 역시 바람직한 말은 아닌 것 같다. 아빠가 게임에 빠져들었다는 걸 미노가 눈치챌 것이기 때문이다. 좋은 아빠는 아들의 모범이 되어야 한다. 그래야 아들의 건전한 취미 생활을 이끌 수 있다.

그 사건이 있었던 다음 날, 존 조이너가 흔적도 없이 사라졌다는 소식이 거의 모든 매체를 요란하게 장식했다. 처음에 라커펠트씨는 의아해 했다. 존 조이너를 비공개 모드로 설정했는데 사람들은 어떻게 방 안에서 일어난 일들을 아는 걸까?

의문은 이내 풀렸다. 그것은 그 날 존 조이너를 잡으러 문을 부수고 방에 들어갔던 경찰과 마부들 때문이었다. 오클로가 보는 모든 것들을 마스터는 볼 수 있다. 그 날 현장에 있었던 경찰과 마부들의 눈에 비친 당시 상황은 마스터들을 통해 실시간 중계되었고, 동영상도 유포되었다. 현장에 있었던 마부와 경찰의 몸값이 하루 만에 100배로 치솟았다.

페트라는 땅에 묻혔다. 초와스와 공범자들은 무사했다. 존 조이너가 만든 드레스를 입고 누운 그녀의 마지막 모습은 정말로 아름다웠다. 초와스가 그녀를 보내는 헌사를 낭송했다.

"[42]여기에 가장 아름다운 소녀가 누워 있습니다. 발걸음과 마음도 가벼웠던 그녀. 제가 알기로 그녀는 엘리지게이트에서 가장 아름다운 소녀였습니다. 그러나 아름다움은 사라지고 아름다움은 지나갑니다. 아무리 진귀한 것이라 해도. 저마저도 세상을 떠나면 누가 이 엘리지게이트의 소녀를 기억해 주겠습니까?."

한 가지 다행스러운 건, 존 조이너가 괘종시계 속으로 들어가는 걸 아무도 못 본 듯 하다는 것이다. 또 그가 시계 앞에서 울부짖으며 내뱉었던 말에 관해서도 누구도 언급이 없다는 것이다. 아무도 듣지 못했음에 틀림없다.

이건 대단히 중요하다. 왜냐면 라커펠트씨는 그 때 존 조이너가 한 말 중에 일종의 암호가 포함되어 있다고 생각했기 때문이다. 그것이 작은 문이 홀연 나타났던 이유라고 라커펠트씨는 생각했다. 주문을 외웠더니 굳게 닫힌 돌문이 스르르 열리고, 암호를 외치면 없던 문이 생기는 장면을 그는 영화에서 수없이 봐 왔다.

'그 문은 분명 다른 세상과 연결되는 문일 거야. 그 아이는 심킨이 기다리고 있는 그의 집으로 돌아갔을 거야.'

그런데 한 가지 의문이 남는다. 꽃장수 존 조이너는 어떻게 되었을까? 재봉사 존 조이너가 원래 있던 곳으로 돌아갔으니, 꽃장수 존 조이너가 이 곳으로 돌아와야 맞지 않을까?

'그 작은 문 안에 모든 비밀이 숨어 있는 게 틀림없어! 그 안에 들어가 봐야 해! 암호를 알아냈으니, 작은 문은 필요할 때 언제든 나타날 거야. 그러나 난 오클로가 아니다. 암호를 외칠 수도, 작은 문으로 들어갈 수도 없지 않은가!'

사람들은 댄스 파티에서 존 조이너와 페트라가 나눈 아리송한 대화에도 주목했다. 일부 사람들은 페트라에게도 존 조이너와 같은 정신병이 있었다고 생각했다. 일부 사람들은 페트라가 가난한 부모를 창피하게 여기는 철없고 이기적인 십대였다고 생각했다. 명백한 슬로모션 화면에도 불구하고 존 조이너가 페트라를 죽였다고 생각하는 사람들도 있었다. 대화에 분명 깊은

---

[42] 영국의 시인이자 소설가 월터 드 라 메어(1873-1956)의 시 '묘비명'을 패러디하고 있다.

뜻이 숨어 있을 거라 생각해 온갖 상상력을 동원해 분석하는 사람들도 있었다.

뭐니뭐니해도 최대의 관심사는 존 조이너의 행방과 게임사의 사후 처리 보상 문제였다. 템페스트는 서둘러 공식 사과문을 발표했다. 조사 결과 그의 집 벽에 예상치 못한 '양자벽 투과'라 불리는 버그가 존재했음이 밝혀졌으며, 이 버그로 인해 존 조이너는 현실에서는 결코 넘을 수 없는 벽을 확률에 의해 넘을 수 있었다는 것이다.

가상 벽은 꽉 차 있는 게 아니라 수많은 코드들의 집합으로 구성되어 있어, 사실은 벽을 가로막을 장애물은 존재하지 않고, 따라서 오클로는 벽을 무리 없이 통과할 수 있어야 한다. 개발자들은 코드 집합들에 결속력을 부여하는 양자 그물 코드를 만들어 하나의 코드 집합이 다른 코드 집합을 뚫고 지나가지 못하게 만들었는데, 양자벽 투과라는 버그로 인해 이 결속력이 해제되어 존 조이너가 벽을 통과했고, 벽을 통과한 존 조이너는 다시 결속되지 못하고 해체되었다는 것이다.

이 이상스럽고 별난 설명은 이렇게 끝을 맺고 있었다. "비슷한 피해 사례는 아직 보고된 바 없지만, 차후로 이런 일이 다시 발생하지 않도록 현재 100명의 개발자들이 매달려 버그 패치 작업 중입니다. 존 조이너을 잃고 깊은 상실감에 빠져 있을 마스터님께 사과드립니다. 저희에게 연락해 주시면 보상해 드리겠습니다." CEO 유레카씨가 사과문에 직접 서명했다.

사람들은 게임사의 발표를 믿지 않았다. 사람들은 존 조이너가 사라진 건 그의 선택이었다고 생각했다. 그동안 그가 보여준 신비한 능력으로 미루어 볼 때 전혀 터무니없는 생각은 아니다. 그가 다른 차원으로 갔다고 말하는 사람들도 있었다.

라커펠트씨는 당분간 게임사에 연락하지 말고 사태를 관망하기로 결정했다. 자신이 존 조이너의 마스터라는 걸 알리기가 꺼려졌기 때문이다. 그의 생각에, 그 날 밤 존 조이너가 괘종시계 속으로 사라진 걸 게임사 관리자는 분명 봤을 것이다. 그럼에도 이렇게 발표하는 걸 보면 뭔가 말 못할 사연이나 꿍꿍이가 있는 것 같다. 그게 뭔지 알아내기 전에는 나서지 않는 게 좋을 것 같았다.

존 조이너 집에 있던 모든 집기는 시청 재산으로 환수되었다. 낡은 괘종시계는 시장의 집무실로 옮겨져 발목이 빠질 정도로 폭신한 붉은 카펫 위에 곱게 모셔졌다. 라커펠트씨는 다행이라고 생각했다. 사용자나 오클로는 마음만 먹으면 오클로들을 시켜서 괘종시계를 훔치거나 분해해서 망가뜨릴 수 있다. 괘종시계는 당분간 파손이나 분해, 도난의 위험으로부터 안전했다.

그러는 동안에 짐머만씨가 벌금을 내고 석방되었다는 소식이 신문 3면에 조그맣게 보도되었다. 조사 결과, 피싱 사이트를 운영한 죄는 인정되지만, 피해자가 없기 때문에 정상참작 되었다고 했다. 템페스트 데이터베이스 해킹 혐의는 증거 불충분으로 기각되었다고 했다.

그러고 나서 몇 주 뒤 그로부터 만나자는 이메일이 왔다.

* * * * * * * * * * * *

저 멀리 서쪽으로 기우는 태양을 등지고 한 남자가 나타났다. 그는 말총머리에 가죽 잠바를 입고 있었다.

그가 다가와 웃으며 라커펠트씨에게 악수를 청했다. 라커펠트씨는 그의 미소가 무척 해맑다고 생각했다. 그의 흰 치아가 햇빛에 반사되어 눈이 부셨다.

그가 말했다. "돈을 받으러 왔습니다."

라커펠트씨가 서류 가방에서 봉투를 꺼내 건네줬다. 남자가 봉투에서 돈을 꺼내 세기 시작했다.

라커펠트씨가 말했다. "이렇게 빨리 출소하실 줄은 정말 몰랐습니다. 정말 재주도 좋으십니다. 어쨌건 무사히 자유의 몸이 되신 걸 경축해드립니다."

남자는 말없이 봉투를 가죽 잠바 주머니에 넣었다.

라커펠트씨가 말했다. "우리 아직 할 얘기가 남은 것 같은데요. 맞나요?"

남자가 고개를 끄덕였다. 웨이터가 메뉴판을 가져왔다.

"쿠마에의 무녀 초대장을 보낸 사람, 당신 맞죠?" 라커펠트씨가 물었다.

"아닙니다." 그가 대답했다.

"그 날 새벽 템페스트를 해킹한 것도 당신 맞죠?"

그가 고개를 끄덕였다.

"제가 존 조이너의 마스터라는 걸 알고 의도적으로 접근하신 거 맞죠?"

그가 고개를 저었다. "휴게실에서 당신과 마주친 건 순전히 우연이었습니다. 그 때만 해도 저는 당신이 녀석의 마스터라는 걸 몰랐습니다. 이후 지비스를 해킹한 건 의도적인 접근

맞습니다."

"존 조이너의 기억을 엉망으로 만든 것도 당신 맞죠?"

"맞기도 하고 틀리기도 합니다." 타이푼이 대답했다. "왜냐면, 원인 제공자는 저였지만, 전혀 의도하지 않은 결과가 나왔기 때문입니다. 저의 의도는 녀석의 존재를 데이터베이스상에서 완전히 없애 버리는 거였습니다. 그리고 실제로 그렇게 했습니다. 그러나 녀석은 여전히 거기에 있었습니다. 그것도 괴상한 기억과 함께 말입니다."

"그 아이를 없애버리려 했던 이유는 뭡니까?"

"그건... 녀석이 저를 배신했기 때문입니다. 녀석은 제가 부여한 신비한 능력을 멋대로 사용했습니다. 그 결과 사람들은 녀석이 특별하다는 걸 알게 되었고, 저의 안전에 심각한 위협이 되었습니다."

"당신이 그 아이에게 특별한 능력을 심어 주셨단 말씀인가요?"

"그렇습니다. 다른 사람들이 모르는 특별한 능력도 포함됩니다. 바로, 녀석과 실시간 대화를 나누는 기능입니다."

라커펠트씨가 놀란 표정으로 타이푼을 쳐다봤다. 타이푼은 어깨를 으쓱했다.

"그렇다면 그 능력을 거두고 기억을 없애면 되었을 텐데 그렇게까지 할 필요가 있었나요?" 라커펠트씨가 물었다.

타이푼은 그럴 수 밖에 없었던 이유를 설명했다. 존 조이너가 관리 대상으로 분류되어 접근할 수 없었다는 그의 말에 라커펠트씨는 고개를 끄덕였다. 타이푼은 그것이 존 조이너가 의도했던 바였다고 덧붙였다.

"왜 그 아이를 선택했죠?"

"그건 녀석이 코드 테스트에 완벽한 조건을 갖췄기 때문입니다. 첫째, 녀석은 지극히 평범합니다. 사용자들 눈에 절대 띄지 않죠. 둘째, 녀석은 마스터로부터 버림받은 고아였습니다. 어느 날 불쑥 마스터가 나타난다 거나, 경매로 다른 사람에게 넘어갈 불상사를 걱정 안 해도 좋으니까요."

"제가 이렇게 나타났지 않았습니까?"

"저는 그 아이를 선택한 이유를 말씀드렸지, 제 판단이 옳다고 말하지 않았습니다. 그러나 당시로서는 제 판단이 옳다고 생각할 수 밖에 없었습니다. 저는 뒷조사를 좀 했고, 당신의 로그인 기록에 접속했습니다. 당신은 녀석을 구매한 이후 로그인한 적이 단 한 번도 없었습니다. 저는 패스워드 크래커를 돌려 보고서야 그 이유를 알아냈습니다. 당신의 게임 계정이 템페스트에 의해 차단되어 있었기 때문입니다."

"차단되었다구요?"

"그렇습니다. 이것은 당신의 아이디가 부정한 용도로 사용되었을 수 있다는 의심을 받는다는 걸 의미합니다. 예를 들어, 리딤 코드 생성 로직을 알아내 24시간 안에만 사용 가능한 가짜 코드를 만들어 내는 거죠. 생성된 가짜 코드는 오클로나 아이템을 구매하는 데 사용됩니다. 물론 사람이 구매하는 게 아니라 봇이 하는 것이죠. 만일 동일한 시간대에 기프트 카드를 지불 수단으로 사용한 오클로 대량구매가 발생했는데, 사용된 기프트 카드 코드가 일련번호처럼 나열되는 경우 시스템은 가짜 코드로 구매한 것으로 간주하고 해당 아이디를 차단합니다. 차단을 푸는 방법은 오직 하나, 회원이 직접 게임사에 방문해 본인 확인을 하는 것입니다. 녀석을 구매한 사람 혹은 봇은 아이디가 차단되자 지레 겁먹고 포기했을 겁니다."

"...?"

"일단 차단되면 해당 오클로들은 관리자의 감시나 사이드카의 레이다망으로부터 자유로워집니다. 마스터가 로그인할 일이 없기 때문이죠. 이 이상 완벽한 조건이 또 있을까요?"

"당신은 지금 거짓말을 하고 있군요. 아니면 뭔가 잘못 알고 계시던가요. 최근 5년간 접속 기록을 보시면 집에서 로그인한 기록이 있습니다. PC방에서 로그인한 기록도 있습니다."

저도 봤습니다. 당신에게서 아이디와 패스워드를 받자마자 제일 먼저 확인한 게 그거였거든요." 그러더니 타이푼은 단호하게 말했다. "조작입니다."

"조작이라구요?"

"네. 100% 조작입니다."

"뭔가 잘못 알고 계신 거 아닌가요?"

"그렇지 않습니다. 게임을 하려면 클라이언트는 게임의 로그인 서버에 접속해 사용자 계정 정보를 입력 받아 로그인 서버로 전송해야 합니다. 그러면 로그인 서버는 전송 받은 계정 정보를 데이터베이스에 질의해서 계정 정보가 정확한지 확인합니다. 계정 정보가 일치하면 게임 서버 접속이 허용됩니다. 게임 서버에 접속 되면 게임 서버는 사용자 계정 정보를 가지고 그 사용자에 대한 정보를 데이터베이스에 질의해 가져오고 클라이언트로 전송합니다. 이후 게임이 진행되면서 바뀌는 모든 정보는 데이터베이스에 기록됩니다.

"사용자 계정은 이처럼 여러 곳에서 사용되기 때문에 로그도 여러 곳에 남습니다. 당신의 로그인 기록은 어디에도 존재하지 않습니다. 왜냐면 당신의 계정은 게임에서 사용된 적이 없기 때문입니다."

라커펠트씨는 스마트폰을 꺼내 템페스트 웹사이트에 접속해 로그인 한 뒤 '로그인 기록' 메뉴에서 '5년 간 로그인 기록' 버튼을 눌렀다. 새 창이 열렸다. 거기엔 아무 기록도 없었다.

"이게 어떻게 된 거죠? 당신이 죄다 삭제한 거 아닌가요?" 라커펠트씨가 놀라서 물었다.

"아닙니다. 저는 당신의 컴퓨터가 악성 코드에 감염되어서 템페스트를 위장한 피싱 사이트에 접속해 가짜 로그인 기록을 봤을 거라고 생각했습니다. fast0-flux, 도메인 하이재킹, 아니면 캐쉬 포이즈닝(Cache Poisoning)..."

"현금(cash)을 독살한다구요?"

"......"

"당신 말이 사실이라는 증거가 있나요?"

"저의 실력이 증거입니다. 제 말에 누가 이의를 제기하겠습니까? 저는 데이터베이스와 7개의 서버에 들어가 본 사람입니다."

"그렇게 실력이 좋다면 왜 잡혀간 거죠?"

"그것은 제가 의도한 바입니다. 왜냐면 그것은 일종의 허니팟이었으니까요." 타이푼이 대답했다.

"기분이 상했다면 용서를 구합니다. 그러나 저로서는 신중할 수 밖에 없습니다. 왜냐면 제 아들의 일이니까요."

"그게 무슨 말씀이죠?"

"제 명의로 회원가입했다는 사람이 바로 제 아들입니다. 그 아이는 저 몰래 PC방에서 게임을 했고 집에서도 했습니다. 아들이 실종되던 날 새벽 집에서 제 컴퓨터로 접속한 아이피 로그인 기록에 남아 있습니다."

"말도 안됩니다. 당신의 아들이 거짓말 하는 겁니다. 몇 번이나 말해야 알아 들으시겠습니까? 당신의 계정은 사용이 불가했습니다. 로그인 할 수가 없었단 말입니다. 당신이 직접 본사로 가서 본인 확인을 하시기 이전에는 말입니다."

라커펠트씨는 그간의 일을 들려주었다. 아들이 실종되었고, 아들의 친구 이안이 찾아와서 알려줬고, 쪽지를 잃어버려서 승계를 못 해 줬는데 연락이 없었고, 학교에 가 봤더니 파나마로 이민 갔다고 하더라는.

남자는 잠시 생각에 잠기더니 말했다. "마스터가 로그인 안

한지 3년이 되어야 경매가 가능한 건데, 녀석이 2년이라고 거짓말했군요. 배후에 누군가 있는 게 틀림없습니다. 어쨌건, 알게 되어 다행입니다. 이제 용의자 한 사람이 늘었군요. 아드님 친구의 이름과 학교 주소를 알려 주시면 제가 찾아 드리겠습니다. 녀석은 분명 누군가의 사주를 받았을 겁니다. 아드님에 관해서는 정말 안됐습니다."

남자는 이안이의 이름과 학교 명, 인상착의를 받아 적었다. 그리고 나서 그는 꿈꾸는 듯한 표정으로 그간의 일들을 들려 주었다.

"당신이 준 아이디와 패스워드로 저는 녀석의 기억 데이터베이스에 접속하는 데 성공했습니다. 녀석의 과거 기억을 들여다 보면서 저는 그것이 녀석의 상상력의 산물이 아니라 실제 경험임에 틀림없다는 확신을 갖게 됐습니다. 처음엔 뭔가 문제가 생겨서 다른 오클로의 기억으로 바뀐 줄로 알았습니다. 그러나 녀석의 기억에 등장하는 모든 사건과 장소는 이 곳과 일치하지 않습니다. 아무리 생각해 봐도 도무지 모를 일이었습니다."

그래서 타이푼은 당시 상황을 재현하는 방법으로 궁금증 해결의 실마리를 찾기로 했다. 그는 10개가 넘는 다이어그램을 만들고, 몇 백 개의 표와 공식을 적고, 게임 알고리즘에 관한 복잡한 규칙에 관해서도 기록했다. 거듭된 실험은 똑같은 것을 지적하고 있었다. 그러나 그는 그것을 인정할 수 없었다. 실체가 없었기 때문이었다.

타이푼은 어지러운 머리를 정리하려고 산사를 찾았다. 그가 산사에 도착했을 때 스님들이 뒷마당에서 축구를 하고 있었다. 툇마루에서 주지스님과 차를 마시는데 뒷마당에서 함성이 울렸다.

주지스님이 물었다. "저들이 왜 외치는 것이냐?"

타이푼이 대답했다. "축구공이 골문을 통과했기 때문입니다."

주지스님이 다시 물었다. "너는 어째서 보이지도 않는 축구공이 골문을 통과했다고 말하는 것이냐?"

이 말에 돌연 깨달음을 얻은 타이푼은 집으로 돌아왔다.

여기서 '보이지 않는 축구공'에 관해 잠시 알아보기로 한다. '보이지 않는 축구공'은 물리학자 [43]레더만씨가 작은 입자의

존재를 캐내는 방법론을 설명할 때 사용했던 비유다. 그는 그의 저서 신의 입자에서 이렇게 설명하고 있다:

트와일로(Twilo) 행성에는 지적인 외계인이 살고 있다. 그들의 외모는 우리와 다소 비슷하며, 우리처럼 말도 한다. 그들은 우리 인간과 흡사하다. 차이점은 단 하나, 그들이 시신경에는 플루크가 들어있다. 그래서 그들은 흑과 백의 병렬로 구성된 물체를 보지 못한다. 예를 들어, 얼룩말을 볼 수 없다. 또 NFL(미국 내셔널 미식 축구 연맹) 심판의 흑백 무늬 셔츠도 볼 수 없다. 흑백 무늬의 축구공을 볼 수 없다.

레더만씨는 우리에게 축구 경기를 관람하는 외계인들을 상상해 보라고 말한다. 외계인은 흑백 조합을 구별하지 못하기 때문에 경기장에서 벌어지는 일들이 이상하게 보일 것이다. 선수들은 제멋대로 뛰다가 서로의 다리를 발로 걸어 차지만 실제로 다리를 건드리는 경우는 드물다. 이 이상스러운 동작은 선수들 중 절반이 환호성을 지르며 뛰어 오르고 관중들이 환호하거나 야유를 보낼 때까지 계속된다.

하지만, 레더만씨는 말한다. 경기를 자세히 관찰한 외계인들은 경기에 어떤 패턴이 있다는 걸 발견한다고. 외계인들은 선수들 모두가 어떤 것을 바라본다는 것을 알게 된다. 그 어떤 것은 움직이고 있으며, 선수들이 발로 차는 건 상대방의 다리가 아니라 보이지 않는 그것이라는 걸 알게 된다. 좀 더 자세히 관찰한 외계인들은 선수들 절반이 환호성을 지르며 뛰어 오르고 관중들이 환호하기 바로 직전, 뒤에 있는 골 네트가 불룩해진다는 걸 알게 된다. 외계인들은 거기에 공이 있다고 가정한다. 비록 보이지는 않지만. 네트가 불룩해지는 건 공이 네트를 치기 때문이라는 결론에 도달한다. 보이지는 않지만, 공이 있다고 일단 가정하면 이해가 가지 않았던 경기장에서 벌어지는 일들이 너무도 쉽게 이해된다. 즉, 보이지 않는 축구공이 모든 규칙을 설명해 주는 것이다.

입자 물리학자들이 보이지 않는 입자의 존재를 알아내는

---

[43] 레온 맥스 레더만(1922~). 미국 물리학자. 1988년 중성미자에 관한 공동 연구로 노벨 물리학상을 받았다.

방식도 이와 크게 다르지 않다. 입자는 너무 작아 우리 눈에 보이지 않는다. 그러나 보이지 않는다는 이유 만으로 없다고 단정하기에는 이상한 현상들이 설명되지 않는다.

그런데 보이지 않는 입자가 존재한다고 인정하면 그 순간 모든 의문들이 설명된다. 오늘날 입자 물리학의 눈부신 도약은 물리학자들의 예리한 관찰력 덕분이다. 보이지 않는 축구공의 존재를 인정했기 때문에 축구공이 있다는 걸 알아낸 것이다.

입자 물리학이 그 아이의 사라진 기억과 무슨 상관이 있다는 거죠?" 라커펠트씨가 물었다.

"저는 아직도 그 아이의 이상스런 기억의 이유를 알지 못합니다. 그러나 한 가지 가정만 하면 그 모든 이상한 현상들이 설명됩니다. 그것은..." 그는 크게 숨을 들이마시었다가 말했다. "백업입니다."

"백업이라구요?" 라커펠트씨가 물었다.

"그렇습니다. 템페스트를 만든 프로그래머, 그가 채프먼이든, 호메로스든, 라뮤리즈 박사든, 엔키두든 혹은 C클래스든, 그는 개발을 하면서 분명 게임을 백업해 놓았을 겁니다. 그 백업을 우리는 본 적이 없습니다. 어디 있는지도 모릅니다. 그러나 백업은 관리자나 프로그래머의 기본 소양입니다. 템페스트를 만들 정도의 대단한 프로그래머라면 당연히 백업도 착실히 했을 거라는 가정에 전혀 무리가 없을 겁니다. 동의하시죠?"

라커펠트씨가 고개를 끄덕였다

"처음에 백업 시스템은 원활히 돌아갔을 겁니다. 그가 만든 백업 시스템의 주요 기능은 세 가지였을 거라고 가정해 봅니다. 일정 간격을 두고 백업을 규칙적으로 수행해 기존의 백업을 최신 백업으로 덮어쓰기 하는 기능 A, 버그 혹은 실수로 중요한 객체가 오리지널에서 삭제되는 경우 백업에서 해당 객체를 덮어쓰기 하게 하는 기능 B. 그리고 시간이 흘러가지 못하도록 락을 걸어 놓는 기능 C...

"오리지널이 동적인 세계인 반면, 백업은 침묵의 세계였을 겁니다. 즉, 우리가 접속하는 게임 속 가상 세계는 끊임없이 변화하지만, 백업 속 가상 세계는 시간이 멈춘 곳이어야 합니다. 그래야 오리지널에 문제가 생겨 백업으로 교체했을 때, 약간의 시간 차는 있겠지만 동일한 게임 환경이 될 테니까요."

라커펠트씨는 그 침묵의 세상을 머리 속으로 상상해 봤다.

만일 우리가 백업 세상을 들여다볼 수 있다면 그 곳은 어떻게 보일까? 마치 시인 키이츠의 오래된 그리스 항아리에 그려진 그림 같지 않을까? 멎어버린 시간의 마법에 걸려 돌이 된 오클로들이 곳곳에서 발견될 것이다. 대담한 연인들은 영원히 입 맞추지 못할 것이고, 나무 아래 젊은이는 언제 까지나 들리지 않는 노래를 계속할 것이다. 나무들의 잎은 떨어지지 않을 것이다. 그녀는 영원히 아름다울 것이다.

그러다 어느 날, 알 수 없는 이유로 인해 백업 시스템에 문제가 발생한다면 어떻게 될까? 기능 A에 문제가 생겨 업데이트가 중단되고, 기능 B에 문제가 생겨 백업을 특정 시간에 고정시키는 락이 풀리고, 기능 C만은 정상적으로 가동한다면? 마법에서 풀려난 백업 세계는 활기차게 돌아가기 시작할 것이다. 대담한 연인들은 입을 맞추고, 나무 그늘 아래 노래하던 젊은이는 노래를 그치고, 나뭇가지들에서 잎이 떨어지고, 그녀는 늙어갈 것이다. 약간의 시간차가 있기는 하지만 백업 세상과 오리지널 세상은 동일하게 돌아간다.

그러나 얼마 안 가 두 세상은 전혀 다른 쪽으로 흘러가게 된다. 오리지널 세상과 달리 백업 세상은 사용자 개입이 없기 때문이다. 근본은 본래 같았지만 시간이 흐르면서 두 세계는 전혀 별개의 세상이 되어 버린다. 동일했던 환경은 점점 다른 모습으로 변해간다. 그 속에 사는 오클로들도 마찬가지다. 오작동하는 백업 세상의 오클로들은 오리지널 오클로들과 전혀 다른 삶을 살게 되는 것이다. 다른 기억을 갖는 건 당연하다.

그러면서 타이푼은 오래 전 꾼 꿈 이야기를 들려 주었다. 그가 만화방을 경영하고 있을 때였다. 만화방에서 만화를 읽다가 잠깐 낮잠이 들었다. 꿈 속에서 그는 만화방 저편에서 만화를 읽고 있는 또 다른 자신을 보고 있었다. 그를 바라보고 있는 사람은 자신이 분명한데. 저 편에서 만화를 읽고 있는 사람도 자신이었다. 자세히 봤더니 또 다른 그의 주변의 서재 모습이 이곳과 조금씩 달랐다.

"그러니까 당신 말씀은 당신이 존 조이너를 삭제했을 때 백업된 존 조이너로 대치되었는데, 그가 살던 백업 세상 자체가 이 곳과 달랐기 때문에 다른 기억을 갖고 있었단 건가요?"

"저는 그렇다고 단정 짓지 않았습니다. 다만 그렇게 가정할 때 모든 수수께끼가 설명된다는 걸 말씀드리는 겁니다. 저는 더 나은 가정을 알지 못합니다. 적어도 현재까지는 말이죠."

"만일 그렇다면 그 백업은 분명히 템페스트와 연결되어

있을텐데, 관리자나 개발자들이 몰랐을 리가 있겠습니까?"

"당신은 그들을 과대평가하고 있습니다. 그들은 바보들입니다. 그들이 운영하는 템페스트의 1%도 채 파악하지 못하는 바보들이란 말입니다. 저 역시 그들보다 조금 낫기는 하지만 마찬가지입니다. 다른 누구도 마찬가지일 거라고 생각합니다. 채프먼은 그만큼 위대하고, 치밀하고, 심오합니다. 지금 이 시간에도 클라우드 저 편 어딘가 다른 레벨에서 보이지 않는 축구공이 이리 튕기고 저리 튕겨지지 않는다고 누가 확신할 수 있겠습니까? 저는 반드시 찾아 내고야 말 것입니다."

"......"

* * * * * * * * * * * *

웨이터가 와서 바람이 차다며 실내로 들어갈 것을 권했다. 괜찮다고 하자 두툼한 무릎 담요를 가져다 줬다. 라커펠트씨는 담요로 몸을 돌돌 감았다.

두 사람에게는 할 이야기가 남아 있었다. 라커펠트씨는 그 날 존 조이너가 작은 문으로 사라진 이야기를 들려줬다.

"그 작은 문은 분명 다른 세상과 연결된 문일 겁니다. 저는 꽃장수 존 조이너가 그 곳에 있을 거라고 확신합니다. 그리고 제 아들의 행방에 관한 단서를 그 아이가 쥐고 있다고 확신합니다. 새로운 오클로를 구매하겠습니다. 당신이 존 조이너에게 심어 준 것과 똑같은 대화 기능을 그에게 넣어 주십시오. 이안이의 행방도 찾아 주십시오. 그리고 누가 쿠마에의 무녀를 가장해 저에게 초대장을 보냈는지도 알아봐 주십시오."

남자가 말했다. "당신은 데이터베이스를 전혀 모르시는군요. 오리지널 데이터가 삭제되었고, 그 자리가 백업 데이터로 메꿔졌습니다. 즉, 꽃장수 존 조이너가 삭제되고 재봉사 존 조이너로 바뀐 겁니다. 작은 문 안으로 들어가 봤자 소용없습니다. 꽃장수 존 조이너는 더 이상 존재하지 않습니다. 그래도 원하신다면..."

남자가 금액을 제시했다. 라커펠트씨가 동의했다. 계약은 성사되었다.

라커펠트씨가 물었다. "당신은 앞으로 어떻게 살아 갈 생각이십니까?"

"계획했던 대로, 나쁜 짓으로 먹고 살 겁니다. 당신은 저의 첫 고객입니다. 최선을 다 해 좋은 결과를 안겨 드리겠습니다."

라커펠트씨가 말했다. "조심하십시오, 짐머만씨, 아니, 타이푼씨."

남자가 웃으며 말했다. "[44]여행자에게는 죄가 되지 않습니다."

그는 일어나 악수를 하고서 떠났다.

타이푼이 가고 나서 라커펠트씨는 담요로 몸을 돌돌 감은 채 앉아 있었다. 그는 고개를 들어 하늘을 바라봤다. 저녁놀이 시작되고 있었다.

라커펠트씨의 마음에 한 가지 걸리는 게 있었다. 그것은 이제부터 그가 하려는 것들이 게임 약관에 위배된다는 것이었다. 그는 타이푼이 한 말을 반복하면서 스스로를 위로했다. "여행자에게는 죄가 되지 않는다."

지붕 위에는 고양이들이 아직 햇살이 남아 있는 곳에 옹기종기 모여 앉아 세수를 하고 있었다. 해가 지구 저 편에 사는 고양이들을 깨우기 위해 지붕 너머로 완전히 모습을 감출 때까지.

---

[44] (Aayah No. 101, Surah An-Nisa', Chapter No. 4, Holy Qur'an) 여행 중 기도를 할 때 이교도들의 공격을 받을 위험이 있다면 기도를 줄이더라도 죄가 되지 않는다는 의미. 이슬람 신도들은 하루 다섯 번 성도인 메카의 카바를 향해 기도하는데 여행자도 예외는 아니다. 여행 중이라도 일정 시간이 되면 장소를 가리지 않고 예배를 드려야 한다. 기도는 제일 먼저 코란 첫구절을 외운 다음에, 몸을 깊이 숙이고, 손을 무릎 위에 두고 기도하며, 다시 몸을 일으켜 세우고, 손으로 머리 옆 쪽을 누른 뒤, 몸을 바로 하고 다시 한 번 절을 하는 형식으로 진행된다. 그리고 마지막에 다시 기도문을 암송하고, 다른 신자들에게 아래와 같이 평화의 인사를 하고 기도를 끝낸다. 하지만 만일 이교도들로부터 공격을 당할 것이 두려운 상황이라면 기도를 간략하게 줄여도 죄가 되지 않는다는 이 의미를 타이푼은 '모로 가도 서울만 된다'는 식으로 완전 다르게 해석했다.

존 조이너의 잃어버린 기억을 찾기 위한 그의 두 번째 여정은 이렇게 시작되었다.